Weitere Bücher vom Autor

Asia with Suit and Tie

Asien mit Anzug und Krawatte

Kopf hoch, Herbert, wenn der Hals auch dreckig ist!

Golf With The Devil

MordFriesland Serie:

Mord Hieve

Mord Gülle

Mord Asyl

Der alte Chinese und das Mädchen

Rolf Zeiler

Schmetterlinge weinen nicht

Kriminalroman

Bibliografische Information der Deutschen Nationalbibliothek:
Die Deutsche Nationalbibliothek verzeichnet diese Publikation in der Deutschen Nationalbibliografie; detaillierte bibliografische Daten sind im Internet über http://dnb.dnb.de abrufbar.

Satz, Umschlaggestaltung, Herstellung und Verlag:
BoD – Books on Demand, Norderstedt
ISBN 978-3-7534-7411-3

Wer aber einen dieser Kleinen, die an mich glauben, zum Abfall verführt, für den wäre es besser, dass ein Mühlenstein an seinem Hals gehängt und er ersäuft würde im Meer, wo es am tiefsten ist. Neues Testament, Matthäus 18.6

Kapitel 1

Minden, 2019, 10. Juli

Das Video auf dem Computer zeigte die abscheuliche Vergewaltigungsszene eines Kindes. Der Zuschauer wandte sich angeekelt ab, er hatte genug gesehen. Es war einfach zu viel für Hauptkommissar Ewald Schüler vom Landeskriminalamt Hannover in Niedersachsen, er konnte es nicht länger ertragen.

»Mach diesen fürchterlichen Dreck endlich aus«, wies er barsch und befehlend einen der beistehenden Beamten an, der eiligst auf die Austaste des Computers drückte.

Schüler hatte wieder einmal schlechte Laune. Es kam in letzter Zeit immer öfter vor, dass er wegen Kleinigkeiten seinen Frust an anderen abreagierte. Die Kollegen des Sonderkommandos Stylian mochten ihren Chef, aber waren immer gut beraten, ihm bei seinen Launen aus dem Weg zu gehen. Ewald Schüler war Ende fünfzig, stand kurz vor seiner Pensionierung und der harte Job bei der Kriminalpolizei hatte seine Spuren hinterlassen. Sein zu früh ergrautes Haar, die tiefen Falten im Gesicht und seine Essstörungen, die durch ein saftiges Magengeschwür hervorgerufen wurden, waren Zeugen seines unbarmherzigen Berufs. Er war ein großer hagerer Mann mit ehemals strahlend blauen Augen, die aber heute meist rotgerändert von versäumtem Schlaf leblos und verloren wirkten. Schüler war seit Ewigkeiten im Polizeidienst tätig, er hatte den Beruf von der Pike auf gelernt. In jungen Jahren hatte er sich schnell im Einbruchsdezernat, Raubdezernat und in der Abteilung für Sexualstraftäterverfolgung als umsichtiger Ermittler einen Namen gemacht. Dann folgte der Aufstieg ins Landeskriminalamt. Vor fünf Jahren hatte man ihn damit beauftragt, eine neue Sonderkommission zu gründen und zu leiten, die direkt die ständig wachsende Kriminalität der Kinderpornografie bekämpft. Das war die

Geburtsstunde der Soko Stylian. Schüler hatte die Abteilung Stylian nach einem Einsiedlermönch aus der römischen Provinz Paphlagonien benannt. Der Mönch Stylian erreichte wegen seines tugendhaften Lebens, das von Fasten und Gebet geprägt war, große Bekanntheit, die von Wunderheilungen weiter verstärkt wurde. Besonders die Heilung zahlreicher Kinder, Säuglinge und Schwangeren brachte ihm das Attribut des Schutzheiligen der sowohl geborenen als auch ungeborenen neuen Erdenbürger ein. Schüler verstand sich selbst als eine Art Schutzpatron für den Nachwuchs und fand den Namen für seine Sonderkommission angemessen. Oft wurde er gefragt, woher die Namensgebung der Einheit stammte, wobei er dann immer erklärend auf den heiligen Stylian verwies, mit der Gewissheit, dass die Fragenden es schon nach wenigen Augenblicken wieder vergessen hatten.

Nachdem das Video ihm nicht mehr auf die Nerven ging, riss Schüler sich aus seinen düsteren Gedanken in die Gegenwart zurück. Er wusste, er konnte ein Ekel sein. Im Grunde tat es ihm auch leid, aber der Job in diesem Umfeld des Verbrechens hatte ihn an seine Grenzen gebracht. Der frühe Tod seiner geliebten Frau vor drei Jahren hatte ihm zusätzlich die letzten Lebensfreuden genommen. Er widmete sich seitdem, wenn er nicht gerade auf Verbrecherjagd war, ganz und gar seinem einzigen Hobby, das Lesen von Büchern. Sie boten ihm eine Flucht aus einer seiner Ansicht nach vermehrt verrohender und ichbezogener Gesellschaft. Er verstand viele Dinge in seiner Umwelt nicht mehr, konnte die seelisch-moralische Verarmung der Menschen nicht nachvollziehen. Sein Beruf konfrontierte ihn obendrein zusätzlich täglich mit dem Abyss des Menschlichen. Er wusste nicht, wie lange er sein eigenes Seelenheil noch bewahren konnte. Verzweiflung wurde sein fortdauernder Begleiter. Schüler war müde, gegen das ewig Böse zu kämpfen. An vorderster Front der Menschlichkeit den Kampf des Don Quijote, die aussichtslose Torheit, durch seinen weltfremd gewordenen Idealismus, seine zum Scheitern verurteilten Anstrengungen fortzuführen.

Obwohl sein Team und er heute einen anerkannten Erfolg vorweisen konnten, fühlte er sich deshalb keineswegs froh. Am Morgen hatte die Soko Stylian einen telefonischen Hinweis aus der Bevölkerung bekommen und sofort eine groß angelegte Razzia unternommen. In einem Haus am Stadtrand von Minden wurden daraufhin mehrere Personen festgenommen. Die Verhafteten, drei Männer im Alter von zwanzig bis vierzig und eine Frau Mitte dreißig, wurden noch vor Ort bei der Ausübung des sexuellen Missbrauchs zweier Minderjähriger von sieben und zwölf Jahren von den Beamten überrascht. Sie wurden nicht nur bei ihren körperlichen Übergriffen an den Unmündigen gefasst, sondern auch dabei, wie sie Videoaufnahmen ihrer verbrecherischen Handlungen machten. Wie sich später herausstellte, hatten die pädophilen Männer und die Frau seit Jahren in dem Haus wechselweise immer wieder Kinder missbraucht. Sie hatten ihre monströsen Taten dabei gefilmt und ins Internet gestellt. Sie kamen sofort in Untersuchungshaft und würden mit langjährigen Haftstrafen rechnen müssen. Doch was heißt in Deutschland schon langjährig? Mit einem guten Anwalt waren sie in drei bis fünf Jahren wieder draußen.

Die beiden traumatisierten Kinder im Alter von sechs und acht aber hatten lebenslänglich bekommen. Die Jungs würden nie wieder zu einem normalen Leben zurückfinden können. Sie wurden zwar zur medizinischen und psychologischen Betreuung in eine nahe gelegene Kinderklinik gebracht, aber die seelische Gewalt, die ihnen angetan worden war, konnte man nicht heilen. Die Jungen würden mit den Narben groß werden, sie werden verblassen, aber niemals ganz verschwinden, wusste Schüler aus seinen Erfahrungen mit anderen Opfern. Die Eltern der Kinder waren verständigt worden und die Jugendschutzbehörde würde nach Überprüfung der Fakten für eine Rückführung zu ihren Familien sorgen. Als die Ärzte der lokalen Ambulanz mit den Kleinen das Haus verließen, sahen Schüler und sein Kollege Reuter vom Fenster aus zu, wie sie abtransportiert wurden.

»Erst nach ihrer Untersuchung werden wir die genauen Umstände ihres Martyriums klären können. Es ist immer wieder das gleiche Drama. Die armen Kinder werden von diesen Pädophilen missbraucht und sich nie wieder von ihren schrecklichen Erlebnissen erholen. Es ist nur zum Kotzen«, sagte Hauptkommissar Schüler mit resignierendem Tonfall zu seinem Kollegen Reuter.

Ihm war plötzlich speiübel und schwindelig, sein Magengeschwür machte sich wieder bemerkbar. Alles um ihn herum vollzog sich auf einmal wie in einem Nebel und spielte sich nur noch in Zeitlupe ab. Er fühlte sich wie in einem Theater, als Zuschauer einer Shakespeare-Tragödie, der aus einer anderen Sphäre einer für ihn unwirklichen Dimension die tragischen Geschehnisse um sich herum verfolgt.

»Ja, Chef, mir geht der perverse Kram auch immer wieder an die Nieren«, stimmte ihm sein Assistent Hauptkommissar Reuter zu.

Reuter hatte in den letzten Monaten den sich verschlechternden Gemütszustand seines Chefs sehr wohl wahrgenommen. Er machte sich Sorgen um seinen Freund und Kollegen. Er und Schüler arbeiteten seit Jahren gemeinsam und seit dem ersten Tag der Soko Stylian ermittelten sie unermüdlich zusammen an zahlreichen Fällen von Kinderschändern. Darüber hinaus waren sie privat gute Freunde geworden, die einander respektierten, aber Beruf und Privatsphäre strikt voneinander trennten. Franz Reuter war Mitte vierzig, von unscheinbarem Äußeren, ein Mann, den man sieht und an den man sich fünf Minuten später nicht mehr erinnern kann. Verheiratet mit zwei kleinen Kindern im Vorschulalter war er Durchschnittsbürger, der in einer ruhigen Durchschnittswohngegend in einem Durchschnittseinfamilienhaus wohnte. Kaum jemand in seinem Bekanntenkreis wusste von seinem Beruf und wenn, dann hatten sie keine Ahnung von der Hölle des Verbrechens, mit der er ständig zu tun hatte. Er konnte auch schlecht jemandem erzählen, wie zum Beispiel ach ja, gestern habe ich einen alten Pädophilen dabei erwischt, wie er einen Sechsjährigen gevögelt hat. Oder ein Stiefvater hat seine zwölfjährige Stieftochter jahrelang zum Oralsex gezwungen. Das war kein Feierabendgespräch beim Bier oder Grillfest oder für die Geburtstagsfeier. Franz Reuter musste das alles in sich hineinfressen, allein mit seinen Kollegen konnte er etwas reden. Auch aus diesem Grund, aber nicht nur, hasste er die pädophilen Kinderschänder abgrundtief und vertrat eine harte Linie gegenüber den Verbrechern. Schüler war der Einzige, der ihn verstehen konnte, denn sie waren sich in dem Punkt sehr ähnlich. Um seinen Freund aus seiner finsteren Laune zu holen, erzählte ihm Reuter von ihrem besonderen Fund.

»Du kannst dir nicht vorstellen, was wir außerdem noch im Keller gefunden haben, Chef. In einem der hinteren Räume gab es einen kompletten IT-Raum. Wir haben Festplatten mit mehr als 500 Terabyte hochverschlüsselter Daten sichergestellt. Es muss sich hier um einen hochprofessionellen Kinderpornoring handeln. So wie es aussieht, geht der sogar weit über die Grenzen Deutschlands hinaus.«

Sie gingen gemeinsam in den von Reuter beschriebenen IT-Raum und bestaunten die professionelle Anlage.

»Mann, das hat ganz den Anschein, als ob dies hier wirklich nur die Spitze des Eisberges ist«, murmelte Schüler, angewidert von der Vorstellung, welche Ausmaße das Verbrechen annehmen würde, wenn sie die ganzen Daten sichten.

Der Raum war mit der allerneusten Technik ausgerüstet und der Gedanke an 500 Terrabyte abscheulichsten, menschenunwürdigen digitalisierten Abschaumes machte ihn krank. Er wusste im gleichen Augenblick, dass ihre Arbeit gerade erst begonnen hatte. Stundenlange Auswertungen des Materials lagen vor ihnen. Die Sichtung der Videos würde ihnen manchen Albtraum bescheren. Selbst die erfahrensten Kriminalbeamten, er und Reuter waren solche, stießen an die Grenzen des menschlich Erträglichen und weit darüber hinaus. Dies wusste Schüler nur zu gut, er durchlebte es schließlich immer wieder. Die schrecklichen Bilder gingen einem nicht mehr aus dem Kopf und nicht wenige der ermittelnden Kriminalbeamten ließen sich meistens ganz schnell in ein anderes Dezernat versetzen. Als Polizist Verbrechen zu lösen ist eine Sache, aber unmenschliche Gräuel mental zu verarbeiten, darauf bereitete die Polizei die Beamten nicht vor.

Nach der letzten polizeilichen Kriminalstatistik, die Schüler kürzlich gelesen hatte, gab es im Jahr 2018 allein fast vierzehntausend Fälle von sexueller Gewalt gegenüber Kindern. Das waren im Schnitt vierzig sexuelle Übergriffe pro Tag mit einer von Jahr zu Jahr steigenden Tendenz. Außerdem gab es 7.449 Vorkommnisse von Verbreitung, Erwerb, Besitz und Herstellung von Kinderpornografie. Auch diese Zahlen stiegen jährlich, im letzten Jahr sogar um fast vierzehn Prozent. Hauptkommissar Schüler wusste aber gleichzeitig, dass die Dunkelziffer noch wesentlich höher lag. Forschungen hatten ergeben, dass jeder Siebte bis Achte in Deutschland sexuelle Gewalt in Kindheit oder Jugend erlitten hat.

»Was gibt es nur für widerliche Menschen«, sagte einer der nahestehenden Beamten in Uniform, der kopfschüttelnd an der Tür stehend einen Blick auf die Computer geworfen hatte.

»Zum Glück haben wir hier die Scheißtäter drangekriegt. Mit etwas Glück kriegen die sogar die Höchststrafe von zehn Jahren, was meiner Meinung nach immer noch viel zu wenig ist. Aber die Arschlöcher, die sich diesen Schmutz reinziehen, kommen mit maximal zwei Jahren davon und kriegen oft auch noch Bewährung. Wenn man bedenkt, dass ein Ladendieb bis zu fünf Jahre Knast bekommen kann, muss man sich nicht wundern, dass in unserem Staat eine rechte Partei Zulauf bekommt«, antwortete ein anderer Kollege.

Schüler verstand die Frustration seiner Kollegen nur zu gut. Hunderttausende Kinder jeden Alters, auch Babys, werden oft mit unglaublicher Brutalität missbraucht – meist von Männern, doch nicht ausschließlich, es gibt sogar Frauen unter den Tätern. Des Öfteren tauchen Fotos und Filme von Kinderschändern beiderlei Geschlechts im Internet auf. Die Betrachter solcher Aufnahmen sitzen weltweit zu Zehntausenden vor ihren Monitoren. Daheim in Büros oder Hotelzimmern geben sie sich ihren gestörten sexuellen Fantasien hin, viele davon auch in Deutschland. Sie waren genauso schuldig wie die Täter, die sie heute festgenommen hatten, die ihre Opfer malträtierten, filmten und fotografierten. In Schülers und Reuters Augen waren die Betrachter genauso Verbrecher, das war seine feste Überzeugung. Sie erzeugten eine Nachfrage, die das abscheuliche Geschäft mit den Schwächsten, Unschuldigsten unserer Gesellschaft, unseren Kindern erst möglich machten. Diese Kinder blieben bildlich gesprochen ein Leben lang Opfer, denn das Internet vergisst nicht. Jeder Klick auf ein Foto oder einen Film kann als neuer Missbrauch gewertet werden. Hinzu kommt noch eine den Taten unverhältnismäßige Strafverfolgung durch die Justiz.

Laut Paragraf 176 des Strafgesetzbuches heißt es:

»Wer sexuelle Handlungen an einer Person unter vierzehn Jahren (Kind) vornimmt oder an sich von dem Kind vornehmen lässt, wird mit Freiheitsstrafe von sechs Monaten bis zu zehn Jahren bestraft.«

In den meisten Fällen werden die Täter aber als arme Kranke abgetan, von Richtern mit milden Strafen und einem Strafmaß von unter zwei Jahren belegt. Diese wird oft auch noch auf Bewährung ausgesetzt. Ein Grund dafür ist, damit die Gefängnisse entlastet werden, denn unter zwei Jahren muss man nicht zwingend in den Knast. Es ist fast lachhaft, wenn es nicht so unendlich traurig wäre. Achtundachtzig Prozent der deutschen Bürger sind für höhere Strafen, hatte er kürzlich einer Umfrage entnommen, aber der Staat reagiert nicht mit einer strengeren Gesetzgebung.

Schüler hatte vor Jahren in einem Urlaub in Singapur erfahren, dass dortzulande pädophile Missbrauchstäter selten unter zwanzig Jahre weggesperrt wurden und zusätzlich noch Stockhiebe bekamen. Die niedrigen Statistiken in dem Stadtstaat gaben der strengen Gesetzgebung recht, es gibt dort wenig Missbrauch an Kindern. Natürlich stoßen Stockhiebe bei sozialen Weltverbesserern auf Unmut, aber die Täter als arme Kranke, die therapiebedürftig sind, abzutun, konnte er auch nicht nachvollziehen. Nicht nachdem, was er alles erlebt und gesehen hatte.

»Lasst uns zusammenpacken und dann raus hier, den Rest soll die Spurensicherung machen«, rief Reuter seinen Kollegen zu.

»Gut, Franz, wird auch Zeit, ich bekomme hier bei diesen unfassbaren Dingen keine Luft mehr«, antwortete Schüler, erleichtert, das Haus verlassen zu können.

Kapitel 2

Greetsiel, 1977, 3. September

Das Schicksal spielt dem Unschuldigen oft übel mit und mit den unvorhergesehenen Konsequenzen muss er sich ein Leben lang plagen. Ich kann nicht sagen, warum es mich gerade an diesem fürchterlichen Tag auserwählt hatte, aber so war es nun einmal. Ein arglistiges Spiel zwischen dem Teufel, dem Sensenmann und dem Schicksal hatte stattgefunden. Sie spielten, wie seit aller Ewigkeit, ihre grausamen Partien um die Seele, den Tod sowie das Leben. Ein jeder bekam am Ende, was er begehrte. Der Teufel, die Seele, der Sensenmann, den Tod, das Schicksal, das Leben. Es lag an Heimtücke, Intriganz und Zweifel, die ständigen Begleiter dieses Spiels, dass es nie in der Lebensgeschichte einen richtigen Gewinner gab. Der Teufel und der Sensenmann waren ständig eifersüchtig auf das Schicksal und machten seinen Preis, in diesem Fall mein Erdenleben, niemals einfach. Doch welches Leben, hatte ich mir oft die Frage gestellt, ist das schon.

Alles hatte an dem Tag begonnen, als das kleine Fischerboot meiner Familie sich durch die mit weißen Schaumkronen besetzten Wellenkämme der aufgewühlten Nordsee kämpfte. Unser in Greetsiel beheimateter Krabbenkutter ächzte beschwerlich in dem von Minute zu Minute stärker werdenden Seegang. Es war nicht leicht, in der schweren See den Kurs zu den Fanggründen vor dem Riff der vorgelagerten Ostfriesischen Inseln zu halten. Immer wieder schlug der Rumpf des Bootes seitlich in die stetig größer werdenden Brecher. Bei jedem Manöver des Schiffes schossen die Wassermassen sintflutartig übers Deck, schüttelten meinen Bruder und mich hin und her. Die tückische Nordsee zeigte wieder einmal ihre berühmte Unberechenbarkeit in einem immer stärker werdenden Sturm. Radiomeldungen der regionalen Küstensender hatten frühzeitig alle Schiffe vor dem

Auslaufen gewarnt, aber der alte Sturkopf Aarhus, mein Vater, wollte davon absolut nichts wissen. In seiner bekannten Engstirnigkeit und seinem verbohrten Eigensinn hatte er trotzdem mit seinem Kutter den schützenden Hafen verlassen. Er sei schließlich derjenige, der das Geld für die Familie verdienen musste, und das brachte nur der Krabbenfang, war seine einzige Entschuldigung an uns, seine beiden Söhne.

»Der versoffene Alte bringt uns noch um mit seinen Scheißkrabben«, schrie Jens, mein eineiiger Zwillingsbruder, mir zu, als auch schon der nächste kapitale Brecher mit brachialer Gewalt über die Bordwand unseres kleinen Krabbenkutters krachte.

Seit Stunden kämpften wir mit den unerbittlichen Elementen, holten Netz für Netz von den Tiefen des Meeresbodens. Der Laderaum war prall gefüllt und es war ein guter Fang trotz oder gerade wegen der gefährlichen Wetterlage. Vielleicht spielte auch der Umstand, dass wir das einzige Boot bei diesem Unwetter hier draußen waren, dabei eine Rolle.

»Das ist das letzte Netz und dann ist Schluss. Wir müssen zurück in den Hafen, sonst saufen wir noch ab bei diesem Sauwetter«, rief ich durch den tosenden Wind zurück.

Durchnässt und ebenso fröstelnd wie ich selbst, stand mein Bruder Jens in seinem gelben wasserfesten Ölzeug mit den schwarzen hohen Gummistiefeln und der Kapuze tief ins Gesicht gezogen an Deck. Er grinste mich an, hob den Daumen und signalisierte damit seine Zustimmung.

Jens und ich verstanden uns blind, wie es eben eineiige Zwillinge tun. Wir brauchten nie viele Worte. Seit frühster Jugend hatten wir eine Art telepathische Verständigung und waren uns meistens einig, speziell wenn es um unseren Alten ging.

Wir waren die einzigen beiden Söhne von Albrecht Aarhus, in vierter Generation Granatfischer in Greetsiel, einem winzigen Ort an Ostfrieslands Küste. Wir lebten zusammen mit unseren Eltern in einem kleinen roten Backsteinhaus hinterm Deich. Mutter war Hausfrau und wir, die Söhne, halfen, wie es seit jeher Brauch war, dem Vater beim Fang des kostbaren Granats, wie die Garnelen der Nordsee landläufig genannt wurden. Falls es nach dem Willen unseres Alten gehen würde, war unsere berufliche Laufbahn vorbestimmt. Genauso wie alle unsere Vorfahren auch würden Jens und ich einmal Krabbenfischer werden. Mein Bruder, im Gegensatz zu mir, liebte das Meer und ihm gefiel das lockere Fischerleben. Ich aber hatte andere Pläne für mein Leben. Danach fragte der Alte jedoch nicht, für ihn stand fest, beide Söhne werden in seine Fußstapfen treten und damit Ende der Diskussion. Als eineiige Zwillinge waren Jens und ich jeweils das Spiegelbild des anderen. Alle Leute im Dorf verwechselten uns ständig, was wir oft genug zu unserem Vorteil ausnutzten. Mit einer stattlichen Größe von ein Meter fünfundachtzig waren wir für unsere siebzehn Lenze hochgewachsene Burschen. Es war aber zu bezweifeln, dass wir noch größer wurden, unsere früh einsetzende Wachstumswut hatten wir genauso zeitig beendet, wie sie begonnen hatte. Jens sowie ich hatten beide dichte blonde Haare, stahlblaue Augen, waren von kräftiger Statur und hatten markante männliche Gesichter. Unser vorteilhaftes Aussehen machte in Greetsiel manchem Vater der Töchter im Teenageralter große Sorgen. Was soll ich sagen, wir standen bei den jungen Mädchen sowie auch mancher verheirateten Frau im Dorf halt hoch im Kurs. Man konnte von uns behaupten, was man wollte, aber mein Bruder und ich waren in dieser Hinsicht ganz bestimmt keine Kinder von Traurigkeit. Es gab wegen unserer vielen Amouren schon einigen Stunk und viele gebrochene Herzen in Greetsiel und Umgebung.

Ein weiterer Brecher schlug über die Bordwand und das salzige, eiskalte Meerwasser schwappte über das Deck. Der Alte, wie wir unsern Vater immer abfällig nannten, hielt sich bei den Fangfahrten vor der Küste nur im Ruderhaus des Kutters auf. Von dort steuerte er, der Kapitän, wie er sich großkotzig betitelte, hoch und trocken das Boot. Seine zweite Aufgabe war es, vom Steuerhaus die Winden für die Netzeinholung zu betätigen. Dort konnte er in Ruhe seinen Rum trinken und seinen Söhnen die Befehle zuschreien. Wir verabscheuten seine Tyrannei, sein despotisches Gehabe, vor allem aber seine gewalttätigen Neigungen zutiefst. Speziell wenn er trank, was fast immer der Fall war, schlug er außerdem gerne einmal zu. Wenn ihm etwas nicht in den Kram passte, mussten unsere Mutter und oft genug auch wir, seine Söhne, herhalten. In letzter Zeit aber konnte er, da wir ihm zu groß geworden waren, seine unkontrollierten, wilden Wutausbrüche nicht mehr so richtig an uns auslassen. Ich hatte dem Alten bei einer seiner üblichen versoffenen Eskapaden sogar gedroht, ihn umzubringen, wenn er auch nur noch einmal versuchen würde, seine Hand gegen uns zu erheben. Dumm war der Alte keineswegs, und er wusste genau, wann er seine Grenzen bei mir und Jens erreicht hatte. Dafür wandte sich seine Gewalt heimlich mehr unserer Mutter zu. Aus Angst davor, wir würden dem Alten etwas antun, verbarg sie ihre blauen Flecken immer geschickt vor uns. Sie verteidigte den alten Säufer obendrein, anstatt ihn wegen seiner üblen Misshandlung anzuzeigen. Wir konnten nichts dagegen tun. Mutter war vom alten Schlag und hielt zu ihrem Mann. In guten wie in schlechten Zeiten, wie es so schön hieß.

Was ist das nur für ein elendes Scheißwetter, dachte ich im Stillen bei mir. Meine Befürchtung war, dass das kleine Lüftchen, wie der Alte es abfällig nannte, sich mehr und mehr zu einem ausgewachsenen Orkan entwickelte. Am Horizont konnte ich die sich auftürmenden schwarzen Wolken sehen, die unheilvoll drohend ihre ersten Blitze wie apokalyptische Reiter der Hölle in sich tanzen ließen. Ein Inferno der Naturgewalt bahnte sich an, das mit seinen Vorboten von ständig zunehmenden starken Böen und immer höher schlagenden Wellen seinen Respekt verlangte.

»Wir müssen schnellstens zurück in den Hafen, es ist reiner Selbstmord, unter diesen Bedingungen weiterzufischen. Scheiß auf das letzte Netz«, schrie ich meinem Bruder zu.

»Du hast ja recht, Sven, aber der Alte will von alldem nichts wissen, Sven«, rief Jens zurück.

»Ihr sollt hier nicht rumschnattern, ihr Memmen und nichtsnutzigen Landratten, macht gefälligst eure Arbeit und pisst euch nicht gleich in die Hose bei dem bisschen Wind«, schimpfte der Alte wie Kapitän Ahab bei Moby Dick aus dem Ruderhaus und nahm einen tiefen Schluck aus seiner Flasche Rum.

Ich hatte früh gelernt, dass zum Einholen der Netze der Kutter in den Wind gefahren wird, das heißt, Wind und Wellen kommen von vorne, damit das Schiff möglichst ruhig liegt und bei Seegang nicht rollt. Dafür sind viel Erfahrung und Fingerspitzengefühl angesagt, da die Bäume mit den nassen und gefüllten Netzen ein großes Gewicht weit über der Wasserlinie tragen. Die Gefahr, bei solch einem Manöver aufgrund des hohen Schwerpunktes zu kentern, war nicht zu unterschätzen. Der Alte schrie aus dem Ruderhaus den Befehl, die Netze einzuholen. Mit gebeugten Körpern und gestreckten Armen zogen Jens und ich gleichzeitig die Bäume steuerbord wie backbord mit den Kurren, an denen die Netze mit dem allerorts begehrten Granat hingen, über den Auffangtrichter. Nachdem mein Steuerbordnetz seine Fracht ausgespuckt hatte, neigte sich der Kutter plötzlich gefährlich zur Backbordseite.

»Der Alte hat die Kontrolle verloren, wir sind aus dem Wind«, schrie Jens aufgeregt und haderte mit seinem Netz.

In letzter Sekunde konnte er die Leine für den Auswurf noch ziehen, aber der Fang des Backbordnetzes ergoss sich in einem Schwall übers Deck und nicht in den Auffangtrichter. Der ganze Granat, Fisch, Krebse sowie anderes Meeresgut lagen auf den Decksplanken verteilt und bildeten eine gelbbraune zuckende Masse.

»So ein versoffenes Arschloch«, fluchte ich laut. »Wir rollen, der Alte kann den Pott nicht mehr halten«, schrie ich in den Wind.

Im gleichen Augenblick wurde der Kutter von einer schweren Welle seitlich erfasst und mit großer Wucht zur Steuerbordseite geworfen. Ich konnte mich gerade noch an einer Leine festhalten, sonst wäre ich über Bord gespült worden. Froh darüber, dass sich das Boot wieder stabilisierte, blieb mir im gleichen Moment die Fröhlichkeit im Hals stecken. Wo war mein Bruder Jens, ich konnte ihn nirgends mehr an Deck ausmachen. Panik erfüllte mich sofort durch und durch. Eine brutale Wahrheit nahm ungewollt Besitz von meinem Denken. Mit weit aufgerissenen Augen suchte ich die Meeresoberfläche ab. Dann sah ich entfernt hinter dem Kutter etwas Gelbes im Meer treiben, Jens, schoss es mir sofort durch den Kopf, das konnte nur er sein.

»Mann über Bord«, schrie ich, wie vom Teufel beseelt, und rannte zum Ruderhaus, wo mein Vater sich krampfhaft mit irrem Blick in den Augen am Steuerruder festhielt. Er blutete aus einer leichten Platzwunde an der Stirn. Eine fast leere Flasche Rum rollte im Steuerhaus auf dem Boden von einer Seite zur anderen, ergoss ihren letzten Inhalt über die Deckplanken.

»Hast du mich nicht gehört, du alter, versoffener Nichtsnutz?«, schrie ich ihn an. »Jens ist über Bord gegangen, dreh bei, wir müssen ihn sofort aus dem Meer holen.«

Als der Alte immer noch nicht reagierte, nur teilnahmslos vor sich hin starrte, nahm ich ihn einfach bei der Schulter und schob ihn beiseite. Er fiel auf den Boden, aber das interessierte mich wenig. Ich riss das Ruder herum und versuchte verzweifelt durch die Scheibe des Ruderhauses das gelbe Ölzeug meines Bruders zwischen den auf- und absteigenden Wellenkämmen auszumachen. Doch sosehr ich mich auch anstrengte, ihn irgendwo im Wasser ausfindig zu machen, es war alles vergeblich, ich konnte ihn nirgends mehr entdecken. Über den Seenotrettungsruf informierte ich umgehend die Behörden, gab ihnen unsere Koordinaten durch und hoffte inbrünstig auf schnelle Hilfe. Aber irgendwie in meinem Inneren wusste ich, es würde für Jens keine Rettung mehr geben. Die untrügliche Befürchtung traf mich wie ein Keulenschlag. Das Meer hatte sich Jens geholt wie so viele vor ihm. Der Alte saß mit hilflosem Blick auf den Deckplanken des Steuerhauses und lallte unverständliche Wörter vor sich hin. Ich kreuzte mit dem Kutter noch eine weitere halbe Stunde vor und zurück, doch ich konnte nirgendwo etwas im Meer entdecken. Ich durfte und wollte nicht aufgeben, die Hoffnung stirbt zuletzt, pflegte meine Mutter immer zu sagen. Doch was nutzte mir die Hoffnung, wenn die Gewissheit sie mit Füßen trat. Unentwegt strömten jetzt Tränen mein Gesicht herunter, die sich mit den salzigen Überresten des Meerwassers zu einem bitteren Rinnsal von Trauer und Wut vermischten.

Nach einer Stunde sah ich die ersten Lichter der Seenotrettungskreuzer aus den benachbarten Küstenorten. Mit ihren starken Scheinwerfern suchten sie die tobende Meeresoberfläche ab. Sogar ein Marinehubschrauber war zur Suche hinzugezogen worden. Doch auch sie alle konnten meinen geliebten Bruder nicht finden, das Meer hatte ihn verschlungen. Unser kleiner Kutter tat sich jetzt immer schwerer im heftigen Seegang und nahm zu viel Wasser auf, dass die Lenzpumpen kaum noch dagegen ankamen. Ich musste mir, so hart es mir auch fiel, letztendlich eingestehen, dass es hoffnungslos war, meinen Bruder noch weiter zu suchen. Die unerträgliche Realität setzte plötzlich ein. Jens war ertrunken, die raue Nordsee hatte ihn verschlungen. Resigniert drehte ich den Bug des Kutters in Richtung des Hafens von Greetsiel.

Hasserfüllt blickte ich auf meinen Vater, der am Boden des Ruderhauses saß und jetzt still und leise vor sich hin weinte. Ich hatte kein Mitleid und auch kein Mitgefühl für den Trunkenbold. Er allein trug die ganze Schuld am Tod meines Bruders, ich würde ihm nie vergeben können.

Im Hafen an der unteren Kaimauer wartete bereits eine größere Menschenmenge. Die Nachricht vom tragischen Unglück auf See hatte schon die Runde gemacht. Alle möglichen Leute, Nachbarn, Fischer, Polizei, Sanitäter sowie einige Schaulustige standen mit betroffenen Gesichtern erwartungsvoll an den Kaianlagen. Sie alle wollten wissen, was sich da draußen auf dem Meer abgespielt hatte. Was ging es sie an, fragte ich mich innerlich, sollten sie alle gemeinsam zur Hölle fahren. Ich wollte mit niemandem reden, ich wollte nur fort von dem Schiff, fort von meinem versoffenen Vater. Sollte der Alte ihnen erzählen, wie es zu der schrecklichen Tragödie gekommen war. Dass er durch seine ewige Sauferei den Tod seines Sohnes zu verantworten hatte.

In der versammelten Menschenmenge entdeckte ich meine Mutter. Nachdem ich den Kutter festgemacht hatte, sprang ich von Bord, die Menschenmenge am Kai machte bereitwillig Platz und keiner stellte sich mir in den Weg. Sie sahen mir an, dass etwas Schreckliches passiert sein musste. Ausnahmslos mitleidige Blicke wurden mir schweigend zugeworfen, doch es war mir egal. Ich nahm meine Mutter wortlos in den Arm und führte sie aus der Menge nach Hause. Dort erklärte ich ihr, dass der Alte durch seine Sauferei die Schuld am Tod ihres Sohnes, meines Bruders Jens, ganz allein trage. Ich machte ihr unmissverständlich klar, dass ich nicht länger mit ihm unter einem Dach leben konnte. Keine weitere Stunde, sonst würde ein zusätzliches Unglück passieren, waren meine genauen Worte. Daraufhin packte ich meine wenigen Sachen in meinen Rucksack, zog meinen Pass aus der Schublade an meinem Bett und steckte ein Foto meines Bruders und meiner Mutter ein. Ich küsste meine geliebte Mutter ein letztes Mal zum Abschied, versprach ihr auf mich aufzupassen. Noch am selben Abend verließ ich das kleine Backsteinhaus, in dem ich mit meinem Bruder groß geworden war. Mein Entschluss stand fest, ich wollte meinen Vater niemals wiedersehen. Der Teufel sollte sich mit seiner Seele zufriedengeben. Der Sensenmann hatte sich meinen Bruder geholt und mich bat das Schicksal, nachdem ich die ganze Nacht durchgereist war, am nächsten Morgen in die Aufnahmestelle der Fremdenlegion »Quartier Lecourbe« – 1 Rue Ostende in Strasbourg, Frankreich, einzutreten.

Kapitel 3

Greetsiel, 2019, 10. Juli

Zurück an dem Ort, wo vor mehr als vierzig Jahren mir das Schicksal so fragwürdig mitgespielt hatte, musste ich mich erst einmal neu eingewöhnen. An der windigen Küste Ostfrieslands erfreuten sich die letzten Spaziergänger auf dem Seedeich an der malerischen Idylle der untergehenden Sonnenscheibe über dem Wattenmeer der Nordsee. Die in Scharen wandernden Touristen ergötzten sich empfänglich an den satten gelben und roten, teils fast violett wirkenden Farben am Himmel. So lange, bis sie in einem spektakulären, sich ständig verändernden Schauspiel mit den Wolken wie der rinnende Sand in einer Sanduhr ihr unaufhaltsames Ende fanden. Die romantische Atmosphäre strahlte Ruhe und Seelenfrieden aus. Doch ganz anders ging es in den belebten Straßen des kleinen Ortes Greetsiel zu. Dort spiegelte sich die andere Seite des erholsamen Tourismus wider, die der beflissenen Urlauber auf der Suche nach der ungelebten Erfüllung nach Seefahrerleben. Laut und hektisch irrten die Touristen einem Bienenstock gleichend von Geschäft zu Geschäft, Restaurant zu Restaurant, um später in den angesagten In-Kneipen ihr buntes, rastloses Treiben mit sehr viel Alkohol ausklingen zu lassen. Eine unverkennbare Mischung aus überzogener Hafenromantik, salziger Meeresluft, Kuttern, engen Gassen, Fischen, feuchten Netzen, Seetang und alten Decksplanken lockte die Urlauber in Scharen in den kleinen Ort. Trotz all der Veränderungen in den Jahren war es immer noch mein Heimatdorf und ich spürte die Verbindung in jeder Faser meines Körpers.

Es war ein schwüler Sommerabend in Greetsiel. Gegen früher war dieses bunte Treiben der Besucher schon seltsam geworden, dachte ich mir und bahnte mir mühsam meinen Weg durch die ziellosen Menschengruppen. Mit energischen Schritten strebte ich meinem Ziel, eine Kneipe an den unteren Kaianlagen des Hafens, entgegen. Eins hatte sich auch nach all den Jahren meiner Abwesenheit kaum verändert, das war der ausgefallene Geruch des kleinen Kutterhafens. Der unverwechselbare Duft gab mir in irgendeiner Weise das Gefühl von alter Heimat, das ich für so viele Jahre erfolgreich verdrängt hatte, wieder zurück. Das war auch ein Grund, warum ich seit meiner Heimkehr nach Greetsiel des Öfteren meine Abende im Hafenkieker, einem ehemaligen Lager für Nordseekrabben, verbrachte. Nach meiner Rückkehr vor zwei Jahren, bei einem meiner ersten Rundgänge durch den Ort meiner Jugend, hatte ich zu meiner Verwunderung feststellen müssen, dass das alte Gebäude, in dem früher der angelandete Granat am Hafen gleich verarbeitet wurde, zu einer Kneipe umgebaut worden war. Ich lernte, dass heute der Granat zum Pulen, wie man das Schälen der Krustentiere in Ostfriesland nennt, per Luftfracht nach Marokko geschickt wurde. Es war dabei für mich nicht so richtig nachvollziehbar, dass es kostengünstiger sein sollte, als den Granat direkt hier im Herkunftsort zu verarbeiten. Früher hatten sich viele der ansässigen Familien durch das Granatpulen ein Taschengeld dazuverdient. Unsere heutige Wohlstandsgesellschaft brauchte diese Nebeneinkünfte aber nicht mehr. Außerdem war das Pulen von Krabben eine mies bezahlte Arbeit, für die sich niemand mehr hergab. Mindestlohn in Deutschland und billige Arbeitskräfte in Marokko bedeuteten das Aus für diese Tätigkeit. Das war aber nicht das Einzige, was mir seit meiner Rückkehr im Hafen aufgefallen war. In den Siebzigerjahren gab es noch fast fünfzig Fischkutter in Greetsiel, die den einheimischen Familien des Ortes Arbeit und Lohn gebracht hatten. Heute zählte ich einmal gerade dreiundzwanzig Kutter an der Pier. Greetsiel hatte sich von einem kleinen verträumten Fischerdorf in eine von auswärtigen Urlaubern übernommene Touristenhochburg verwandelt. Hunderte neuer Häuser waren in den letzten Jahren ausnahmslos zum Zweck der Ferienvermietung hinterm Deich gebaut worden. Viele der schönen alten Fischerhäuser im Ort waren geschmackvoll und mit Aufwand umgebaut worden. Sie boten teilweise zusätzlich überteuerte Ferienwohnungen an oder beherbergten Kneipen, Restaurants und Souvenirshops mit Ostfriesenschnickschnack für die Touristen.

»Tempo mutantur, nos et mutamur in illis.« »Die Zeiten ändern sich, und wir ändern uns in ihnen«, fiel mir dazu nur ein und ich musste lächeln über den Wandel der Zeit.

Unberührt vom teils pöbelhaften Treiben der rastlos lebhaften Touristen betrat ich den Hafenkieker und nahm meinen Stammplatz am hinteren Ende der Theke ein. Andrea, die blonde, immer freundliche Bedienung, stellte mir mit einem knappen Hallo freundlich lächelnd ein Jever-Bier hin. Es war ihre Art von Begrüßung, wenn sie viel zu tun hatte. Sie würde später, wenn es ruhiger geworden war, Zeit finden, mit mir ein paar Worte zu wechseln. Ich ignorierte die verstohlenen Blicke sowie die tuschelnden Gespräche der wenigen Einheimischen, die sich an manchen Abenden hier auch gern mal ein Bier gönnten. Die meisten wussten, wer ich war und die Alten unter ihnen konnten sich sogar noch an das Unglück von damals erinnern. Keiner von ihnen hatte jedoch nur annähernd eine Ahnung davon, wo ich die letzten vierzig Jahre abgeblieben war. Die Gerüchte scherten mich wenig und ich fand auch keinen Grund dafür, warum ich jemand etwas über mich erzählen sollte. Natürlich half meine Zurückhaltung anderen gegenüber nicht gerade das Gerede hinter meinem Rücken zu beenden, sondern bewirkte ganz eher Gegenteil. Mir war klar, dass ich im Ort, trotzdem ich hier geboren und aufgewachsen war, als ein Außenseiter galt. Einige wenige begannen sich aber langsam an mich zu gewöhnen und begrüßten mich freundlich.

Ich war trotz meines nicht mehr taufrischen Alters von knapp über sechzig Jahren immer noch eine imposante Erscheinung. Meine stattliche Größe von 185 cm, mein wettergegerbtes Gesicht, die stechend blauen Augen und meine dichten, mittlerweile grau gewordenen langen Haare, die mir bis zu den Schultern hingen, gaben meinem Äußeren etwas Verwegenes. Hinzu kamen muskulöse Arme, die mit unzähligen Tattoos übersät waren, ein sichtlich durchtrainierter Körper und ein langer Schmiss, der sich über meine linke Wange bis zum Kinn erstreckte. Dass die Leute automatisch auf Abstand blieben, glaube ich, lag auch an der unübersehbaren Narbe. Sie war ein Zeuge meiner bewegten Vergangenheit und wirkte auf viele wie ein Warnzeichen, dass mit mir nicht allzu gut Kirschen essen war. Ich gab nicht allzu viel auf mein Aussehen, aber auf meine strahlend weißen Zähne war ich schon immer stolz gewesen. Wenn ich einmal lächelte, was selten der Fall war, blitzten sie aus meinem Mund, verfehlten niemals ihre Wirkung auf das weibliche Geschlecht. Darüber hinaus hatte meine Stimme einen angenehmen, sonoren, sanften Ton, die, wenn ich denn sprach, meine Zuhörer sofort in ihren Bann zog.

Mit Andrea, der gutgebauten Bedienung, hatte ich mich über die letzten Monate ein wenig angefreundet und mit ihr wechselte ich ab und zu ein paar Worte. Ich wusste, sie würde gerne mehr über mich erfahren, denn man konnte ihr anmerken, dass ich ihr als Mann ausgesprochen gut gefiel. Sie machte mir gegenüber auch regelmäßig zweideutige Anmerkungen, aber ich war bisher ihren Annäherungen gegenüber standhaft. Ich blieb lieber für mich und lebte allein. Meine Erfahrung mit Liebschaften war, sie verkomplizieren nur alles. Dennoch war ich mir nicht sicher, ihren Avancen für immer widerstehen zu können. Ich war schließlich auch nur ein Mann.

Andrea hatte aus Gesprächen mit anderen Gästen und Dorfbewohnern erfahren, dass ich Sven Aarhus hieß. Vor gut vierzig Jahren, nach einem Schiffsunglück, bei dem mein Zwillingsbruder Jens umgekommen war, Greetsiel in einer Nacht-und-Nebel-Aktion Hals über Kopf verlassen hatte. Vor zwei Jahren, kurz nach dem Tod meiner Mutter, war ich plötzlich wieder in Greetsiel aufgetaucht. Seitdem lebte ich allein in dem alten kleinen Häuschen meiner Eltern am Deich. Das Haus hatte ich nach ihrem Tod geerbt und wiederhergerichtet. Es rankten sich in Greetsiel noch viele Geschichten um das damalige Unglück. Eine der Storys war, ich wäre am Tod meines Bruders schuld gewesen. Eine andere erzählte, mein Vater wäre betrunken auf eine Sandbank aufgefahren, wobei mein Bruder über Bord gegangen war. Die wahre Ursache der Tragödie wurde niemals so richtig geklärt. Offiziell hieß es damals, mein Bruder war bei schwerem Seegang ohne Fremdverschulden über Bord gespült worden. Ich ließ es dabei, auch wenn ich es besser wusste. Die Wahrheit würde nach all den Jahren sowieso niemandem nutzen. Fakt war, ich war am nächsten Morgen verschwunden gewesen und bis vor zwei Jahren hatte man offiziell zu keiner Zeit wieder etwas von mir gehört. Die Leiche meines Bruders wurde nie gefunden, das Meer blieb sein Grab. Einige der redseligen Einheimischen aus dem engen Kreis des Nachlassverwalters wussten, wie in solchen Fällen üblich, mehr zu berichten. Es ging das Gerücht um, das aber der Wahrheit entsprach, dass meine verstorbene Mutter bis zu ihrem Tod jahrelang Geldzuweisungen aus der ganzen Welt bekommen hatte. Bei der Erfüllung der offiziellen Erbangelegenheit hatte der Nachlassverwalter in ihrem Haus Postkarten von allen Kontinenten der Erde in ihrer Nachttischschublade gefunden. Sie waren aus aller Herren Länder dieser Welt abgeschickt worden, wusste er zu erzählen. Länder in Afrika, Neuseeland, Alaska, Argentinien, China, Papua-Neuguinea, Mongolei, Vietnam und Laos, um nur einige zu nennen. Sie waren allesamt von ihrem Sohn Sven Aarhus unterschrieben, wusste er für die ewig Neugierigen zu berichten.

Das war korrekt, denn ich hatte sie Mutter in all den Jahren geschickt. Es waren viele Karten gewesen, jeweils eine zu ihrem Geburtstag und eine zu Weihnachten. Somit hatte der Nachlassverwalter auch meine letzte Postanschrift herausbekommen und mich vom Tode meiner Mutter benachrichtigt. Sie hatte all die Jahre mit niemandem über mich gesprochen, das Thema war für alle ihre Freunde und Bekannten tabu gewesen. Mein Vater hatte ihr damals nach dem Unglück strengstens verboten, jemals wieder meinen Namen zu erwähnen. Mutter hatte, wie immer, gehorcht und geschwiegen, auch noch nach dem Ableben des Alten, der letztendlich, zwanzig Jahre später, es endlich geschafft hatte, sich zu Tode zu saufen. Die Frau schwieg weiter bis in ihr Grab. Im Nachhinein tat es mir leid, sie in all den Jahren nie besucht zu haben, aber sie verstand meinen Grund und hatte mir in einem langen Abschiedsbrief dafür vergeben. Bei ihrer Beerdigung war fast ganz Greetsiel anwesend gewesen. Ich war erstaunt darüber, wie beliebt meine Mutter im Ort gewesen war. Erst hatte ich gar nicht vor zu bleiben, aber dann entschied ich mich für ein paar Monate mein Vagabundenleben aufzugeben. Ich empfand eine mir unbekannte Ruhe in Greetsiel und begann das Haus meiner Eltern umzubauen. Mittlerweile waren aus ein paar Monaten jetzt schon mehr als zwei Jahre geworden und kein Ende in Sicht.

Andrea, soweit ich sie einschätzen konnte, gab normalerweise nicht viel auf Tratsch, aber meine Geschichte musste sie tief in ihrem Innern berührt haben. Sie sprach mich ein paarmal vorsichtig auf das Thema an, aber merkte sehr schnell auch, dass ich nicht gerne darüber reden wollte. Wenn ich mal in Laune war, erzählte ich ihr lieber von meinen vielen Reisen um die Welt. Davon, dass ich in drei Jahren mit einem gebrauchten Land Rover von Feuerland die Panamericana bis hoch nach Alaska gefahren war. In der nördlichen Hemisphäre angekommen, einen Jahresvertrag als Wolfsjäger angenommen hatte. Dass ich mir bei den Maori in Neuseeland ein traditionelles Tattoo stechen ließ, mit mongolischen Hirten für ein Jahr in einer Jurte zusammenlebte und anschließend China bis runter nach Vietnam, Laos und Kambodscha in fast zwei Jahren mit dem Bus und zu Fuß durchquerte. Andrea war immer ganz fasziniert von meinen exotischen Geschichten und konnte nie genug davon bekommen. Mir wurde erst bei meinen eigenen Erzählungen selbst bewusst, wie weit ich in der Welt herumgekommen war. Nach meinem Abschied von der Legion hatte ich in über zwanzig Jahren alle Kontinente der Erde bereist, mich in Gegenden rumgetrieben, die weit fern vom heutigen Tourismus lagen. In Australien hatte ich mich als Opalsucher verdingt, auf den Fidschi-Inseln als Fischer gearbeitet, in Kanada auf den Ölfeldern mein Auskommen gesucht und in Las Vegas an Black-Jack-Tischen viel Geld gewonnen. Es hatte mich nie lange an einem Platz gehalten, ich war immer ruhelos von einem Ort der Welt zu einem anderen gezogen. Niemals war es mir in den Sinn gekommen, zu heiraten und eine Familie zu gründen. Nicht dass ich nicht die Möglichkeit gehabt hatte. Viele Frauen hatte ich schwer enttäuscht zurückgelassen, manchen ihre Herzen gebrochen. Erst viel später wurde mir klar, dass ich zu lange auf der Flucht vor mir selbst gewesen war. In meinem Inneren konnte ich es nicht mit mir vereinbaren, dass ich ein glückliches Leben führen würde, wenn meinem Bruder durch seinen frühen Tod die Chance dazu genommen worden war. Ein alter weiser Mönch in einem buddhistischen Kloster in Thailand erkannte meinen quälenden Seelenschmerz und half mir in vielen Gesprächen der Selbstfindung und Meditation meinen Geist zu reinigen. Ich hatte fast drei Jahre in dem Tempel verbracht, als er mich eines Morgens bat, es zu verlassen. Er sagte, ich müsste wieder ins Leben zurückkehren und meinen angestammten Platz einnehmen. Er entließ mich mit dem Spruch: »An deiner Wunde trägst du keine Schuld, doch deine Heilung ist in deiner Verantwortung.«

Ich hatte für Andrea noch viele Geschichten meiner Reisen parat, aber über die siebzehn Jahre in der Legion würde sie von mir nichts erfahren. Andrea zapfte mir ein weiteres frisches Jever-Bier. Der spätere Abend verlief nach kurz aufflammender Urlauberhektik, wie meistens an einem Montag, ruhig und gemächlich. Wenige Gäste kamen noch nach zehn Uhr, die meisten gingen früh, mussten am nächsten Tag zur Arbeit. Ich saß auf meinem Stammplatz und fragte mich bei jedem Gast, welchen Beruf er wohl ausüben würde. Es war meine Art, mich zu amüsieren, manchmal spielten Andrea und ich es auch zusammen. Wir hatten sehr viel Spaß dabei, vor allem weil Andrea bei den Gästen dann auf irgendeine Weise herausfinden musste, ob wir richtig oder falsch lagen.

Kurze Zeit später, ich war in meinen Gedanken versunken, trat ein älterer Mann zu mir an die Theke und sprach drei lateinische Worte: »Legio Patria Nostra.« (Die Legion ist unser Vaterland.)

Ich sah ihn verwundert an und hatte im ersten Moment ein großes Fragezeichen im Kopf. Der Fremde aber zeigte nur auf eine meiner Tätowierungen am Arm, die eine siebenflammige Granate auf einem roten und grünen Dreieck zu einem Rechteck vereinte. Darunter war ein Drache, der über seinem Maul eine Zwei trug.

»Das Abzeichen des zweiten Regiments der Fallschirmjäger der Fremdenlegion. Verdammt harte Truppe«, sagte der Mann weiter und entblößte daraufhin lächelnd seinen eigenen vom Alter welken Oberarm, auf dem eine identische Tätowierung zu sehen war.

Daraufhin war das Eis zwischen uns sofort gebrochen.

»Legio Patria Nostra«, wiederholte ich seine Worte stolz und konnte mein Glück kaum fassen. Ausgerechnet in Ostfriesland traf ich einen Kameraden aus der Legion. An seinem breiten Grinsen konnte ich erkennen, dass es ihm genauso erging. Der Mann bat mich, an seinen Tisch zu kommen, wo eine wesentlich jüngere Frau saß und mir freundlich zulächelte.

»Darf ich vorstellen, das ist meine bessere Hälfte, Marie, und ich bin Bernhard Weber. Marie, das ist ein Kamerad aus der Legion.«

»Sven, Sven Aarhus«, stellte ich mich vor und reichte der Frau meine Hand.

Wie sich herausstellte, war Bernhard Weber mit seinen fast achtzig Lenzen auf dem Buckel mit seiner Frau auf Urlaub in Ostfriesland. Sie machten schon seit Jahren immer in Greetsiel Station. Heute Abend war ihr letzter Tag in Greetsiel und morgen würden sie wieder aufbrechen und in die Heimat ins Saarland zurückkehren. Wir unterhielten uns glänzend, lachten, tranken und erzählten von vergangenen Zeiten. Wie es für Legionäre üblich war, gingen die meisten Gespräche um unsere unterschiedlichen Erlebnisse im Einsatz für die Legion, gemeinsamen Kameraden oder Offiziere, die wir kannten. Bernhard hatte zehn Jahre Ende der Sechziger bis in die Siebziger in der Legion gedient. Er hatte im Tschad und in Dschibuti gekämpft, war zweimal verwundet worden, bevor er wieder ins Zivilleben zurückkehrte. Doch die Legion hatte ihn nie mehr losgelassen, er träumte heute noch manchmal von den alten Tagen der Kameradschaft und der Gefahr, die damals mit jedem Auftrag einherging. Mit fortgeschrittener Zeit drängte Marie dann zum Aufbruch. Wir verabschiedeten uns herzlich, als wären wir alte Freunde. Wir tauschten unsere Adressen aus. Ich bat sie noch eindringlich, dass sie sich unbedingt beim nächsten Besuch in Greetsiel bei mir melden mussten, was sie auch versprachen zu tun.

Andrea hatte mich noch nie so ausgelassen und fröhlich gesehen. Sie hing mit einem Ohr ständig an unserem Tisch und mir war es egal in dem Moment. Sie hatte mit Sicherheit die eine oder andere Geschichte aus der Legion mitangehört und warf mir verwunderte Blicke zu. Ich bat Andrea um die Rechnung und musste Bernhard, der protestierte, versprechen, er dürfte das nächste Mal bezahlen.

Auf dem Heimweg, immer noch aufgewühlt durch den Austausch der Erlebnisse mit Bernhard, musste ich an meine ersten Tage in der Legion denken. Die Aufnahme, die harte Ausbildung und mein »Käppi Blanc«.

Kapitel 4

Frankreich, Korsika, 1978, 20. April

In einer undurchdachten Kurzschlusshandlung war ich nach dem tragischen Unglück noch in der gleichen Nacht nach Frankreich gereist und am frühen Morgen der Fremdenlegion beigetreten. Ich dachte, sie würde mir helfen, mein vorheriges Leben und den Tod meines Bruders zu vergessen. Ein weiterer Grund für meinen Eintritt in die Legion war, ich musste mein Elternhaus verlassen, sonst hätte ich meinen Vater, den ich für Jens' Ableben verantwortlich machte, umgebracht. Zurückdenkend glaube ich aber, dass ich mich dafür bestrafen wollte, dass ich überlebt hatte und mein geliebter Zwillingsbruder nicht.

Der Fremdenlegion beitreten war relativ einfach. Ich wusste aus Berichten, dass das Mindestalter für die Legion siebzehn Jahre war und dass man, um aufgenommen zu werden, nur einen gültigen Reisepass vorweisen musste. Ich äußerte auf Deutsch den Wunsch, der Legion beizutreten, denn französische Sprachkenntnisse waren nicht erforderlich. Man überprüfte kurz meine Papiere und es wurde nichts weiter als fünf Klimmzüge von mir verlangt. Das war für mich eine Kleinigkeit und damit war die erste Hürde genommen. Nach einer kurzen Verweildauer und weiterer Befragung sowie zusätzlichen Tests in dem Vorposten der Legion wurde ich mit anderen Aspiranten in einen Zug nach Aubagne verfrachtet. Wir fuhren in die Nähe von Marseille, Südfrankreich, dem Hauptquartier und der Heimat der Legion. In den nächsten Wochen gingen die allgemeinen Befragungen weiter und man nahm mir alle meine persönlichen Sachen ab. Während der Prüfung, ob ich als Kandidat in meinem Heimatland schwerwiegende strafbare Handlungen begangen hatte, und den medizinischen sowie psychologischen Tests, lernte ich fleißig Französisch. Nachdem die intensiven Nachforschungen über meine Person keine von mir begangenen Verbrechen aufzeigten, erhielt ich den berüchtigten Haarschnitt »Boule a Zero«. Auf gut Deutsch gesagt, mein Kopf wurde kahl geschoren. Ich kam mir vor wie beim Schafscheren, meine schöne blonde Mähne, auf die ich allzeit so stolz gewesen war, lag in wenigen Minuten auf dem Boden. Dann wurde mir erklärt, dass ich als zukünftiger Legionär, aus welchen Gründen auch immer, meinen Namen ändern oder einen anderen annehmen könnte. Sollte jemand nach dem Soldaten Sven Aarhus fragen und es betrifft keine schwerwiegenden Verbrechen, so wird man verneinen, dass der Betreffende in der Legion dient. Zu guter Letzt musste ich einen Fünfjahresvertrag unterschreiben, erst dann begann meine Grundausbildung. In vielen Köpfen steckt die falsche Vorstellung, dass die Fremdenlegion jeden nimmt. Dem ist nicht so, über neunzig Prozent der Bewerber scheitern schon beim Einstellungsverfahren.

Ich änderte meinen Namen nicht. Es bestand keine Veranlassung dafür, aber ich erzählte auch niemandem den wahren Grund, warum ich zur Legion gegangen war. Das war einfacher gesagt als getan, denn ich musste oft an den schmerzlichen Verlust meines Bruders und an meine zurückgelassene Mutter denken. An meinen alten Herrn, das versoffene Schwein, verschwendete ich nie einen Gedanken. Die Frage, ob ich meinen Entschluss je bereut hatte, Soldat in der härtesten Armee der Welt zu werden, kann ich heute noch immer mit einem klaren Nein beantworten. Während der täglichen großen physischen Belastungen in den folgenden Monaten blieb mir wenig Zeit, den Tod meines Bruders emotional zu verarbeiten. Aber die legendäre Kameradschaft unter den Legionären half mir zumindest den schmerzlichen Verlust von Tag zu Tag besser zu ertragen. Eine unbewusste Verdrängung des Unglücks setzte ein. Ich lebte jetzt ein anderes Leben, das eines Soldaten, zumindest für die nächsten fünf Jahre, für die ich den Vertrag mit der Legion unterschrieben hatte. Was danach kam, stand für mich in den Sternen, ich würde es entscheiden, wenn es so weit war. Das Ausbildungsregiment der Legion war in Castelnaudary stationiert. Ich kam an einem Freitag mit vierzig anderen Kameraden dort an und wir bildeten einen Zug. Im ersten Monat lernte ich die militärischen Grundkenntnisse, im zweiten wurden diese dann vertieft. Der dritte Monat bestand aus ständigen Übungen und hartem Drill in unwegsamem Gelände sowie Gefechtstaktiken in Gruppen- und Zugstärke. Zahlreiche Prüfungen militärischer, sportlicher und medizinischer Art entschieden dann im vierten Monat über die zukünftige Verwendung eines jeden Rekruten in der Legion.

Es waren harte, körperlich sehr fordernde Monate. An Schlaf war selten zu denken und für jede kleinste Verfehlung hagelte es Strafdienst. Ich lernte jeden Tag, da alle Befehle ausschließlich in Französisch ausgegeben wurden, wie besessen die Sprache. Außerdem war es Pflicht, dass ein jeder Legionär sämtliche Legionslieder auf Französisch auswendig singen konnte. Zu Anfang hatte ich mich etwas schwergetan, aber mittlerweile sprach ich die französische Sprache schon ganz passabel. Immer wieder wurden wir Tag und Nacht auf ausgiebige Märsche bis zu fünfzig Kilometer geschickt. Mit vollem Sturmgepäck und unter Waffen liefen wir singend durch jedes Wetter. Ich wurde ein Experte im einwandfreien Beherrschen sämtlicher Handfeuer- und Langwaffen, Mörser, Minen, Sprengstoffanwendung und Nahkampftechniken. In den Pyrenäen erlernte ich den Gebirgs- und Winterkampf.

Im März des Jahres 1978 konnte ich mein Käppi Blanc, die heiß begehrte weiße Kopfbedeckung der Fremdenlegionäre, nach einem zweitägigen, erfolgreich abgeschlossenen Achtzigkilometermarsch inklusive dreißig Kilogramm Gepäck sowie Waffen voller Stolz entgegennehmen. Die letzten vier Wochen der Ausbildung auf der Farm und der abschließende Marsch hatten mir alles abverlangt. Ich war bis an die körperlichen Grenzen meiner Belastbarkeit gegangen. Dennoch war ich in dem Moment genauso glücklich wie meine Kameraden neben mir, die Tag für Tag, Woche für Woche das beinharte Training eines Fremdenlegionärs mit mir durchlitten hatten. Es galt jetzt für mich der Ehrenkodex eines jeden Legionärs, er begleitete mich mein ganzes Leben. Ich würde nie vergessen, als ich ihn das erste Mal hörte. Wir waren nach Beendigung unserer Grundausbildung angetreten, ein General der Legion stand vor uns und sprach zur angetretenen Kompanie:

»Es war einmal ein Mann. Ein Mann und seine Lebensreise. Eine Lebensreise, die nie erzählt wurde, voller Schmerz und ungeteilter Erinnerungen. Alles hinter sich lassen. Leb wohl, altes Europa, möge der Teufel dich mitnehmen. Und dann ein Schritt. Ein kleiner Schritt, ohne Reue getan.«

Plötzlich hörte ich eine zweite Stimme: »Gestaltet eure weißen Käppis. Wir sind jetzt Waffenbrüder.«

Alle setzten ihre Käppis auf.

Der General fuhr fort:

»Die neue Geschichte eines Mannes, sein neues Leben beginnt mit den Worten:

Legionär, du bist ein Freiwilliger, dienst Frankreich mit Ehre und Treue.

Jeder Fremdenlegionär ist dein Waffenbruder, egal welcher Nationalität er angehört, welcher Rasse oder Religion. Du bezeugst ihm zu jeder Zeit die engste – sprich bedingungslose – Solidarität, die Mitglieder der ein und derselben Familie vereint.

Voller Respekt Traditionen gegenüber und verbunden mit deinen Vorgesetzten, sind Disziplin und Kameraderie, deine Stärke, Mut und Loyalität, deine Ideale.

Stolz darauf, Legionär zu sein, zeigst du dies durch: deinen Anzug – immer elegant, dein Auftreten – würdig, aber bescheiden, deine Unterkunft – immer sauber.

Als Elitesoldat trainierst du verbissen, du pflegst deine Waffe, als wäre es dein bestes Teil von dir. Ständig bist du um deine körperliche Fitness besorgt.

Der Auftrag ist das Wichtigste, du führst ihn bis zum Ende aus, wenn es sein muss unter Einsatz deines Lebens. Du hältst dich dabei strikt an die Gesetze, an die geläufigen Kriegsregeln und an die internationalen Konventionen.

Im Kampf agierst du ohne Leidenschaft und Hass.

Du respektierst den besiegten Feind, lässt deine Toten, deine Verwundeten und deine Waffen nie zurück.«

Wenn ich gedacht hatte, die Tage der viermonatigen Grundausbildung auf der Farm in Frankreich wären hart gewesen, hatte ich mich darin schwer getäuscht. Sofort danach wurde ich zum 2e régiment étranger de parachutistes (2e REP), der zweiten Fallschirmjägereinheit der Legion (2 REP), nach Calvi auf Korsika beordert. Dort begann das intensive Training für uns neuen Legionäre dann erst so richtig. Das Camp Raffalli, mein neues Zuhause, war die Hochburg der Paras, wie man die Fallschirmjäger kurz nannte. Die hohen Berge Korsikas im Rücken und das azurblaue Mittelmeer zu Füßen, spezialisierten sich die Einheiten, jede einzeln in einer unterschiedlichen Kampfdomäne.

Es gab eine Aufklärungskompanie, die vor allem bei Nacht hinter feindlichen Linien agierte. Die zweite Kompanie perfektionierte den Kampf im Gebirge, die dritte, meine Kompanie, brachte die Kampfschwimmer hervor, während sich die vierte darin übte, Minen und Fallen aus Sprengstoff zu bauen. Doch eins hatten sie alle gemeinsam, im Kommandostil machten sie die Nacht zum Tag und operierten auch bei völliger Dunkelheit. Orts- und Häuserkampf, Sabotage, Hinterhalt, Handstreich, Nahkampf sowie das schnelle Sammeln nach dem Fallschirmsprung wurde immer und immer wieder trainiert. Schnelligkeit und Effizienz waren das Credo der Übungen, das uns in Blut und Geist überging.

Ich war stolz darauf, ein richtiger Legionär zu sein!

Kapitel 5

Greetsiel, 2019, 11. Juli

Der nicht abdunkelnde Vorhang, der vor meinem Schlafzimmerfenster hing, ließ die ersten Sonnenstrahlen direkt in mein Gesicht scheinen. Ich wollte die Gardine, die noch von meiner Mutter stammte, schon mehrmals gegen einen einfarbigen und lichtundurchlässigen Vorhang austauschen, aber jedes Mal blieb es bei meinem guten Vorsatz. In Wirklichkeit machte es mir auch nicht allzu viel aus, denn ich war es gewohnt, früh aufzustehen. Ich schwang mich aus dem Bett und absolvierte wie jeher meine morgendlichen fünfzig Liegestütze und Bauchaufzüge. Die Übungen hielten mich seit Jahren fit und in Form. Dann gönnte ich mir eine längere Dusche, eine schnelle Rasur und putzte mir die Zähne. Erfrischt zog ich mir saubere Wäsche, meine Jeans und ein neues weißes T-Shirt an. Ich hatte selten gute Laune und ein kurzer zufriedener Blick durch die offene Badezimmertür in den Spiegel zeigte mir, dass ich mich für mein Alter bis heute relativ gut gehalten hatte. Ich war mir sicher, ich konnte immer noch für fünfzig durchgehen. Dazu fiel mir Mutters Spruch ein, wer sich selbst nicht liebt, der lügt. Mit der Welt und mir im Reinen lief ich die Treppe zur Küche hinunter, aus der mir schon der aromatische Duft frisch gebrühten Kaffees entgegenschlug. Auf dem Küchentisch standen Brötchen, Marmelade, ein gekochtes Ei, Butter und daneben lag die Tageszeitung. Absolut perfekt, dachte ich, was will ich mehr, es ging mir gut. Mein Blick fiel auf ein paar Bilder, die in der Küche an der Wand hingen. Es waren vertraute Fotos von Kameraden und mir aus der Zeit in der Legion, die ich aufgehängt hatte. Ich musste dabei unweigerlich an den gestrigen Abend denken und an meine erfreuliche Begegnung mit dem alten Legionär Bernhard Weber.

Aus der Waschküche hörte ich plötzlich das leise Summen eines mir unbekannten Liedes und eine Frau mittleren Alters betrat die Küche. Sie trug ein blaues Kopftuch, das sie modisch um ihren Kopf gewickelt hatte. Samira war eine syrische Christin, die vor den Kriegswirren in Syrien geflohen war. Trotzdem sie keine Muslima war, trug sie ab und zu auch gerne einmal Kopftücher. Ihre hübschen Gesichtszüge waren ein wenig arabischer Natur und ihre dunklen, annähernd schwarzen Augen strahlten fröhlich, als sie mich am Küchentisch frühstücken sah. Samira war mit der ersten Flüchtlingswelle 2015 aus Syrien nach Deutschland gekommen und war seit fast zwei Jahren für mich im Haushalt tätig. Ich hatte sie über eine Bekannte, die in der Flüchtlingsbetreuung beschäftigt war, empfohlen bekommen. Samira kam zweimal die Woche, putzte mein Haus, wusch und bügelte meine Wäsche. Sie hatte genau wie ich ein trauriges Schicksal erlitten. In Syrien hatte Samira ihren Mann und ihre zwei jungen Söhne bei einem Bombenangriff in Aleppo verloren. In den folgenden Kriegswirren war sie dann im Jahr 2015 mit ihrer einzig verbliebenen Tochter Asha, nach Deutschland geflohen. Mit ihrem kleinen Nebenjob bei mir verdiente sie sich etwas zu dem wenigen Geld, das sie vom Sozialamt bekam, hinzu. Damit es Asha einmal besser ginge, sagte sie immer. Samira war eine moderne, gebildete Frau, die sich modisch kleidete und wenig mit kulturellen Berührungsängsten behaftet war. Sie hatte an der Universität in Damaskus studiert und dort ihren Mann, der als Professor für Wirtschaft lehrte, kennengelernt. Samira war Anfang vierzig und kämpfte sich zurück in ein normales Leben. Ihr Asylantrag in Deutschland war genehmigt und sie hoffte auf eine Einbürgerung für ihre und Ashas Zukunft.

»Guten Morgen, Sven, ich habe gar nicht gehört, dass du schon auf bist«, sagte sie in perfektem Deutsch, der aber immer noch mit einem leichten Akzent behaftet war.

»Guten Morgen, Samira«, antwortete ich. »Danke, dass du mir Frühstück gemacht hast. Ich weiß gar nicht, wie ich das verdient habe, dass du immer so gut zu mir bist.«

»Ach, das ist okay, es ist eine Kleinigkeit, das mache ich gerne«, gab sie mit einem strahlenden Lächeln zurück. »Du bist auch immer so gut zu uns.«

Ich unterstützte Samira und ihre Tochter, so gut ich konnte, bezahlte sie gut und gab ihr auch immer den einen oder anderen Hunderter extra. In den Jahren in und nach der Legion hatte ich gutes Geld verdient. Meinen Sold hatte ich über die Jahre in einige Aktien investiert, die mir heute ein kleines Vermögen bescherten. Ich war niemand, den man hätte als reich bezeichnen können, aber ganz zufrieden mit meinem finanziellen Status. Die Fremdenlegion zahlte mir, da ich lange siebzehn Jahre in ihr gedient hatte, zusätzlich noch eine kleine Rente. Was braucht der Mensch mehr und warum nach Reichtum streben? Außerdem mochte ich Samira und Asha. Ich half ihnen, wo immer es ging und außerdem bedeutete mir Geld recht wenig. Samira wollte für sich und ihre Tochter einzig und allein ein friedliches und sicheres Leben führen. Wer in aller Welt konnte ihnen das verwehren? Der Krieg hatte ihr Leben ruiniert, ihre Familie zerstört und den beiden ihre Heimat genommen. Wer wusste nicht besser als ich, was ein militärischer Konflikt für Zivilisten bedeutete, es war schließlich jahrelang mein Handwerk gewesen.

Nach dem Frühstück zog es mich in den Garten, wo seit Jahren auf einem Trailer der heruntergekommene alte Kutter meines Vaters vor sich hingammelte. Ich hatte ein paarmal den Anlauf unternommen, den modernden Kahn wiederherzurichten, doch bis heute ohne Erfolg. Jedes Mal, wenn ich mich dem Schiff näherte, überfiel mich eine rätselhafte Übelkeit, ich begann schwer zu atmen und Flashbacks ließen mich das Ereignis des Unglücks von damals noch einmal durchleben. Schweißnass und unfähig, meinem gepeinigten Gefühlszustand etwas entgegenzusetzen, hatte ich mich zwei-, dreimal neben dem Kahn im Gras wiedergefunden. Ich wollte aber nicht so einfach aufgeben und vor der Vergangenheit kapitulieren. Ich hatte es mir zum Ziel gesetzt, mein Trauma zu verarbeiten, meiner Seele endlich auch den letzten Frieden zu geben.

»Ist das dein Schiff?«, fragte plötzlich eine schüchterne Mädchenstimme und riss mich aus meinen tief versunkenen Gedanken.

»Asha, mein kleiner Schmetterling, du bist das, du hast mich ganz schön erschreckt«, antwortete ich, als ich das kleine Mädchen erkannte.

Asha, Samiras Tochter, stand in ihrem mit bunten fliegenden Schmetterlingen bedruckten T-Shirt und Jeans seitlich am Blumenbeet meines Gartens und blickte mich mit ihren großen braunen Augen fragend an. Sie war ein aufgewecktes achtjähriges Mädchen, das, wann immer sie mich traf, mich mit allen möglichen Fragen löcherte. Ein paar wilde Strähnen ihres von Natur aus schwarzen lockigen Haares, das von einer Spange in Form eines Schmetterlings zusammengehalten wurde, hingen ihr frech ins Gesicht. Ich hatte ihr die silberne Nadel meiner Mutter geschenkt, als sie einmal gefallen war und sich das Knie aufgeschlagen hatte. Weinend war Asha an dem Tag zu mir in den Garten gerannt gekommen und ich hatte große Mühe gehabt, sie zu beruhigen. Um sie abzulenken, zeigte ich ihr mein Tattoo eines blauen Schmetterlings auf meinem linken Unterarm und sagte zu ihr:

»Schau, Asha, Schmetterlinge weinen nicht.«

Fasziniert von dem feingestochenen kleinen Kunstwerk, hörte sie auch sofort auf zu flennen und befragte mich auf einmal mit kindlicher Neugier, warum ich denn einen blauen Schmetterling auf meinem Arm trug. Ob der auch wegfliegen könnte, wollte sie wissen. Ich erzählte ihr von meinem Freund Stavros, einem Kameraden aus der Legion, der mir erklärt hatte, dass der Schmetterling in Griechenland als Symbol für die Seele eines Menschen nach seinem Tod galt. Seine Aufgabe ist es, den Verstorbenen sicher auf die andere Seite des Flusses Styx, der Grenze zwischen den Lebenden und den Toten zu bringen. Ich erzählte ihr weiter von meinem verstorbenen Bruder Jens. Dass ich mir den Schmetterling für ihn auf den Arm habe stechen lassen, damit er bedenkenlos den Fluss überquert. Trotz ihrer jungen Jahre schien sie alles verstanden zu haben. Seit dem Tage liebte sie Schmetterlinge über alles, sie war ganz verrückt nach ihnen. Von Bettwäsche,

Kleidchen, Strümpfen, Tassen, T-Shirts und egal, was es sonst noch so für sie gab, alles musste in irgendeiner Weise einen Aufdruck mit Schmetterlingen haben. Ich denke, sie wollte so in ihrer kindlichen Art dafür Sorge tragen, dass ihr im Syrien-Krieg getöteter Vater und ihre toten Brüder sicher auf die andere Seite kommen.

»Ich wusste gar nicht, dass deine Mama dich mitgenommen hatte, Asha. Was machst du denn hier im Garten?«, fragte ich das Mädchen.

»Spielen«, antwortete Asha kurz und knapp. »Aber du hast meine Frage gar nicht beantwortet, ist das dein Schiff?« Dabei zeigte sie mit dem Finger auf den Kutter.

»Ja, Asha, das ist mein Schiff.«

»Warum ist das Schiff denn auf dem Land und nicht im Wasser?«, bohrte Asha weiter und rollte ihre großen Augen dabei.

»Es ist alt und kaputt, es muss repariert und überholt werden«, versuchte ich ihr zu erklären.

»Wenn du es repariert und überholt hast, nimmst du mich und die Mama dann mal mit?«

»Natürlich mach ich das, Asha, sehr gerne, aber es wird noch einige Zeit dauern.«

»Dann will ich dich lieber nicht weiter stören, damit du schneller fertig wirst«, sagte die Kleine mit ihrer kindlichen Intelligenz. Freudestrahlend rannte sie ins Haus. »Mama«, rief sie laut, »Sven nimmt uns auf seinem Schiff mit aufs Meer.«

Kinder sind so unschuldig, unkompliziert direkt, dachte ich und wusste gleichzeitig, das Versprechen, das ich Asha gegeben hatte, würde mein eigenes Problem mit dem Kutter nur verkomplizieren. Nichtsdestotrotz, ich hatte es Asha versprochen und jetzt war ich verpflichtet, mein Versprechen auch zu halten.

Mit neugefasster Courage nahm ich allen Mut zusammen, griff den bereitgestellten Kärcher und begann mit dem effektiven Hochdruckreinigungsgerät das Boot von jahrelangem Grünspan und Schmutz zu säubern. Die Arbeit ging gut voran, nach wenigen Stunden blickte ich stolz auf mein geschafftes Werk. Stolz vor allem, weil ich sogar, ohne Schwindelanfälle zu bekommen, fähig gewesen war, den Kutter das erste Mal nach dem Unglück vor vierzig Jahren wieder zu betreten. Wer weiß, dachte ich bei mir, vielleicht hat es ein Versprechen an ein kleines Flüchtlingsmädchen gebraucht, um mein Trauma zu meistern.

Ich packte meine Gerätschaften ein, unternahm abschließend eine letzte Inspektion des alten Schiffes und machte mir gedanklich eine Liste, was ich alles für eine Überholung des Kahns benötigen würde.

»Tschüss, Sven«, klang es im Chor von der Gartenpforte zu mir herüber.

»Tschüss, ihr zwei«, rief ich den beiden nach und beobachtete, wie Samira und Asha Hand in Hand gehend die Straße am Deich zum Dorf liefen.

Ich war froh für sie, dass sie in Greetsiel eine neue Heimat gefunden hatten. Hier konnte die kleine Asha behütet aufwachsen, mit ihrer Mutter in Sicherheit leben. Kein Krieg und keine Gewalt würden hier im langweiligen Greetsiel ihr Leben stören, zumindest war das meine Idealvorstellung.

Nachdem ich meine vorher gedanklich gefertigte Liste zur Überholung des Kutters zu Papier gebracht hatte, begann ich im Internet zu recherchieren, ob es irgendwelche Anleitungen zu solch einem Vorhaben gab. Heutzutage konnte man alles im Internet nachlesen oder sogar Videos zu jeglichem Thema sich anschauen. Ich wurde auch schnell fündig und war überrascht über die Fülle an Informationen, die sich mir boten. Es wurde war mir aber auch alsbald klar, dass ich den Kutter nicht einfach nur wiederherrichten würde, sondern ihn ganz und gar umbauen wollte. Fischfang wollte ich mit dem alten Kahn nicht mehr betreiben. Die Idee, damit kleine Ausflugsfahrten für Touristen ins Wattenmeer zu unternehmen oder allein eventuell mit Freunden einen Törn machen, gefiel mir viel besser. Ja, genau das werde ich tun, dachte ich mir und startete damit, meine Liste umzuschreiben.

Später machte ich mir eine Kleinigkeit zu essen, öffnete eine Flasche

Bier und legte mich gemütlich aufs Sofa und schaltete den Fernseher ein. Zum Ausgehen war ich zu müde und manchmal war es auch ganz schön, einfach nichts zu tun. Die auf dem Bildschirm laufenden Nachrichten erregten meine Aufmerksamkeit. Sie berichteten von einer Festnahme mehrerer Männer im Zusammenhang mit einem aufgeflogenen Kinderpornoring mit horrenden Ausmaßen. Der leitende Beamte, ein gewisser Hauptkommissar Schüler, hielt eine große Pressekonferenz vor laufenden Kameras. Was er veröffentlichte, überstieg das Ausmaß des Erträglichen. Mir drehte sich fast der Magen um bei den horrenden Informationen, die er preisgab.

Kapitel 6

Greetsiel, 2019, Montag, 19. August

Die vielen Jahre an Land hatten dem Kahn mächtig zugesetzt, doch der Umbau des Kutters machte sichtliche Fortschritte. Einige Wochen harter Arbeit lagen seit meiner ersten Säuberungsaktion mit dem Kärcher hinter mir. Ich hatte mehrere neue Stahlplatten im Schiffsrumpf eingeschweißt und nach dem Sandstrahlen dem alten Kahn einen der üblichen roten Rostschutzanstriche gegeben. Das war dringend notwendig geworden, da einige der stark verrosteten Stellen des Rumpfes löchrig wie ein Schweizer Käse waren. Anfänglich hatte ich immer noch schwer mit meiner Befangenheit zu kämpfen, das Boot überhaupt zu betreten, aber mit einem Fortschreiten der Arbeiten war meine Phobie fast vollständig überwunden. Ein Grund dafür war, denke ich, die ständigen Veränderungen am Schiff direkt zu erleben. Es war auch eine wirkvolle Therapie, die Tätigkeiten selbst auszuführen. Die erkennbare Transformation des Schiffes war gleichzeitig ein heilsamer Balsam für meine quälenden Erinnerungen an das damalige Unglück. Ich fühlte mich von Tag zu Tag besser auf dem Pott. Der Krabbenkutter in seinem jetzigen Zustand erinnerte mich kaum noch an das tragische Verhängnis. Ich kam auf verschrobene Weise nicht um den Vergleich mit einem Chirurgen herum, der den Tumor, die peinigende Geschwulst meiner Vergangenheit, Stück für Stück entfernte.

Die Zeit während des Umbaus verging wie im Flug. Selten schaute ich auf die Uhr dabei und zu meiner Verwunderung begann mir die Arbeit sogar Spaß zu machen. Die verrotteten Decksaufbauten sowie alle Verarbeitungsmaschinen für den Krabbenfang hatte ich selbst komplett entfernt und wollte bald mit dem Innenausbau des Frachtraumes zu beginnen. Das war keine so einfache Aufgabe, doch ich hatte unerwartet Hilfe von einem alten erfahrenen Bootsbauer aus meiner Nachbarschaft bekommen. Sein Name war Heinrich Janssen, der stolz darauf war, ein waschechter Ostfriese zu sein. Er hatte viele Jahre für eine namhafte Bootswerft in Emden gearbeitet und war heute im Ruhestand. Neugierig war er eines Morgens aufgetaucht und hatte mich für meinen Fleiß gelobt. Er gab mir ein paar Tipps, Dinge einfacher zu machen und ich war Heinrich sehr dankbar dafür. Ich lud ihn auf ein Bier ein und erklärte ihm, was ich mit dem Boot vorhatte. Von dem Tag an kam er ständig vorbei und begann mir zu helfen. Er war so gut, dass ich ihn gleich für alle weiteren, für mich zu spezifischen Arbeiten anheuerte und ihm vorschlug, ihn für seine Hilfe zu entlohnen. Heinrich Janssen hatte Gefallen an meinem Projekt, zudem war er glücklich, mit dem, was ich ihm für seine Bemühungen zahlen würde, seine kleine Rente aufzubessern. Durch seine jahrelange Erfahrung brachte er zusätzlich eigene Vorschläge ein, an die ich so gar nicht gedacht hatte, die mir aber oft gut gefielen. Den ehemaligen Frachtraum für die Krabben planten wir auf Heinrichs Ratschlag hin zu einer großen, geräumigen Kajüte auszubauen. Er erklärte mir, es wäre genug Platz für zwei luxuriöse Schlafkammern zur Übernachtung, ein Badezimmer mit Toilette und eine Platz bietende Kombüse, die gleichzeitig als Wohnraum dienen könnte. Dafür musste aber das vordere Deck in der Mitte um mehr als anderthalb Meter erhöht und, wie Heinrich bemerkte, mit schönen, stilechten Bullaugen versehen werden. Keine leichte und auch nicht ganz billige Veränderung, aber es würde sich optisch sowie platzmäßig auswirken, versicherte er. Ich stimmte seinem Vorschlag zu und nachdem er die ersten Zeichnungen fertig hatte, konnten wir mit dem Ausbau beginnen.

Den betagten Schiffsdiesel samt der Antriebswelle mit Schraube hatte ich von einer Fachfirma, die wiederum Heinrich empfohlen hatte, abholen lassen. Er sollte dort von Spezialisten geprüft und generalüberholt werden. Nach dem späteren Wiedereinbau des Motors sollte dann ein hochmoderner Steuerstand inklusive neuster Bord-elektronik das gesamte Projekt abrunden. Es war alles in allem ein kostspieliges Unterfangen und ich hätte mir für die nicht gerade geringen Kosten sicherlich ein neues Boot leisten können. Nichtsdestotrotz war es mir die Sache wert und das Projekt war für mich eine Art von Vergangenheitsbewältigung.

Heinrich und ich waren in den letzten Wochen unserer gemeinsamen Arbeit Freunde geworden. Ich schätzte die stille Art des Mannes, der mir selten mal eine persönliche Frage stellte. Außerdem hätte ich mein Projekt niemals ohne Heinrichs Hilfe allein bewältigt bekommen. Ich muss ehrlich zugeben, mir fehlte in vielen Belangen auch das nötige Fachwissen.

Es war später Nachmittag geworden, vom Meer wehte eine leichte Brise über die Küste. Große Seemöwen, die Aasgeier der Nordsee, wie Heinrich sie nannte, stießen auf der unendlichen Suche nach Fressbarem über dem Deich ihre lauten Schreie aus. Die immer noch kräftige, warme Augustsonne strahlte zur Freude aller Urlauber von einem azurblauen Himmel auf die ostfriesische Küstenlandschaft. Es war ein wunderschöner Tag, wie von einer der unzähligen Touristenpostkarten abfotografiert. Heinrich und ich hatten schon früh am Morgen mit der Arbeit am Schiff begonnen. Wir waren gerade im Begriff, einige Schweißarbeiten am neuen Aufbau der Kajüte vorzunehmen, als Samira, in Tränen aufgelöst, aufgeregt zu uns ans Boot gelaufen kam.

»Asha ist verschwunden«, schluchzte sie heulend. »Ich kann sie nirgendwo finden, ich habe sie überall schon gesucht. Mein kleiner Schmetterling ist verschwunden. Sie ist nach der Schule nicht nach Hause gekommen. Ich habe die Polizei schon angerufen, aber die kann mir nicht helfen, haben sie gesagt.« Dann brabbelte sie etwas auf Arabisch, was ich nicht verstehen konnte, aber bestimmt nicht schmeichelhaft für die hiesige Polizei war.

Ich stieg die Leiter vom Schiff herunter, zog meine Arbeitshandschuhe aus und nahm die völlig aufgelöste Samira in den Arm.

»Beruhige dich erst einmal, Samira, und erzähle mir genau, was passiert ist. Wir finden Asha, mach dir keine Sorgen«, versuchte ich die einem Nervenzusammenbruch nahe verzweifelte Frau zu trösten.

Heinrich blickte fragend vom Boot hinab. Ich gab ihm ein Zeichen, die Arbeiten für den Moment einzustellen und eine Pause zu machen. Ich führte Samira ins Haus, reichte ihr ein Taschentuch für ihre Tränen und bereitete ihr einen Tee zur Beruhigung. Sie nahm am Küchentisch Platz und fing an, sich sichtlich zu entspannen. Wenige Augenblicke später erschien Heinrich in der Tür, setzte sich zu uns. Ich schenkte uns allen dreien erst mal eine Tasse Ostfriesentee ein, bevor ich mich an Samira wandte.

»So, jetzt erzähl uns einmal ganz in Ruhe, was denn passiert ist«, sprach ich in einem ruhigen Ton zu ihr.

Samira sammelte sich und begann zu erzählen:

»Asha ist heute Morgen wie immer zur Schule gegangen. Zum Mittagessen ist sie nicht nach Hause gekommen. Das ist nicht so schlimm, es kommt ab und zu einmal vor. Sie geht manchmal mit ihren Freunden noch eine Stunde spielen. Um zwei Uhr spätestens ist sie sonst aber immer da. Doch heute kam sie nicht nach Hause. Ich machte mir Sorgen und ging Asha suchen. Alle ihre Freunde habe ich befragt, aber keiner hat Asha gesehen. Dann habe ich die Polizei angerufen, aber die Polizei sagt, sie könnten nichts machen. Es wäre viel zu früh, ich soll morgen wiederkommen. Der Polizist sagte, Asha wird bestimmt bald wieder nach Hause kommen, ich soll mir keine Sorgen machen, es wird ihr schon nichts passiert sein. Ich kann das aber nicht glauben, Asha würde nie freiwillig länger wegbleiben, sie weiß, dass ich mir Sorgen machen würde. Ich habe große Angst, dass ihr was passiert ist«, endete Samira und begann wieder heftig zu schluchzen.

»Wir wollen mal hoffen, dass Asha nichts passiert ist, Samira. Es wird schon alles gut werden, wir finden Asha schon, mach dir keine so großen Sorgen. Was hältst du davon, wenn wir sie jetzt gemeinsam suchen gehen? Wir werden sie bestimmt bald finden«, sagte ich, aber irgendwie war ich selbst nicht ganz überzeugt von meinen Worten.

Ich kannte Asha gut genug, um zu wissen, sie würde niemals gegen die Anordnungen ihrer Mutter verstoßen. Schnell kramte ich aus der Schublade eine Karte von Greetsiel und legte sie auf den Tisch.

Heinrich bot, ohne zu zögern, sofort seine Hilfe bei der Suche an. Dankend schaute Samira uns beide an, schnäuzte sich in ein Taschentuch und mit etwas wiedergewonnenem Mut blickte sie auf uns.

»Jetzt zeig uns erst einmal auf dem Plan den Schulweg von Asha und den gehen wir dann zusammen ab«, schlug ich vor. »Hast du ein Foto von Asha dabei?«

»Ja, hier habe ich eins«, sagte Samira und zog dabei ein Foto aus ihrer Tasche, das die kleine Asha fröhlich lächelnd in einem mit bunten Schmetterlingen bedruckten Kleidchen zeigte.

Ich steckte die Karte ein und zu dritt machten wir uns auf den Weg zur Schule. Die Route führte eine kurze Strecke am Deich entlang, passierte einen Kinderspielplatz und eine Wohnsiedlung mit den in Ostfriesland typischen roten Backsteingebäuden. Unterwegs fragten wir immer wieder Spaziergänger und spielende Kinder, ob sie Asha gesehen hatten. Wir zeigten ihnen das Bild, aber niemand hatte sie wahrgenommen oder wusste, wo sie abgeblieben war. Es schien, als hätte sich die kleine Asha nach der Schule in Luft aufgelöst. Enttäuscht über die bisher erfolglose Suche schlug ich vor, für den Rückweg eine andere Strecke zu versuchen. Gefrustet liefen wir mit leicht schwindender Hoffnung die neue Route entlang. Nach der Hälfte des neuen Weges entdeckten wir ein paar spielende Blagen in der Nähe eines Stellplatzes für Caravans und Wohnmobile. Wir zeigten den Kindern Ashas Foto und fragten, ob sie eventuell Asha gesehen hatten. Diesmal hatten wir Erfolg. Einer der Jungen konnte uns erzählen, dass er glaubte, er hätte das Mädchen so etwa um die Mittagszeit gesehen. Sie hatte mit einem glatzköpfigen Mann und einer Frau gesprochen. Ganz sicher war er sich aber nicht, sagte er. Bei einem zweiten Blick auf Ashas Bild wurde er jedoch zuversichtlicher, dass sie es war, die er gesehen hatte. Er erinnerte sich an die Schmetterlinge. Auf meine

Frage, wo das denn genau gewesen war, zeigte der Junge nur in die Richtung der parkenden Wohnmobile.

Mit neuem Mut und mit Zuversicht gingen wir zum Campingplatz. Wenn der Junge recht behalten sollte, musste Asha sich dort befinden. Unsere anschließende Suche auf dem Campingplatz brachte jedoch nur Enttäuschung. Niemand der Camper wollte das Mädchen gesehen haben. So gerne, wie ich einige der in Reihe stehenden, weiß lackierten Motor-Homes in dem Moment durchsucht hätte, es war mir vom Gesetz her nicht gestattet. Ich hatte leider keinerlei Befugnis, mich in den Wohnmobilen umzusehen. Wir konnten auch keinen glatzköpfigen Mann unter den Wohnmobilisten entdecken. Durch den lauten Tumult, den wir mit unserer Fragerei nach einem verschwundenen Mädchen verursachten, kam überdies schnell der Betreiber des Platzes herangelaufen. Der Platzwart, ein sehr unfreundlicher, schwitzender Fettsack, konnte oder wollte uns auch nicht weiterhelfen. Er erklärte, dass er die meisten der hier anwesenden Camper persönlich kannte. Empörend und als völlig absurd fand er unsere unterschwellige Anschuldigung, dass einer seiner Mieter etwas mit dem Verschwinden eines Mädchens zu tun haben könnte. Verärgert durch den seiner Meinung nach geschäftsschädigenden Vorwurf wies er uns an, den Platz sofort zu verlassen. Mit seiner Entrüstung transformierte er die kurz vorher noch mitfühlenden Camper in entrüstete zu Unrecht beschuldigte Bürger. Die Stimmung kippte und die Menge wurde uns gegenüber fast feindselig.

Frustriert liefen wir zurück zur Straße, als eine junge Frau sich vorsichtig näherte und uns ansprach. Sie wollte keinen Ärger bekommen, sagte sie sich nervös umblickend, aber sie wusste von einem Wohnmobil zu erzählen, das gegen Mittag den Platz verlassen hatte. Das Paar in dem Fahrzeug hätte sich komisch verhalten, berichtete die Frau, als ob sie es plötzlich eilig hatten. Warum konnte sie nicht sagen, es war nur so ein Gefühl, beschrieb sie ihren Eindruck. Immer wieder schaute sie beim Erzählen erregt über ihre Schulter in Richtung ihres

Partners, der zusammen mit dem Platzwart und anderen im Gespräch war. Es kam mir so vor, als ob die Frau vor ihrem Mann Angst hatte. Meine Frage, ob der Fahrer des abgefahrenen Wohnmobils kahlköpfig gewesen war, konnte sie nicht mit Sicherheit bejahen. Der Mann hatte ständig einen breitrandigen Strohhut getragen. Sie glaubte aber, dass er eine Glatze gehabt hatte, denn einmal hatte er sich mit einem Tuch den Kopf abgewischt und dabei den Hut angehoben. Sie hatte keine Haare ausmachen können. Das von uns gesuchte Mädchen hatte sie leider nicht unmittelbar bei dem merkwürdigen Paar, aber in der Nähe spielen sehen. Das wäre alles und es täte ihr sehr leid, das mit dem verschwundenen Kind, sagte sie. Dann eilte sie zurück zum Platz, wo ihr Mann sie mit giftigen Worten in Empfang nahm.

»Komische Menschen« gibt es auf der Welt«, äußerte sich Heinrich. »Wir sollten mit der Information sofort zur Polizei gehen, die wird sich dann schon um dieses Paar mit dem verschwundenen Wohnmobil kümmern.«

»Bis die in die Hufe kommen, sind die schon längst über alle Berge und wir haben auch keinerlei konkrete Beweise. Es sind bisher alles nur vage Vermutungen und Hersagen«, erwiderte ich daraufhin und sah, wie Samira bei meiner Antwort kreidebleich wurde.

»Ich werde sie nie wiedersehen Sven, oder? Ach, Asha, mein kleiner Schmetterling, wo bist du nur?«, hauchte sie emotional am Ende ihrer Kräfte, bevor ihr die Beine versagten.

Ich konnte Samira gerade im letzten Moment noch auffangen, hob sie in meine Arme und sagte zu ihr:

»Verlier jetzt bloß nicht den Mut, wir finden sie. Vertrau mir, Samira, ich bringe dich erst einmal nach Hause und dann werde ich alles tun, damit du deine Asha schnell wiederbekommst.«

Es war spät geworden und es machte zu diesem Zeitpunkt keinen Sinn für uns, die Suche allein fortzusetzen. Heinrich und ich brachten Samira zu ihrer Wohnung. Ich versprach ihr am nächsten Morgen in aller Frühe mit ihr zur Polizei zu gehen und eine gezielte große

Suchaktion einzuleiten. Ich gab Samira zwei Schlaftabletten aus einer Packung, die ich in ihrem Badezimmerschrank gefunden hatte, und nachdem sie eingeschlafen war, verließ ich mit Heinrich die Wohnung.

»Was für eine furchtbare Sache, wo mag die Kleine wohl stecken? Man mag sich gar nicht vorstellen, was heute alles möglich ist. Täglich liest man davon Berichte in den Zeitungen und sieht das im Fernsehen, dass Kinder so einfach mir nichts, dir nichts verschwinden, aber hier in Greetsiel? Ne, wer hätte das gedacht«, brabbelte Heinrich vor sich hin und schüttelte dabei unentwegt den Kopf.

»Lass mal gut sein, Heinrich, geh nach Hause. Wir kriegen die Asha schon wieder und wenn es das Letzte ist, was ich tue, ich bringe sie zurück«, sagte ich mit gespielter Überzeugung. Insgeheim machte ich mir aber sehr große Sorgen, denn ich hatte vor nicht allzu langer Zeit selbst eine Sendung über diese abartigen Kinderhändler, Pädophilen und die zunehmende Kinderpornografie gesehen. Ich konnte mir auch nicht erklären, warum die Polizei bei einem verschwundenen Kind nicht sofort etwas unternimmt. Um in der Nacht noch eine groß angelegte Suchaktion zu starten, war es zu spät geworden. Wir mussten wohl oder übel bis zum nächsten Morgen warten.

Heinrich und ich verabschiedeten uns und ich lief zurück zu meinem Haus. Es war mittlerweile schon zehn Uhr abends geworden, ein langer Tag. Müde öffnete ich meinen Kühlschrank, nahm eine Flasche Bier heraus und setzte mich auf mein Sofa. In Gedanken ging ich noch mal alles durch. Der Junge, der die kleine Asha gesehen haben will, wie sie mit einem glatzköpfigen Mann und einer weiblichen Person gesprochen hatte. Die Frau, die von einem eilig abreisenden Wohnmobil zu berichten hatte, dessen Fahrer vermutlich einen Glatzkopf hatte. Und dann der Besitzer des Platzes, dessen ignorante, egoistische Art mich jetzt noch zur Weißglut treibt. Dass ein kleines Mädchen verschwunden war, ging dem Mann einfach am Arsch vorbei, nur sein blödes Geschäft interessierte diesen Geldsack. Beim Gedanken Geschäft war ich plötzlich hellwach, es kam mir eine Idee. Der Mann war gezwungen, Buchführung zu machen und alle seine Kunden mussten sich bei ihm an- und abmelden. Er sollte somit logischerweise auch im Besitz aller Namen und Daten der Fahrzeuge auf seinem Platz sein. Ich konnte plötzlich nicht mehr länger rumsitzen, ich musste sofort etwas unternehmen.

Zwanzig Minuten später schlich ich mich wie ein Einbrecher an die hintere Tür des Meldekiosks am Eingang des Stellplatzes. Der Kiosk lag in einiger Entfernung abseits, umgeben von einer Hecke aus blühenden Sträuchern, zu den Caravans. Vor dem kleinen Gebäude verlief die Einfahrt, die mit einem rot-weißen Schlagbaum um diese Zeit versperrt war. Ein früher Mond erhellte die Nacht und der Sternenhimmel über Ostfriesland glitzerte wie eine unerschöpfliche Diamantenmine am Firmament. Es war ein faszinierender Anblick.

Während der einsamen Nächte auf Wache hatte ich in der Legion begonnen, mich für Astronomie zu begeistern. Erst aus Langeweile, dann aus Interesse beobachtete ich oft den Sternenhimmel. Auch in den Jahren danach blieb mir meine Begeisterung für die Sternenkunde erhalten. Auf allen Kontinenten hatte ich über die verschiedenen Konstellationen der Sterne und ihre Einflüsse auf die unterschiedlichen Kulturen gelesen. In dieser sternenklaren Nacht in Ostfriesland hatte ich den Himmel zum Greifen nah. Die Sterne des Sommerdreiecks mit den Spitzen, Atair im Adler, Deneb im Schwan und Wega in der Leier, funkelten hoch am Südhimmel. Am Horizont waren die Sternenbilder Schütze und Skorpion, der Stern Arktur blinkte im Südwesten. Im Nordwesten glitzerten die sieben Gestirne des Großen Wagens, im Norden stand der Kleine Wagen mit dem Polarstern an der Deichselspitze. Dann konnte ich ganz im Nordosten Pegasus und Andromeda an der Himmelsbühne ausmachen. Direkt im Norden entdeckte ich Kassiopeia und darunter Perseus.

Plötzlich erschienen einige Sternschnuppen am Himmel, Laurentiustränen, wie sie der Volksmund nennt. Damit sollte an den Diakon

Laurentius erinnert werden, der am 10. August 258 in Rom gefoltert wurde und schließlich auf einem glühenden Eisenrost hingerichtet wurde. Nach seinem Märtyrertod fielen Sternschnuppen vom Himmel, Tränen, die der Heilige geweint haben soll. Bei den Astrologen heißen sie Perseiden und sind Meteore, die vom Boden betrachtet alle von einem einzigen Punkt ausgehen. Dieser Punkt liegt im Radianten des Perseus, daher der Name Perseiden. In manchen Jahren, so wie heute, treffen bis zu neunzig Meteore pro Stunde unsere Atmosphäre und verglühen in einem atemberaubenden Spektakel.

Ich musste mich von dem Ereignis losreißen, um mich auf das zu konzentrieren, warum ich eigentlich hergekommen war. Im Schatten der Hecke näherte ich mich vorsichtig der Tür. Mit einem mitgebrachten Dietrich aus meiner Werkzeugkiste knackte ich das billige Türschloss in wenigen Sekunden. Als ich die Tür vorsichtig öffnete, schlug mir sofort ein schaler Geruch von miesen Zigarren und Schweiß entgegen. Ich war froh, dass ich für mein illegales Vorhaben keine Taschenlampe benötigte, denn deren sich bewegender Lichtschein hätte mich leicht verraten können. Für meinen kleinen Ausflug schien zum Glück ausreichend helles Mondlicht durch die vom ewigen Tabakrauch vergilbten Jalousien in das Innere des Büros. Suchend schaute ich mich in dem winzigen Raum um. Ich brauchte nicht lange, um das von mir gesuchte Gästebuch zu finden. Es lag offen und für jeden sichtbar auf dem minderwertigen metallenen grauen Schreibtisch. Ich blätterte zielgerichtet zur letzten Seite und sah den Eintrag, den ich erhofft hatte, zu finden. In gut leserlicher Handschrift des Besitzers stand dort aufgelistet:

»Wohnmobil, Mercedes Hymer/Eriba, Egon und Beate Schneider aus Gladbeck, Kennzeichen GLA-EB 2986 – 19. August, Abreise 14 Uhr«.

Es war das einzige Wohnmobil, das am heutigen Tag den Platz verlassen hatte. Nachdem ich mir die Daten notiert hatte, kehrte ich dem Kiosk den Rücken. Ich verschloss die Tür hinter mir und verschwand lautlos in der Nacht. Niemand würde jemals etwas über den Einbruch wissen, keiner hatte mich gesehen oder gehört.

Keine halbe Stunde später saß ich bei mir zu Hause und überlegte, wie ich mich weiter verhalten sollte. Ich war es gewohnt, Dinge selbst in die Hand zu nehmen, zu handeln, anstatt abzuwarten. In diesem Fall stand aber das Leben der kleinen Asha auf dem Spiel. War es besser abzuwarten, was die Polizei in der Angelegenheit unternehmen würde? Ich hatte meine Zweifel, denn die Beweise waren eher wage und ob die Behörden nach dem Fahrzeug fahndeten, war fraglich. Dennoch befand ich für mich, der Polizei zu vertrauen, das Richtige zu tun. In dem Fall, dass sie die Spur nicht verfolgen würde, konnte ich mich immer noch entscheiden selbst in Aktion zu treten. Es war alles anderes als zufriedenstellend, aber mehr konnte ich im Moment nicht tun. Um mich von meiner Sorge um Asha abzulenken, schaltete ich den Fernseher ein.

Nachdem ich durch mehrere Sender gezappt hatte, blieb ich bei einer Dokumentation über Brazzaville im Kongo hängen. Magisch zog mich die Sendung in ihren Bann. Dann schweifte mein Blick und heftete sich dabei auf ein gerahmtes Foto an meiner Wohnzimmerwand. Die alte Schwarz-Weiß-Fotografie zeigte mich und ein paar meiner Kameraden in Uniform. Ich konnte mich noch gut daran erinnern, das Foto war während meines ersten Einsatzes in Afrika entstanden.

Kapitel 7

Kongo, Afrika, 1978, Mai, Operation Leopard

Nach monatelangem hartem Training im Camp Raffalli in Calvi auf Korsika bekam ich im Mai des Jahres 1978 meinen ersten Einsatzbefehl. Es schlug die Stunde der Wahrheit für den Legionär Sven Aarhus. Jetzt musste ich in den Kampf ziehen, ob ich wollte oder nicht. Die berüchtigte Operation Leopard in Kolwesi im Kongo würde ein Meilenstein in meinem Leben als Legionär werden.

Es hatte alles damit angefangen, dass, unterstützt von Angola und Kuba, circa viertausend Katanga-Rebellen, genannt »Tiger«, in die Stadt Kolwesi in der Provinz Shaba Zaire eingedrungen waren und damit begonnen hatten, wahllos harmlose Zivilisten abzuschlachten. Unter den bedrohten Einwohnern befanden sich nicht nur Afrikaner, sondern auch knapp zweitausend Europäer. Die Mehrzahl Belgier, etwa vierhundert Franzosen, einige Amerikaner, Italiener, Griechen und Libanesen. Mobuto Sese Seko, Zaires damaliger Präsident, hatte sich an Frankreich um Hilfe gewandt. Giscard d'Estaing, der französische Staatspräsident, zögerte keinen Augenblick und wählte für diese heikle Mission die besten Soldaten der Fremdenlegion aus, und zwar meine Fallschirmjägereinheit, die 2 REP.

Colonel Erulin, unser amtierender Kommandant zu der Zeit, gab in Calvi den Befehl für vier Kompanien der Legion, sich fertig zu machen. Das gesamte Regiment musste in sechs Stunden abmarschbereit sein. Im Camp Raffalli schallte eine Trompete durch die Nachtstille, sie blies Alarm! Im gleichen Moment begann plötzlich ein Wettlauf gegen die Zeit. Ich wusste nicht so recht, was ich von der unerwarteten Hektik im Camp halten sollte. Hinter vorgehaltener Hand wurde von den Legionären immer wieder das Wort Kolwesi geflüstert, aber niemand hatte Kenntnis, etwas Genaues berichten zu können. Die ständig geübte Disziplin der Maschinerie der Legion agierte mit einer umsichtigen, kühlen, abgeklärten Besonnenheit. Präzise Abläufe, tausendmal durchgeführt, folgten, Waffen prüfen, Gepäck und Fallschirme packen. Man konnte die eiserne Entschlossenheit, in den Kampf zu gehen, von den Gesichtern der Legionäre ablesen. Ich war durch die Nachrichten über die Massaker der Milizen in Kolwesi informiert, aber es schien für mich so fern und fremd zu sein. Afrika, Kongo, ich fragte mich ernsthaft, ist das jetzt der Ort, wo du zum Sterben antrittst? Es war kein direkter Angstzustand, sondern nur eine nüchterne Betrachtung. Angst war ein Fremdwort bei uns Legionären, wer ängstlich war, diente nicht in der Legion. Endlich geht es wieder los, waren eher die Bemerkungen der alten Veteranen unter den Soldaten. Unter den jungen, nicht kampferprobten Legionären herrschte eine etwas verhaltene, gedämpfte Stimmung. Auch ich musste meine Gefühle erst sortieren, doch war ich im Grunde froh, das alles, wofür ich monatelang trainiert hatte, endlich unter Beweis zu stellen.

In vollgeladenen Lastwagen wurden wir zum hundertsechsundfünfzig Kilometer entfernten Luftstützpunkt Solenzara gebracht. Vier Kampfkompanien zu je hundertachtunddreißig Legionären, ein kompletter Aufklärungszug mit sechsunddreißig Soldaten und eine Stabs- und Versorgungskompanie plus Mörserzug mit einhundertsechzehn Kämpfern. Keiner konnte genau sagen, wohin die Reise gehen sollte, doch alle hatten die allgegenwärtigen Berichte über Kolwesi gesehen und machten sich ihre Gedanken. Ich konnte mir ausmalen, dass der Einsatz kein Spaziergang werden würde, denn von der Art der siebzehn Tonnen Munition und den vielen Mörsergranaten GC-35, die in die bereitstehenden Militärmaschinen vom Typ DC-8 verstaut wurden, wusste ich, dass es ans Eingemachte ging.

Dann ertönte der Befehl, auf dem Rollfeld anzutreten. General Lacaze, ein berühmter Veteran der Legion, war extra für die Mission aus Frankreich eingeflogen. Er schritt die Reihen der Legionäre ab und stellte sich so, dass er uns alle auf einmal im Blick hatte. Dann richtete er seine feste Stimme an uns:

»Der Auftrag, der euch Legionären vom Präsidenten der Republik Frankreich persönlich anvertraut wurde, ist von enormer Wichtigkeit. Ihr seid dazu auserwählt, über Kolwesi abzuspringen und dem Drama, das dort in diesem Augenblick stattfindet, ein Ende zu bereiten.«

Sein Blick schweifte über die Reihen der vorne stehenden Legionäre und er fügte etwas leiser hinzu:

»Es besteht kein Zweifel daran, dass viele von euch nicht zurückkehren werden.«

Einige der Legionäre mussten schlucken bei dieser direkten Ansage des Generals, auch mir war nicht wohl bei seinen morbiden Worten. Dennoch, der Auftrag für uns knapp sechshundertsiebzig Legionäre war klar. Wir sollten die Bevölkerung von Kolwesi retten und genau das würden wir tun, auch wenn es uns das Leben kosten würde. Wir waren schließlich die härteste Truppe der Welt, die Fremdenlegion.

Die Maschinen mit der Truppe hoben gegen Mittag in Solenzara ab und erreichten den Flughafen von Kinshasa, der Hauptstadt des Kongos, am 18. Mai 1978 kurz vor Mitternacht. Am Morgen des 20. Mai sollte es weitergehen zum Einsatzort Kolwesi. Wir Paras waren um sechs Uhr dreißig einsatzbereit, doch es gab einige Probleme mit den Fallschirmen und den Flugzeugen. Die Operation kam ins Stocken. Eine der Transall-C-160-Maschinen, die uns zum Einsatzort fliegen sollte, war ausgefallen, eine weitere C-130 würde erst in ein paar Stunden flugbereit sein. Es begann das lange Warten auf die unausweichliche Konfrontation mit den Tigern. Dicht gedrängt saßen wir Legionäre in den Maschinen und hofften, dass es endlich losgehen würde. Der Flug nach Kolwesi würde drei bis vier Stunden dauern, wurde uns gesagt. Es blieb uns Zeit für eine kleine Schlafpause. Ich saß wartend mit meinen Kameraden im Bauch einer der C-160. Der Geruch von Kerosin, gemischt mit dem Schweiß der Männer, die seit zwei Tagen kaum geschlafen hatten, füllte meine Nasenflügel. Ich machte es mir so gemütlich, wie es ging im Laderaum der Maschine, und versuchte meine stetig wachsende Nervosität zu unterdrücken. Leise summten wir das Lied der Paras der Legion.

»Lass uns zusammen springen, lass uns zusammen springen, Legionär, wir werden nicht zurückkehren. Die Feinde warten dort auf dich. Sei stolz, wir ziehen in den Kampf.«

Dann schloss ich die Augen und schlief ein, die Müdigkeit hatte mich übermannt. Vom Start des Flugzeuges sowie von dem fast dreistündigen Flug hatte ich nichts mehr mitbekommen. Abrupt wurde ich durch die lauten Rufe der Absetzer im Flugzeug aus meinem Schlaf gerissen:

»Aufstehen, einhaken, überprüfen«, schallte es durch den Bauch der Maschine.

Die Kameraden halfen sich gegenseitig in der drückenden Enge des Frachtraums, die Ausrüstung ein letztes Mal durchzuchecken. Alle versuchten, soweit es ging, die Blutzirkulation in den vom langen Sitzen müden Gliedern anzuregen, da erschallte auch schon das nächste Signal.

»Noch fünf Minuten!«

Das Soldatenglück schien nicht auf unserer Seite zu sein. Der nervöse Pilot unserer Maschine hatte beim ersten Anflug die falsche Achse genommen und war im Tiefflug über die Stadt geflogen. Eine bessere Ankündigung unseres Angriffs hätten die Tiger nicht erhalten können, es war zum Verzweifeln. Doch wir Legionäre, die fieberhaft vor Anspannung auf unseren Absprung warteten, bekamen davon zum Glück nichts mit. Das Licht in der Maschine schaltete auf Rot, drei Minuten noch, die Sprungtüren wurden geöffnet. Der zweite Anflug war der richtige. Aus der Maschine konnten wir sehen, wie die Landschaft rasend schnell unter unseren Füßen vorbeiflog. Plötzlich schaltete das Licht von Rot auf Grün, Absprung! Aus nur zweihundertfünfzig Meter Höhe mit einer Absetzgeschwindigkeit von vierhundert Kilometer pro Stunde sprangen vierhundert Paras um fünfzehn Uhr vierzig mit ihren

Fallschirmen aus den Maschinen ins zwei Meter hohe Elefantengras, das von Stromleitungen, tiefen Gräben und Bäumen durchzogen war.

»Fertig zum Sprung! Go! Glück ab – et par Saint Michel«, rief mir der Absetzer zu, als er mich durch die Tür bugsierte, und mahnte damit den heiligen Schutzpatron aller Paras, den Erzengel Michael.

Wie eine Ladung Erbsen in einen Kochtopf geschüttet, fielen wir in endloser Reihe aus dem Bauch der Transportmaschine. Schon in der Luft wurden wir vom Feind beschossen. Ich hörte, wie die Kugeln der Tiger an mir vorbeischwirrten. Gott sei Dank waren es keine guten Schützen und wie die meisten meiner Kameraden erreichte ich sicher den Boden. Ich landete nach wenigen Sekunden geschützt in einer kleinen Senke und rollte, wie Hunderte Male im Training geübt, ab. Die Anspannung ließ meinen Adrenalinspiegel auf das Maximum steigen. Gehetzt schaute ich mich im Gras um und entdeckte in der Nähe meine Kameraden, die sich sofort, wie bei einer der Übungen angeordnet, bei einem nahen Baum sammelten. Nach nur fünfzehn Minuten meldeten alle Züge per Funk »klar zum Gefecht«. Jetzt hieß es im Laufschritt unsere vorher angeordneten Ziele zu erreichen und aus der Bewegung den Gegner anzugreifen. Das war alles viel einfacher gesagt als getan und die mörderischen, wartenden Feinde, circa tausendfünfhundert bis zweitausend bis an die Zähne bewaffneten Tiger-Rebellen, hatten da auch noch ein Wörtchen mitzureden.

Unser Befehl war, drei Hauptziele einzunehmen: das Lyzeum Jean XXIII., eine Schule im südlichen Teil der alten Stadt, das Krankenhaus und das Hotel Impala. Die erste Kompanie stürmte sofort in Richtung des zugewiesenen Ziels. Die zweite Kompanie versuchte das Hospital abzusichern und die Männer der dritten Kompanie, unter denen ich mich befand, kämpften sich zum Hotel Impala vor. Nie würde ich den über der ganzen Stadt hängenden süßlichen Geruch vergessen, der uns in den engen Straßen von Kolwesi entgegenschlug. Überall lagen tote Menschen und Tierkadaver herum. Ich sah, wie wilde Hunde und Ratten sich an den unzähligen Leichen, die überall in den Straßen lagen, satt fraßen. Der eine oder andere Legionär musste sich übergeben. Doch wir konnten uns keine Sentimentalitäten leisten. Ständig stießen wir bei unserem Vormarsch auf Widerstand, mussten uns gegen einen von Drogen und Alkohol aufgeputschten, unerbittlichen Feind den Weg freischießen. Im gnadenlos geführten Nahkampf, unterstützt von unseren Scharfschützen, drangen wir schnell aggressiv, ohne den Feind sich Zeit zum Organisieren zu lassen, zum Hotel Impala vor. Dort angekommen, bot sich uns ein noch schrecklicherer Anblick. In allen Räumen des Hotels fanden wir überall abgehackte Hände, Köpfe und andere Gliedmaßen. Bestialisch hatte der Feind hier gewütet, selbst die hartgesottenen Veteranen unter uns mussten jetzt mehrfach schlucken. Die Kämpfe ums Hotel waren heftig, aber jeder aufflackernde Widerstand wurde von uns Paras sofort ausgeschaltet. In erbarmungslosen Feuergefechten vernichteten wir auch erfolgreich zwei feindliche Panzerwagen. Obwohl die Tiger wesentlich besser bewaffnet waren und über modernste Waffen wie AK-47 Kalaschnikow, israelische UZI, belgische FAL-Sturmgewehre und amerikanische M16 verfügten, konnten sie unserem Willen und unserer Disziplin nichts entgegenhalten. Der unkontrollierte Feind hatte nicht mit solch einer harten Truppe gerechnet. Sie waren kein Gegner für uns Legionäre, die noch mit MAS-49/56-Selbstladegewehren sowie MAT-49-Maschinenpistolen ausgerüstet waren, die schon im Algerienkrieg und Indochinakrieg im Einsatz gewesen waren. Die Rebellen starben wie die Fliegen in unserem gezielten unerlässlichen Angriffsfeuer. Um achtzehn Uhr vermeldeten wir unseren Auftrag als ausgeführt. Sowohl das Hotel als auch die umliegende Umgebung waren eingenommen und gesichert. In den folgenden Stunden befreiten wir die noch am Leben gebliebenen Zivilisten aus ihren Häusern. Einige weinten dem Nervenzusammenbruch nahe, andere tanzten vor Freude. Sie berichteten uns Horrorgeschichten von willkürlichen Exekutionen, Plünderungen und Massenvergewaltigungen. Von betrunkenen Tigern, die auch vor Kindern nicht Halt gemacht hatten. Wir Legionäre sicherten im Handstreich die ganze Altstadt. Während der ganzen Nachtzeit gingen die Kämpfe in den Randbezirken unaufhörlich weiter. Ich hatte mit meinen Kameraden noch viermal in der Nacht Feindberührung, doch jedes Mal schlugen wir den Feind erfolgreich in die Flucht.

Am Morgen des 20. Mai wurde dann auch die vierte Kompanie sowie die komplette Unterstützungskompanie der Legion angelandet. Es galt, den Feind endgültig zu vernichten, schnell, hart und mit Entschlossenheit vorzugehen. Zusätzlich kamen auch belgische Parakommandos hinzu, um die Aufgabe der angeordneten Evakuierung der Europäer und Zivilbevölkerung zu übernehmen. Für uns Paras aber war es noch lange nicht zu Ende, eine dreihundertfünfzig Mann starke Rebellengruppe machte einen letzten verzweifelten Versuch, die Niederlage abzuwenden. Sie griffen uns mit Vehemenz an, wurden dennoch von uns Männern des 2 REP mit konzentriertem MG- und Mörserfeuer niedergemacht. Der Kampf war brutal, ohrenbetäubend und wurde ohne jegliche Gnade geführt. Es gab auf beiden Seiten so gut wie keine Gefangenen. Anschließend saßen meine Kameraden und ich erschöpft am Boden, die Luft war raus. Seit dem 17. Mai nonstop im Einsatz gewesen, waren wir am Ende unserer Kräfte. Die große Schlacht um Kolwesi war zwar gewonnen, doch die Kämpfe gingen nach einer kurzen Verschnaufpause unentwegt weiter. In den Folgetagen wurden immer wieder noch versprengte Rebellengruppen ausgemacht, aufgespürt und neutralisiert oder, so sie sich ergaben, gefangen genommen. Am 27. Mai wurden alle Einheiten des Regimentes nach Lubumbashi verlegt, mit Ausnahme meiner 3. Kompanie und eines Mörserzuges. Wir verblieben in Kolwesi zur Sicherung.

Die Tiger flüchteten in die Außenbezirke, nach Liulu, Kamoto, Karat und Lualaba bis schließlich nach Lubumbashi, wo wir Paras eine Entscheidung erzwangen.

Am 28. Mai galt der Auftrag als ausgeführt, der Feind war endgültig besiegt. Zweitausendachthundert europäische Geiseln wurden ausgeflogen. Über einhundertzwanzig Europäer und mehr als fünfhundert

Einheimische waren den Rebellen zum Opfer gefallen. Die Verluste der Aufrührer lauteten offiziell dreihundert, ich war mir aber sicher, als ich die Zahlen in den Nachrichten las, es mussten mehr als doppelt so viele gewesen sein.

Am 4. Juni schließlich machte sich das komplette Regiment auf die Heimreise nach Calvi. Die Operation Leopard war erfolgreich beendet. Wir Legionäre des 2 REP wurden für unseren mutigen Einsatz in Kolwesi mit dem »Croix de la bravoure militaire zairose«, auch kurz »Kolwesi-Kreuz«, ausgezeichnet. Weiterhin bekamen die am Auftrag beteiligten Legionäre die »Medaille d'outr mer«, den Übersee-Orden mit der Spange Zaire verliehen.

Fünf meiner Kameraden hatten ihr Leben in Kolwesi verloren und die Legion hatte zwanzig Verletzte zu beklagen. Ich musste lange, nachdem wir wieder im Camp Raffalli auf Korsika waren, über meinen ersten Einsatz nachdenken. Ich hatte Feinde getötet und rechtfertigte mein Handeln damit, dass mein Einsatz ein humanitärer Auftrag kombiniert mit einem gefährlichen Kampfauftrag gewesen war. Ich hatte zwar Leben genommen, aber vielen unschuldigen Menschen ihres dadurch auch gerettet. Eine ganze Weile plagten mich die schrecklichen Bilder der grausam verstümmelten Leichen, die sich mir geboten hatten. Sie brannten sich in mein Unterbewusstsein wie ein unauslöschlicher genetischer Fingerabdruck.

Sie wurden Teil meiner DNA, die eines Soldaten, eines Kriegers.

Kapitel 8

Greetsiel, 2019, Dienstag, 20. August

Meine Träume hatten mich schlecht schlafen lassen und ich war mehrfach in der Nacht wach geworden. Ein Blick auf den alten Wecker zeigte mir, es war gerade einmal fünf Uhr morgens. Das störte die Vögel wenig, die vor meinem Fenster ihr tägliches Morgenkonzert abhielten. Es war aber nicht der Grund, warum ich wach geworden war, sondern es waren die Geräusche, die aus den unteren Räumen zu mir in mein Schlafzimmer drangen. Ich nahm an, dass es Samira war, die ich in der Küche herumhantieren hörte. Bei dem Gedanken musste ich auch sofort an die verschwundene kleine Asha denken. Die Ärmste hatte es verständlicherweise nicht mehr allein in ihrer Wohnung aushalten können. Samira tat mir leid. In Windeseile sprang ich aus dem Bett, zog mich an und ging in die Küche hinunter. Samira stand zur Tür abgewandt am Herd und briet mir ein paar Eier. Brötchen und frisch gebrühter Kaffee befanden sich schon auf dem Tisch. Es war fast wie immer, doch das war es nicht. Das unglückselige Ereignis vom Vortag, das Verschwinden ihrer Tochter Asha, hing unausgesprochen im Raum. Ich nahm Samira wortlos in den Arm und wusste im ersten Augenblick nicht, was ich sagen sollte. Die Hilflosigkeit, die ich in dem Moment verspürte, schnürte mir die Kehle zu. Zu fragen, ob Asha sich wiedereingefunden hatte, war überflüssig, ein Blick auf die arme Samira hatte mir genügt, um zu wissen, dass dies nicht der Fall war. Ich musste einen kühlen Kopf bewahren und sah es als meine Aufgabe, ihr Zuversicht zu geben.

»Guten Morgen, Samira«, sagte ich und versuchte dabei so normal wie möglich zu klingen. Im gleichen Moment ärgerte ich mich über meine unpassende Wortwahl. Es war kein guter Morgen und das wussten wir schließlich beide.

»Morgen, Sven«, antwortete Samira instinktiv der Situation ange-bracht und als ob sie meinen Wortpatzer spüren konnte. Mit ihren vom vielen Weinen geröteten Augen versuchte sie trotzdem ein Lächeln aufzusetzen, was ihr aber misslang.

»Sorry, Samira, es ist wirklich kein guter Morgen«, brachte ich ent-schuldigend hervor. »Wir müssen nach dem Frühstück gleich zur Poli-zei und versuchen, sie auf die Spur des abgereisten Caravans zu führen. Ich habe gestern Nacht noch den Namen des Paares sowie auch das Kennzeichen des Fahrzeugs rausbekommen«, fügte ich hinzu. Wie ich es bewerkstelligt hatte, an die Informationen zu kommen, behielt ich aber lieber für mich.

»Wir bekommen Asha zurück, mach dir keine Sorgen, die Polizei wird schon wissen, was zu tun ist, Samira«, sprach ich beruhigend weiter.

»Ich weiß nicht mehr ein und aus, Sven. Ich habe die ganze Nacht nicht geschlafen, immer nur an sie gedacht. Was soll ich bloß machen? Meine kleine Asha, hoffentlich haben sie ihr nichts angetan. Man liest ständig in den Zeitungen und sieht im Fernsehen die schrecklichen Geschichten.«

»Nein, Samira, so etwas darfst du gar nicht erst denken. Es wird alles wieder gut und wir finden Asha«, unterbrach ich sie schnell, um sie von diesen üblen Gedanken abzubringen.

»Ich bin dir so dankbar für deine Hilfe, Sven. Was soll ich ohne dich nur machen? Ich vertraue dir, nicht der Polizei«, antwortete Samira mit leichter Hoffnung.

Nach dem Frühstück machten wir uns auf den Weg. Um die of-fizielle polizeiliche Vermisstenanzeige aufzugeben, mussten wir zu einem der Nachbarorte fahren, denn Greetsiel gehörte zur Gemeinde Krummhörn. Die Polizeistation für die derzeit 13.248 Einwohner der ostfriesischen Region befand sich in Pewsum. Sie war zuständig für die sechzehn ehemals selbständigen Ortschaften Campen, Eilsum, Freepsum, Grimersum, Groothusen, Hamswehrum, Jennelt, Loquard,

Manslagt, Pilsum, Rysum, Upleward, Visquard, Woltzeten, Woquard, Pewsum und Greetsiel.

Der Beamte, den wir dort antrafen, nahm die Vermisstenmeldung auf, aber verwies uns auf die Inanspruchnahme der Dienstbehörde in Norden. Er versprach uns, dass sie sich so schnell wie möglich melden würde. Ich hinterließ meine Adresse und bat den Beamten, uns dort zu kontaktieren. Samira und ich fuhren zurück nach Greetsiel und warteten in meinem Haus.

Zwei Stunden später erschienen zwei Beamte der Dienststelle Norden und stellten unzählige Fragen zum Verschwinden des Mädchens. Die Männer, zwei gestandene Polizisten, waren höflich, sehr zuvorkommend und versprachen alles Nötige zu tun, um Asha zu finden. Als ich ihnen von dem Caravanplatz und der Beobachtung des Jungen erzählte, wurden die Beamten sofort hellhörig. Es war nur zu dumm, dass ich ihnen nicht den Namen und die Adresse des Knaben geben konnte, der uns von seinen Observationen berichtet hatte. Auch das Gespräch mit der Frau auf dem Platz, die ein Wohnmobil hatte eiligst abfahren sehen, erweckte die Neugier der Beamten. Sie wollten der Sache unverzüglich nachgehen und baten mich mitzukommen, um ihnen die Dame zu zeigen. Die beiden Polizisten wollten sie und den Platzwart gerne selbst befragen. Das hatte ich so nicht von den Männern erwartet, sie erschienen kompetent und zielstrebig. Innerlich war ich erleichtert, fast froh. Ich hätte mir die ganze Nacht-und-Nebel-Aktion mit dem Einbruch sparen können, dachte ich mir. Das war auch der Grund, warum ich die Information über das Wohnmobil, den Namen des Paares und das Kennzeichen erst einmal für mich behielt. Ich wollte mir wohl ebenso die Fragen nach dem Woher meines Wissens ersparen. Bald würden die Beamten selbst die Hinweise bekommen und konnten ihre Rückschlüsse ziehen. Ich war mir sicher, dass dann eine sofortige Fahndung ausgelöst werden würde. Falls Asha von dem Paar wirklich entführt worden war, was auf der Hand lag, würde man sie mit Sicherheit auch schnell finden.

Gemeinsam mit den Polizisten liefen wir zum Caravanplatz. Als wir am Stellplatz ankamen, konnte ich aber weder die Frau noch ihr Wohnmobil irgendwo entdecken. Ich zuckte ratlos mit den Schultern und ging zusammen mit den Beamten zum Kiosk des Betreibers. Der saß mürrisch, eine seiner billigen Zigarren rauchend hinter seinem Schreibtisch und fluchte laut vor sich hin, als er mich und die Polizisten sah.

»Was soll denn das? Ich habe doch schon gestern gesagt, hier hat keiner ein kleines Mädchen wahrgenommen oder in seinem Wohnmobil oder Caravan versteckt«, fluchte er naserümpfend in meine Richtung.

»Jetzt kommen Sie mir auch noch mit der Polizei, wollen Sie mir absolut mein Geschäft ruinieren?«

»Nun machen Sie mal halblang«, sagte einer der Beamten. »Wir, die Polizei, ermitteln hier offiziell über das Verschwinden eines kleinen Mädchens und Sie wollen doch mit uns kooperieren, oder?«, hing er mit einem leichten drohenden Ton an.

»Zeigen Sie uns doch einmal das Melderegister über Ihre Kundschaft. Wir möchten gerne wissen, wer seit gestern Mittag abgereist ist«, sagte der zweite Beamte mit bestimmendem Fingerzeig auf das Gästebuch, das auf dem Schreibtisch lag.

»Bitte, bitte, toben Sie sich ruhig aus, ich habe nichts zu verbergen. Hier ist alles in Ordnung, meine Kunden sind alles seriöse Camper und ehrbare Leute.«

Mit einer verächtlichen Geste übergab er das Buch, lehnte sich grinsend in seinen speckigen Sessel zurück und zog genüsslich an seiner Zigarre. Ich stand dicht neben den Polizisten und konnte einen Blick auf die letzte Seite des Buches werfen. Nirgends konnte ich den Eintrag entdecken, den ich noch die Nacht vorher mit eigenen Augen gesehen hatte. Der Beamte machte mit dem Handy von den letzten Seiten eine Aufnahme. Dann fragte er den Besitzer, ob das alle waren, die den Platz seit gestern verlassen hatten, was dieser schmierig grinsend bejahte.

»Sie sind sich klar über die Tatsache, dass wir Ihren Angaben nachgehen werden. Wenn Sie uns etwas verschweigen, kann das sehr unangenehm für Sie werden«, drohte jetzt einer der Polizisten, dem das arrogante Verhalten des Betreibers auf die Nerven ging.

»Ja, ja, ist schon klar, Herr Kommissar, aber bei mir ist alles sauber«, grinste er frech zurück und schaute mir dabei in die Augen.

Ich wusste, der Mann lügt, aber warum, das konnte ich mir nicht erklären. Hatte er vielleicht etwas mit dem Verschwinden von Asha zu tun? Alles schien danach zu schreien, aber wie konnte ich die Polizisten davon überzeugen? Es war zu spät, die Beamten über den Eintrag, den ich gestern Nacht noch in dem Buch entdeckt hatte, zu informieren. Die Chance hatte ich mit meinem vorangegangenen Schweigen vertan. Außerdem würde meine Aussage gegen die Stellungnahme des Betreibers stehen, kostbare Zeit würde ungenutzt verstreichen. Unverrichteter Dinge verließen wir den Kiosk und befragten anschließend noch einige der anwesenden Camper, aber niemand hatte etwas gesehen oder gehört. Sämtliche Befragungen führten zu keinem konkreten Beweis, dass sich Asha auch nur in der Nähe des Platzes aufgehalten hatte.

Ich musste der Sache ihren offiziellen Lauf lassen, doch ich schwor mir selbst etwas zu unternehmen. Der Fettsack würde mir noch erklären müssen, warum der Eintrag fehlte. Ich hatte aber schließlich eine weitere Idee und rief sofort meinen Freund Heinrich an. Ich bat ihn, keine langen Fragen zu stellen und von einer Telefonzelle anonym die Polizei in Norden anzurufen. Ich ersuchte Heinrich eindringlich, das Kennzeichen des Wohnmobils durchzugeben mit dem Hinweis, er hätte das gesuchte Mädchen in der Nähe des Fahrzeugs gesehen.

In der Zwischenzeit hatten die Beamten eine Hundertschaft der Polizei sowie einige lokale Rettungsdienste angefordert und eine groß angelegte Suchaktion eingeleitet. Hinzugezogen wurde auch die Wasserschutzpolizei mit diversen Tauchercrews, die die Hafengegend und nahe Küstengewässer absuchten. Eine Staffel der Polizei mit Suchhunden rundete die Aktion ab. Innerhalb weniger Stunden glichen das sonst so verschlafene Greetsiel und die Umgebung einem wilden Hornissenhaufen. Schnell wurden vervielfältigte Fotos von Asha im Ort verteilt. In Windeseile hing eine Fotografie an fast jedem Baum, an jeder Aushängestelle.

Samira blieb bei mir im Haus und wir warteten gemeinsam auf Neuigkeiten. Einmal kam einer der beiden Beamten und berichtete von einem anonymen Anruf. Asha wäre in der Nähe eines Wohnmobils gesehen worden und dass sie dem Hinweis nachgehen würden. Stunden später erfuhr ich dann, dass die Fahndung nach dem Fahrzeug nichts ergeben hatte. Das Nummernschild war nicht einmal registriert, sondern eine Fälschung gewesen. Ich hätte mir ernste Vorwürfe gemacht, die Ressourcen der Polizei nicht genutzt zu haben. Ich wäre meines Lebens nicht mehr froh geworden, wenn durch mein Schweigen Asha Schaden zugestoßen wäre. Mein Einfall, Heinrich als anonymen Informanten zu benutzen, hatte zwar keine Spur von dem Wohnmobil gebracht, aber zumindest war die Polizei dem Hinweis nachgegangen. Mein Verdacht erhärtete sich, dass irgendetwas mit dem Betreiber des Caravanplatzes faul war. Warum war das Wohnmobil mit dem nicht registrierten Nummernschild auf dem Platz gewesen und der Eintrag anschließend gelöscht worden? Der Junge hatte Asha dort spielen und mit einem Glatzkopf gesehen und die Frau hatte von einem Ehepaar gesprochen, das plötzlich abgereist war. Ich war jetzt nur noch entschlossener herauszufinden, warum der Fettsack von Platzwart gelogen hatte.

»Wird Asha wieder zu mir zurückkommen, Sven?«, fragte Samira mich plötzlich aus meinen Gedanken reißend.

»Natürlich, Samira, die Polizei macht alles Menschenmögliche, um sie zu dir zurückzubringen. Sie werden sie bestimmt finden. Du wirst sehen, alles wird gut werden.«

Trotz meiner eigenen beruhigenden Worte wusste ich insgeheim in meinem Innern, dass die Polizei Asha nicht in Greetsiel finden würde.

Das konnte ich Samira aber nicht erzählen, es hätte sie nur noch mehr in Verzweiflung getrieben.

Die Suche nach Asha hatte den ganzen Tag angehalten und wurde dann bei der einbrechenden Dunkelheit von der Polizei abgebrochen. In meinem Haus warteten Samira und ich mit fieberhafter Unruhe auf Neuigkeiten. Heinrich hatte sich kurz am Nachmittag zu uns gesellt und ein paar Hamburger mitgebracht, die wir mit großem Heißhunger verspeisten. Die bedrückende Stimmung im Haus sowie das endlose Warten waren nicht so recht sein Ding und deshalb verabschiedete er sich nach einiger Zeit wieder. Wir mussten ihm aber hoch und heilig versprechen, ihn darüber auf dem Laufenden zu halten, sobald wir irgendwelche neuen Informationen hatten. Gegen acht Uhr abends erschienen die zwei Polizisten mit betretenen Gesichtern an meiner Tür. Sie hatten alles in ihrer Macht Stehende getan, um die kleine Asha zu finden. Leider war die Suche bisher erfolglos geblieben, er-klärten sie uns. Sie würden die Nachforschungen am nächsten Tag fortführen, versprachen sie weiter. Die einzig andere übrig gebliebene und zu verfolgende Spur, erklärte einer der Beamten resigniert, dass er keine bessere Botschaft überbringen konnte, war, das Wohnmobil mit dem gefälschten Kennzeichen zu finden. Er machte aber gleichzeitig deutlich, es bestünde wenig Hoffnung, dass sie zu einem schnellen Fahndungserfolg kommen würden. Die Täter, falls es sich wirklich um eine Kindesentführung handle, wären längst über alle Berge. Er entschuldigte sich mit der Erklärung, dass mit den spärlichen Infor-mationen, die sie über das Wohnmobil hatten, es wäre, als würde man eine Nadel in einem Heuhaufen suchen. Samira, die diesen Ausdruck nicht kannte, blickte bei den Worten fragend auf mich und den Be-amten. Die Straßen in Deutschland waren übersät mit unzähligen Wohnmobilen, erklärte der Polizist betreten Samiras Blick auswei-chend. Zusätzlich war auch noch Hochsaison, die Campingplätze in der Bundesrepublik waren überfüllt mit ihnen, fügte er mit gesenktem Kopf hinzu. Es klang fast so, als ob er sich persönlich verantwortlich für die nahezu unmöglich erscheinende Aufgabe fühlte. Wir wussten, es war nicht seine Schuld, aber wenn es ein verschwundenes Kind betraf, ging es allen immer mächtig an die Nieren. Die beiden Beamten verabschiedeten sich höflich mit dem Versprechen, alles in ihrer Macht Stehende zu unternehmen, um Asha zu finden.

Ich glaubte ihren Versprechungen, aber es war für mich klar, um das Wohnmobil zu entdecken, benötigt man andere Methoden, meine. Das konnte ich den Polizisten nicht sagen, kein Bulle mochte die Einmischung von Privatpersonen. Auch durfte ich Samira jetzt nicht hängen lassen, was sie brauchte, waren Zuversicht, Hoffnung, der starke Glaube, ihre Tochter würde heil zu ihr zurückkehren. In meinen Gedanken formte sich der eisenharte Wille, die kleine Asha selbst zu finden, um sie wieder zu ihrer Mutter zurückzubringen.

Samira starrte auf ein altes Foto an der Wand, das mich stolz mit meinem weißen Käppi in Uniform der Fremdenlegion zeigte. Sie überlegte einen kurzen Moment und sagte zu mir:

»Du bist Soldat gewesen, Sven, du hast tapfer für dein Land gekämpft. Ich will, dass du jetzt wieder kämpfst, diesmal für Asha. Ich gebe dir den Befehl, Legionär, suche meinen kleinen Schmetterling und bring ihn zu mir zurück. Tue, was immer du musst, vergiss die Polizei.«

Ich schaute Samira lange an, sah die Entschlossenheit in ihren Augen. Sie und ich wussten, was sie in dem Augenblick von mir verlangte. Ich hatte einen Befehl erhalten und es war mir in dem Moment egal von wem. Mein Auftrag lautete, das Mädchen Asha zu finden und heil nach Hause zu retournieren. Ich erinnerte mich an meinen Schwur, den ich als Legionär geleistet hatte.

»Der Auftrag ist das Wichtigste, du führst ihn bis zum Ende aus, wenn es sein muss unter Einsatz deines Lebens.«

Ich nahm militärische Haltung an, salutierte vor Samira und sprach in ernstem Tonfall in Französisch: »Oui, mon general, pour commander.«

Alle meine Einsätze hatten in der Vergangenheit immer einen französischen Codenamen gehabt und nach kurzer Überlegung gab ich meinem Mandat, nach Asha zu suchen, auch einen Namen.

Die Operation Papillon, der Auftrag Schmetterling, war geboren!

Kapitel 9

Greetsiel, 2019, Dienstag, 20. August

Nachdem ich Samira zurück zu ihrer Wohnung gebracht hatte, machte ich mich auf den Weg zum Campingplatz. Ich war fest entschlossen, ihren Befehl auszuführen, nichts würde mich aufhalten können. Insgeheim hoffte ich darauf, den lügnerischen Besitzer dort noch anzutreffen. Es war zwar schon spät geworden, aber das Glück war auf meiner Seite. Im Kiosk des Fettsacks brannte noch Licht. Die Nacht war tief und schwarz, dunkle Wolken hingen über Ostfriesland. Ein Unwetter braute sich wieder einmal über der Küste zusammen. Das war aber nichts im Vergleich zu dem Sturm, der tief in meinem Inneren wütete.

»Na, dann wollen wir mal sehen, warum das miese Schwein heute mich und die Polizei angelogen hatte«, sprach ich leise zu mir selbst. Dann trat ich an den Zugang zu seinem Kiosk und blickte mich nach allen Seiten um.

Ich öffnete die Tür zu dem kleinen Gebäude und betrat den Raum. Im diffusen Licht einer vom ständigen Tabakrauch gelblich gewordenen Glühbirne saß, halb lag der Mann in seinem speckigen Stuhl am Schreibtisch und schlief. Er schnarchte geräuschvoll wie ein alter kanadischer Holzfäller vor sich hin. Auf dem Schreibtisch standen mehrere leere Bierflaschen und im von Zigarrenstummeln überquellenden Aschenbecher kokelte noch die letzte Zigarre. Der Fettsack hatte bei seinem intensiven Nickerchen nicht einmal mein Eintreten bemerkt. Ich schloss hinter mir leise die Tür und mit einem kurzen Handgriff verdunkelte ich die Jalousie am Fenster. Bei dem, was ich mit dem Mann vorhatte, wollte ich auf keinen Fall gestört werden. Der Lügner sollte mir erklären, warum der Eintrag verschwunden war, den ich in der Nacht zuvor noch mit eigenen Augen gesehen hatte. Mein

Blick fiel auf einen an der Wand hängenden Rettungsring und es kam mir eine Idee. Ich nahm das Ding vorsichtig vom Haken und stülpte ihn mit einer flüssigen Bewegung über die Schultern des schlafenden Mannes. Der Ring presste augenblicklich die Arme an seinen Körper, den ich jetzt mit beiden Armen vor ihm auf dem Schreibtisch sitzend in Position hielt. Durch die Aktion plötzlich wach geworden und immobilisiert, schaute mich der verstörte Kerl mit weit aufgerissenen Augen ungläubig an.

»He, was soll das, bist du bekloppt geworden? Lass mich sofort los oder es passiert was!«, kam es mit erregter Stimme, in der trotzdem etwas Ängstliches mitschwang, aus dem Mund des Campingplatzbetreibers. Er war sichtlich überrascht und wirkte empört, als er mich erkannte.

»Halt's Maul«, sagte ich in einem scharfen Ton und gab dem Mann, um meinen weiteren Worten Nachdruck zu verleihen, mit der Rückhand eine Ohrfeige.

»Wenn dir dein Leben lieb ist, wirst du mir jetzt ein paar Fragen beantworten. Ich verspreche dir, wenn ich merke, dass du lügst oder auch nur den Versuch machst zu lügen, wirst du unsere kleine Unterhaltung nicht überleben, verstanden?«

Sichtlich noch mehr verunsichert und jäh angststrickend nickte der Mann. Mit der Zunge leckte er sein Blut von der aufgeplatzten Lippe. Eine nie gekannte Panik beschlich den Mann. Schweiß brach schlagartig aus allen seinen Poren, nichts war mehr übrig von seiner vorangegangenen an den Tag gelegten Arroganz. Er konnte in meinen Augen sehen, wie ernst es mir mit meiner Drohung war. Er hatte auch allen Grund, Angst zu haben, denn ich würde alles tun, um Asha zu finden.

»Meine erste Frage lautet: Warum hast du die Seite mit dem Eintrag des abgereisten Wohnmobils verschwinden lassen?«, fragte ich in barschem Ton und beobachtete dabei ganz genau seine Reaktion.

»Wie, was welche Seite? Ich habe gar nichts verschwinden lassen«, presste der Fettsack mit gespielter Entrüstung hervor.

Doch seine Schauspielerei zog bei mir nicht. Diesmal schlug ich hart mit der Faust zu. Wenn ich die Wahrheit erfahren wollte, musste ich ein unmissverständliches Statement schaffen. Sein Kopf flog weit zurück, als ich ihn traf und es machte ein hässliches Geräusch, als meine Faust mit seinem Gesicht kollidierte.

»Noch mal, warum? Und versuch nicht ein weiteres Mal zu lügen. Ich habe die Seite mit dem Eintrag selbst gesehen.«

Der brutale Faustschlag hatte seine Wirkung nicht verpasst, eine Schwellung am linken Auge wurde sofort sichtbar. Der Mann stöhnte nach dem Schlag und musste sich innerlich fragen, woher ich von dem Eintrag und dass er die Seite am Morgen entfernt hatte, wusste. Ich sah in seinem Gesichtsausdruck, dass er sich absolut keinen Reim darauf machen konnte. Diese Ratlosigkeit fabrizierte Platz für weitere Furcht, die sich wie ein Virus in seinem Hirn ausbreitete. Sein Widerstand war jedoch durch den Faustschlag gebrochen und er begann zu reden.

»Ich wollte keinen Ärger haben, deshalb habe ich die Seite mit einer Rasierklinge entfernt. Ich wusste gleich, dass du mir Ärger machen wirst, als die Geschichte mit dem verschwundenen Mädchen aufkam. Ich wollte nichts mit der Polizei zu tun haben und meine Gäste auch nicht, das ist schlecht fürs Geschäft.«

Ich überlegte kurz und ließ die Antwort erst einmal auf sich beruhen, aber zufrieden war ich mit ihr ganz und gar nicht.

»Ich lass das mal so stehen. Meine zweite Frage lautet: Kanntest du das Ehepaar aus dem abgereisten Wohnmobil und waren die schon öfter hier?«

Seine hin und her flackernden Augen verrieten mir, dass er verzweifelt nach einem Ausweg suchte, aber keinen anderen fand, als meine Fragen zu beantworten.

»Zwei-, dreimal, aber immer nur kurz für ein paar Tage. Das sind gute Leute, die haben bestimmt nichts mit dem Verschwinden des Mädchens zu tun«, kam es ohne große Überzeugungskraft als Antwort.

»Das zu beurteilen überlasse ruhig mir. Das Kennzeichen war im Übrigen gefälscht und ich denke, die Namen, die sie angegeben haben, werden wohl auch nicht ihre richtigen sein. Was weißt du darüber? Was kannst du mir über das Paar erzählen. Ich will restlos alles wissen und lass nichts aus, auch nicht die kleinste Kleinigkeit«, erwiderte ich.

»Das kann nicht sein«, kam es mit gespieltem oder wirklichem Unglauben zurück. Ich konnte schwer einschätzen, ob er die Wahrheit sprach. Ich verschärfte die Gangart und versuchte es mit einer unmissverständlichen Drohung.

»Doch das ist die nackte Wahrheit und ich werde herausfinden, warum und ob du damit drinhängst. Nehmen wir mal an, du bist unschuldig, hast wirklich nichts mit dem Verschwinden des Mädchens zu tun, dann wirst du jetzt auspacken, mir jedes auch noch so kleine Detail zu dem Paar erzählen. Ich werde das alles überprüfen und falls ich herausbekomme, dass du doch etwas mit der Sache zu tun hast, komme ich zurück und werde dich töten.«

Die Drohung, ihn mit dem Tod zu bestrafen, zeigte endgültig Wirkung.

»Nein, ich bin unschuldig, ich habe nichts mit einer Entführung von einem Mädchen zu tun, das musst du mir glauben. Ich wollte doch nur meine Ruhe haben und meine Kunden nicht in Schwierigkeiten bringen. Tue mir nichts, ich erzähle dir alles, was ich über die Leute weiß«, flehte der Mann jetzt inbrünstig um sein Leben.

»Mir haben sie sich als Egon und Beate Schneider aus Gladbeck vorgestellt. Die Ausweise waren in Ordnung, alles schien okay zu sein. Das Wohnmobil war eins der neuen Schlachtschiffe ein Mercedes Hymer/Eriba ML-T 580 mit hundertdreiundsechzig PS. Sie kamen am 15. August und sind am 19. August um vierzehn Uhr abgereist. Farbe des Fahrzeugs war graues Führerhaus und weiße Kabine. Ansonsten gab es nichts Auffälliges, doch, Moment, da war ein kleiner Smiley-Aufkleber links unten am Heck. Mehr weiß ich nicht«, sprudelte es jetzt aus dem Fettsack heraus.

»Überlege gut, sonst komme ich wieder«, drohte ich wieder.

»Moment, da fällt mir noch was ein, am Tag vor ihrer Abreise fragte Egon, oder wie immer er auch heißen mag, nach einer Werkstatt. Sein Wohnmobil machte beim Anlassen Schwierigkeiten, wie er sich ausdrückte. Werkstätten für Wohnmobile sind in der Umgebung rar und ich empfahl ihm das Caravancenter in Moormerland. Das ist die A31 in Richtung Leer runter und dann Abfahrt bei der B70 nach Neermoor«, fügte er sichtlich erleichtert hinzu.

Ich schenkte den Aussagen des Mannes jetzt Glauben. Beim besten Willen konnte ich mir nicht mehr vorstellen, dass er mich noch anlog. Nicht, nachdem ich ihm mit dem Tod gedroht hatte. Seine vorher an den Tag gelegte Arroganz und sein abstoßendes Wesen waren mir zwar absolut zuwider, aber nichtsdestotrotz sprach er jetzt die Wahrheit. Mit einem Ruck zog ich den Rettungsring von seinen Schultern, drehte mich wortlos um und verließ den Kiosk.

Jetzt hatte ich eine richtige Spur, der ich folgen konnte. Es gab für mich kaum noch Zweifel, dass Samiras Tochter von dem Paar entführt worden war. Alles sprach dafür, die Aussage des Jungen und der Frau, die Asha bei dem Wohnmobil gesehen haben wollten, die überstürzte Abreise und das falsche Kennzeichen. Mein Instinkt sagte mir, sie haben sie in ihrer Gewalt. Doch warum entführte ein Paar ein kleines Mädchen, fragte ich mich. Irgendwie passte die Frau dabei nicht in mein Denkschema. Dann musste ich unwillkürlich an die Sendung von vor ein paar Wochen über den fortschreitenden Kindes-missbrauch in Deutschland denken. Mehrere männliche Personen und eine weibliche waren festgenommen worden. Es hieß in dem Bericht, dass nicht nur Männer zu Kinderschändern werden, sondern die An-zahl der Frauen, wenn auch gering, nicht zu unterschätzen sei. Schnell versuchte ich die negativen Überlegungen zu vertreiben, ein bitterer Nachgeschmack aber blieb in meinen Gedanken hängen. Hoffentlich war der Kleinen nichts zugestoßen und sie lebte noch. Wenn sie ihr etwas angetan hatten, würde ich sie zur Verantwortung ziehen. Ich würde jeden Einzelnen ohne Gnade töten. Asha war jetzt schon mehr als dreißig lange Stunden in der Hand ihrer Entführer. Die Uhr tickte und ich wusste, ich durfte keinen weiteren Tag mehr verlieren.

Es war mir auch, ohne polizeilich geschult zu sein, klar, dass Zeit das wichtigste Element in einem Entführungsfall war. Man musste schnell handeln, um ein Opfer unbeschadet aus den Fängen ihrer Entführer zu befreien. Je mehr Zeit verstreicht, umso schwieriger wird es, die entführte Person lebend wiederzusehen. Die arme Asha, was musste sie durchleiden in den Händen ihrer Entführer, kreiste es unaufhaltsam durch meine Gedanken. Wut überkam mich und zurück in meinem Haus überlegte ich fieberhaft, wie ich weiter vorgehen könnte. Zuerst musste ich das Wohnmobil finden und dafür so schnell wie möglich zu dem Caravancenter. Eine vage Hoffnung glomm in mir auf, ich könnte eventuell das Paar dort noch antreffen. Vielleicht benötigte die Reparatur des Fahrzeugs länger und sie saßen ebendort fest.

Noch in der gleichen Stunde ging ich in meinen Keller und öffnete eine verschlossene Tür im hinteren Bereich. In dem kleinen Kellerraum, den ich betrat, stand einzig und allein ein großer, schwerer schwarzer Kasten, der mit einem soliden Zahlenschloss versehen war. Nachdem ich die Kombination eingegeben hatte, hob ich den Deckel der Truhe an. Vorsichtig nahm ich meine Uniform der Fremdenlegion heraus, mein Käppi Blanc, mehrere Orden und Abzeichen der Kompanie, in der ich gedient hatte. In der Truhe befanden sich ein paar Fotoalben und das, worauf ich aus war, meine Waffen. Als Erstes nahm ich eine Armbrust heraus, es war eine Barnett, sie hatte zur Standardausrüstung von uns Legionären gehört. Diese Armbrust war klein und sehr handlich, aber auch tödlich. Mit ihr hatten wir früh in der Legion gelernt, lautlos feindliche Wachposten auszuschalten. Bei Distanzen zwischen zehn und fünfundzwanzig Metern war sie wuchtig und präzise, vor allem aber sehr leise. Dann kam eine Shotgun vom Kaliber 12, eine Remington, zum Vorschein. Dies Waffe war im Gegensatz laut und hatte dafür einen sehr hohen Abschreckungswert.

Sie wurde bei uns Paras viel im Häuserkampf benutzt. Anschließend zog ich meine Beretta Pamas G1 9 mm Parabellum aus der Truhe. Die Schussweite beträgt fünfzig Meter und ich war unter dreißig Meter mit ihr treffsicherer wie kein anderer. Mit der Beretta, die ich vor Jahren auf dem Schwarzmarkt gekauft hatte, war damals auch ein Schalldämpfer im Preis mit inbegriffen gewesen. Bei Schwarzmarktgeschäften wurde nicht lange nach dem Warum gefragt, es wurde so hingenommen. Weiter entnahm ich der Truhe eine Heckler und Koch HK-416, ein deutsches Sturmgewehr, dessen Kampfentfernung bis zu dreihundert Metern liegt. Eine schusssichere Weste, ein paar Pakete C4-Plastiksprengstoffs samt Zünder und ein Kampfmesser bildeten den Abschluss. Alte Gewohnheiten kann man nicht so einfach ablegen, ging es mir in dem Moment durch den Kopf. In der Legion hatten wir immer unsere Waffen und Munition griffbereit in einer Kiste unter unseren Betten gehabt. Es war eine Eigenart der Legionäre. Somit waren wir jederzeit bereit, uns verteidigen zu können. Ich war mir bewusst, ich konnte mit meinem Waffenarsenal einen kleinen Krieg anfangen, aber ich hoffte, dazu würde es nicht kommen. Dennoch schwante mir, dass ich bei dem, was ich vorhatte, gut beraten war, ausreichend bewaffnet zu sein.

Ohne lang zu überlegen, verstaute ich die Waffen in eine mitgebrachte große robuste Sporttasche. Dann legte ich meine Uniform und die anderen Dinge sorgsam, liebevoll zurück in die Kiste.

Ich ging in mein Schlafzimmer, packte verschiedene Kleidung, verstaute mein Rasierzeug, Waschutensilien und Zahnbürste in eine kleine Reisetasche, die ich zusammen mit der Sporttasche im Kofferraum meines Wagens deponierte.

In meiner Küche hinterließ ich eine Notiz für Samira und Heinrich, dass ich für ein paar Tage verreist sei, um Asha zu suchen. Sie sollten sich keine Sorgen machen, ich würde mich melden.

Mit einem letzten Blick zurück auf mein Haus und auf das Boot im Garten stieg ich in meinen gebrauchten Land Rover und fuhr in Richtung der Autobahn A31.

Kapitel 10

Ostfriesland, Mittwoch, 21. August

Zu meinem Leidwesen musste ich feststellen, dass der Betrieb verwaist und das Tor zum Hof verschlossen war. Bei einem Blick auf meine Armbanduhr sah ich, dass es mittlerweile schon zwei Uhr nachts war. Eigentlich hätte ich mir auch denken können, dass niemand in der Nacht im Betrieb war. Einen Versuch war es dennoch wert gewesen. Die Fahrtzeit von Greetsiel nach Neermoor hatte weniger als eine Stunde betragen und insgeheim hatte ich gehofft, zumindest auf das Gelände des Centers zu kommen. Leider war auch das eine Fehlanzeige gewesen. Bei einer Inspektion des Firmengeländes von außen konnte ich nur das Hauptgebäude, die Mauern etlicher Seitengebäude, Garagen sowie hohe, keine Sicht zulassende Zäune ausmachen. Es gab nicht einmal einen Nachtdienstwächter, den ich hätte befragen können. Egal von wo ich versuchte, den großen Fahrzeughof einzusehen, entweder versperrten mir Gebäude oder Mauern den Blick auf das Grundstück. Ich spielte mit dem Gedanken, in das Center einzubrechen, doch ich entschied mich schnell dagegen. Überall um den Betrieb waren die Gebäude mit unzähligen, hoch angebrachten Videokameras gesichert. Zusätzlich waren die Schilder mit einer Warnung vor den Hunden schwer zu ignorieren. Sie mahnten mich über alle Vorsicht hinaus nicht leichtsinnig zu agieren. Ich hatte schon immer gewaltigen Respekt vor scharfen Wachhunden. Damals in der Legion verfügten wir selbst über solche Tiere und somit wusste ich nur zu gut, was trainierte Hunde anrichten konnten. Es hätte mir noch gefehlt, gleich zu Beginn meiner Suche nach Asha wegen Einbruch verhaftet zu werden. Der einzige Vorteil der nächtlichen Schließung des Betriebsgeländes bestand darin, dass auch niemand mehr den Hof unbemerkt verlassen konnte, ohne dass ich es mitbekommen würde. Das alles in Betracht ziehend, entschloss ich mich dazu, den Rest der Nacht in meinem Wagen zu verbringen. Es war ratsamer, mein Glück am nächsten Morgen zu versuchen, gleich wenn der Betrieb seine Tore öffnete. Ich parkte den Rover in einer kleinen Seitenstraße. Von dort aus konnte ich die Einfahrt beobachten und machte es mir auf dem Beifahrersitz, so gut wie es ging, bequem. Vereinzeltes Mondlicht schien durch das Seitenfenster meines Behelfsschlafzimmers und ich musste an Samiras Tochter denken. Wo das arme Mädchen jetzt wohl war, fragte ich mich, und ob sie große Angst hatte. Ich wollte mir nicht ausmalen, welchen Gräueln Asha ausgesetzt sein könnte. Die Verbrecher krümmten ihr besser kein Haar, dachte ich und ballte meine Fäuste. Ich fühlte mich zum Kotzen elendig, geradezu ohnmächtig, ihr im Moment der größten Not keinen Beistand leisten zu können. In einem Anflug von Zorn und voller Verzweiflung schlug ich mit der Faust auf die Ablagekonsole, wo anschließend eine kleine Delle als Zeuge meines Zornes zurückblieb. Ich schwor, ich würde alle, jeden Einzelnen, der involviert war, zur Rechenschaft ziehen und wenn es das Letzte war, was ich auf dieser Erde tun würde. Trotz meiner ungewollt plötzlich aufflammenden schlechten Laune blieb mir nur abzuwarten, bis das Center endlich aufmachte. Wenig später fiel ich, erschöpft von den Strapazen des Tages in einen leichten Schlaf.

Das quietschende Geräusch eines sich öffnenden metallenen Rolltores riss mich aus meinen Träumen. Ungelenk stieg ich aus meinem Land Rover aus und blickte in die Richtung des Caravancenters, wo die ersten Mitarbeiter zu ihrem neuen Arbeitstag eintrafen. In der gleißenden Helligkeit der frühen Sonnenstrahlen schaute ich auf meine Armbanduhr und stellte fest, es war sechs Uhr dreißig morgens. Mehr als vierzig Stunden waren schon seit dem Verschwinden der kleinen Asha vergangen. Der Zeitdruck, sie möglichst bald zu finden, schwirrte wieder durch meine Gedanken und erhöhte den mir selbst auferlegten Zwang, sie schnellstmöglich zurückzubringen. Ich streckte meine durch die unbequeme und eingeschränkte Schlafhaltung auf dem Beifahrersitz verspannten Glieder. Ein paar tiefe Schlucke aus einer mitgebrachten Flasche Mineralwasser halfen mir dabei, den faden Geschmack im Mund loszuwerden. Den restlichen Inhalt schüttete ich mir über den Kopf und fuhr mir anschließend mit den Fingern durch mein nasses, dichtes graues Haar. Ich fühlte mich zwar danach ein wenig erfrischter, aber immer noch meilenweit entfernt von gut. Ein kurzer abschätzender Blick in den Außenspiegel zeigte mir, dass ich trotz der halben Nacht im Auto halbwegs repräsentabel aussah. Mit meinem grauen ungewollten Zweitagebart, der mir eine verwegene Note gab, lag ich sogar voll im modischen Trend. Kaum jemand rasierte sich heute noch täglich, warum eigentlich ist das so, fragte ich mich beiläufig und fand darauf keine passende Antwort. Nicht dass ich einen Deut darum gab, aber es war schon eigenartig. Meiner Tasche entnahm ich ein sauberes T-Shirt und nachdem ich es mir angezogen hatte, sehnte ich mich nach einer Tasse frischen Kaffee. Ich hätte in dem Augenblick alles für das braune Lebenselixier gegeben.

In der Nacht hatte es geregnet und weiter im Norden an der Küste auch ziemlich gestürmt. In meinem Wagen hatte ich aber nicht viel davon mitbekommen, nur die nasse Straße zeugte noch davon. Zielgerichtet lief ich mit zügigen Schritten von meinem Range Rover zum Caravancenter in der Hoffnung, Informationen zu dem Wohnmobil und dem Paar zu bekommen. Insgeheim hoffte ich auch auf eine gute Tasse Kaffee.

Der Showroom war riesig. Regale gefüllt mit allem möglichen Zubehör, der Traum eines jeden Campingenthusiasten. Sogar funkelnagelneue Wohnmobile standen im Ausstellungsraum und warteten auf einen Käufer. Es war ein Eldorado für den Mann, der sich nach Camping und Abenteuer sehnte, jedoch auf seinen Luxus nicht ganz verzichten mochte.

»Einen wunderschönen guten Morgen wünsche ich«, sagte ich als erster Kunde, der das Center betrat, und steuerte auf einen Verkäufer zu, der geflissentlich mit einem Tuch und Putzmittel den Verkaufstresen wischte.

»Guten Morgen«, grüßte mich der Mann Mitte vierzig freundlich zurück, ohne in seiner putzenden Tätigkeit innezuhalten. »Einen kleinen Moment noch, dann bin ich gleich für Sie da. Nehmen Sie sich in der Zwischenzeit eine Tasse vom frisch aufgebrühten Kaffee«, dabei zeigte er mit dem Finger auf eine Kaffeetheke in der Ecke des Raumes.

Das ließ ich mir nicht zweimal sagen und konnte mein Glück kaum glauben. Ich füllte mir eine Tasse mit dem köstlichen, aromatischen braunen Getränk und trank gierig den ersten Schluck. So etwas nenne ich Service, dachte ich, als ich zusätzlich auch noch ein paar knusprige Croissants in einem Korb neben der Theke entdeckte. Ohne Scheu oder Scham zu verspüren, langte ich zu.

»Was kann ich für Sie tun an diesem wunderschönen Morgen?«, kam der Verkäufer geschäftlich lächelnd zu mir herüber.

»Sagen Sie uns, was Sie brauchen und wir erfüllen Ihnen Ihren Wunsch«, kam ein sicherlich tausendmal aufgesagter Werbespruch gleich hinterher.

In der Nacht zuvor, bevor ich eingeschlafen war, hatte ich mir in meinem Wagen eine kleine Geschichte zurechtgelegt. Ich wusste, niemand würde mir einfach so Auskunft über einen Kunden geben. Daher hatte ich eine hoffentlich glaubwürdige Story erfunden, um an die gewünschten Informationen zu gelangen und gleichermaßen nicht allzu auffällig zu erscheinen.

»Einen schönen Laden haben Sie hier, da kann man ja richtig auf den Geschmack kommen«, sagte ich. »Aber deswegen bin ich heute nicht gekommen, es geht um ein Paar, den Egon und die Beate, die ich in Greetsiel getroffen habe. Ich hatte gehofft, sie könnten vielleicht noch hier sein. Sie sind mit einem Mercedes Hymer/Eriba ML-T 580, Kennzeichen GLA-EB 2986 unterwegs«, las ich von einem Notizzettel ab. »Mitte vierzig das Paar, der Mann hat eine Glatze. Sie hatten mir erzählt, sie wollten bei Ihnen den Anlasser überprüfen lassen.«

»Sind Sie von der Polizei oder so was«, fragte der Mann jetzt misstrauisch geworden und plötzlich ohne jede Freundlichkeit.

»Nein, nein, Entschuldigung, mein Name ist Herbert Hallmann. Ich war zusammen mit dem Paar in Greetsiel auf dem gleichen Campingplatz und mein Freund Egon hat sein teures Dupont-Feuerzeug am letzten Abend verloren. Ich habe es gefunden und da ich sowieso auf dem Weg nach Oldenburg war, dachte ich, vielleicht sind sie noch hier. Ich wollte es ihm bei der Gelegenheit wiedergeben.« Um meiner Story mehr Glaubwürdigkeit zu verleihen, holte ich ein goldenes Feuerzeug, das ich seit einigen Monaten im Auto hatte, aus der Tasche. Beim Anblick des Feuerzeuges entspannte sich der Verkäufer sichtlich und setzte wieder sein freundliches Lächeln auf.

»Ach so, das ist aber sehr nett von Ihnen, sich die Mühe zu machen. Ich bitte Sie um einen kleinen Moment, denn ich muss erst nachschauen«, antwortete der Verkäufer und schaute in seinen Computer. »Es tut mir leid, die Meiers sind gestern spät am Abend, kurz bevor wir zugemacht haben, so gegen sieben Uhr schon abgefahren. Die Zündung des Hymer war gerade fertig geworden und es schien, sie hatten es eilig weiterzukommen. Das Kennzeichen war aber nicht GLA-EB 2986, sondern eins aus Gummersbach, GM-BE 5109. Da müssen Sie wohl etwas verwechselt haben, aber ansonsten stimmt die Beschreibung«, erzählte der Verkäufer jetzt redselig geworden.

»Ach ja, wie dumm von mir, habe ich GLA-EB 2986 gesagt?«, täuschte ich mit einem zweiten Blick auf meinen Notizzettel vor. »Sorry, das war das Kennzeichen des anderen Pärchens, das mit uns gefeiert hatte. Waren wohl doch ein paar Bier zu viel im Spiel, wenn Sie verstehen. Ja, stimmt, die Meiers hatten GM-BE 5109. Haben sie vielleicht etwas gesagt, wohin sie mit ihrer Tochter wollten?«, fischte ich weiter die Gunst der Stunde nutzend nach Informationen. Ich wunderte mich keineswegs darüber, dass das Paar nicht nur neue Nummernschilder verwendet hatte, sondern auch einen anderen Namen angegeben hatte und sich jetzt Meier nannte. Gott sei Dank hatte ich nur ihre Vornamen genannt.

»Tochter? Sorry, aber eine Tochter habe ich nicht gesehen. Ich habe aber rein zufällig gehört, wie die Frau sich mit ihrem Mann über die Route gestritten hat. Sie müssen nach Sittensen zum Autohof an der A1 Richtung Hamburg, drängte sie ihn. Er hatte dann von einem Umweg gesprochen und der Name Cuxhaven fiel daraufhin mehrfach. Ich habe mich da lieber rausgehalten, es ging mich nichts an und ich mische mich nicht gerne in anderer Leute Angelegenheiten. Der Alte hatte aber völlig recht, denn ich kenne die Strecke nach Cuxhaven, die Stadt liegt an der Nordsee und Sittensen würde einen Riesenumweg bedeuten.«

»Na, dann schicke ich ihm sein goldenes Feuerzeug doch besser per Post an seine Heimatadresse«, entschuldigte ich mich. »Einen Versuch war es trotzdem wert gewesen und ich habe einmal Ihr schönes Center kennenlernen dürfen. Ach, noch etwas, haben Sie zufällig eine Broschüre für den Mercedes Hymer/Eriba da? Das Wohnmobil der Meiers hat mir so gut gefallen.«

»Doch, hier gleich links in dem Ständer, da finden Sie, was Sie suchen«, antwortete der Verkäufer strahlend. Vielleicht doch noch ein zukünftiges Geschäft witternd, zog er für mich einen bunten Hochglanzprospekt des Herstellers heraus.

Ich nahm den Prospekt entgegen und blätterte ihn interessiert durch. Beim Preis pfiff ich leise durch meine Zähne.

»Ja, das Schmuckstück ist kein ganz billiges Vergnügen«, bemerkte der Verkäufer zu meinem erstaunten Ausdruck.

»Kann man so sagen, kostet eine schöne Stange Geld. Vielen Dank noch mal für Ihre große Hilfe und auf Wiedersehen«, verabschiedete ich mich mit einem freundlichen Lächeln und ging zu meinem Wagen.

Es war zwar kein voller Erfolg, ich hatte das Paar um einige Stunden verpasst, aber dennoch einiges herausbekommen. Das neue Kennzeichen, den geänderten Namen des Paares und ihre weiteren Ziele. Dass der Verkäufer keine Angaben über eine Tochter machen konnte, verwunderte mich nicht. Sie hatten Asha bestimmt sediert und in der Kabine des Wohnmobils gut versteckt. Ich spürte, ich war auf dem richtigen Weg, die Schwierigkeit bestand allein darin, das Gefährt zu finden. Dann würden sie mir entweder Asha freiwillig übergeben müssen oder ich würde ihnen mit nicht abzuschlagenden Argumenten nachhelfen, dachte ich im Stillen.

Ich gab den Rasthof Sittensen in mein Navi ein und fuhr los.

Kapitel 11

Sittensen/Cuxhaven, 2019, Mittwoch, 21. August

Ich benötigte fast drei Stunden Fahrt mehr, als ich gedacht hatte, bevor ich endlich zum Rasthof Sittensen gelangte. Die Autobahn von Neermoor nach Oldenburg, weiter in Richtung Bremen und dann zur Metropole Hamburg war eine viel befahrene Strecke. Der morgendliche Berufsverkehr hatte an meinen eh schon strapazierten Nerven gezerrt. Überall auf der Strecke verzögerten zum Teil unerklärliche Staus ein zügiges Vorankommen. Zu den morgendlichen Pendlern gab es zusätzlich viele Baustellen, die oft kilometerlang verwaist, ohne dass man auch nur einen einzigen Bauarbeiter zu Gesicht bekam, ihr fragliches Dasein fristeten.

Als ich endlich in die Einfahrt des Rastplatzes Sittensen einbog, überwältigte mich die Vielzahl der geparkten Lastwagen und Wohnmobile auf dem Rasthof. Die endlose Geschäftigkeit der Raststätte war atemberaubend. Es war, einem nicht erkennbaren Schema folgend, ein fortlaufendes An- und Abfahren von großen, mittleren und kleinen Fahrzeugen. Ein geordnetes Chaos, in dem, wie von einem unsichtbaren Dirigenten gelenkt, jedes Gefährt seinen richtigen Platz im Motorenorchester zu besetzen wusste. Das ohrenbetäubende Stakkato der PS-Giganten mit dem permanent herüberschallenden Sound der angrenzenden Autobahn ließen eine schier unerträgliche, die Hörnerven belastende Motorensymphonie entstehen. Mir taten die armen Menschen leid, die dauerhaft unter diesem ungesunden Lärmpegel hier arbeiten mussten.

Nachdem ich meinen Land Rover auf einem der wenigen freien Plätze geparkt hatte, begann ich meine Suche nach dem Mercedes Hymer. Vorher holte ich mir aber erst mal im Rasthaus einen Kaffee und ein paar belegte Brötchen. Wer weiß, wann ich wieder eine Mahlzeit bekomme, dachte ich mir. Mit Heißhunger verschlang ich meine Brötchen und verbrühte mir am zu heißen Kaffee die Zunge. Gestärkt und mit neuer Energie versehen, lief ich hoffnungsvoll durch die vielen Reihen der geparkten Fahrzeuge. Zielstrebig hielt ich Ausschau nach meinem Zielobjekt, einem weißen Mercedes Hymer. Es standen einige Wohnmobile auf dem Rastplatz, aber nirgendwo konnte ich einen Mercedes entdecken. Frustriert und enttäuscht gab ich die Suche bald auf, denn es war zwecklos weiterzusuchen. Sie mussten schon weitergefahren sein, war meine einzig logische Erklärung. Die Frage, die sich mir stellte, war: Was hatten sie hier auf dem Rasthof zu tun gehabt? Warum fuhren sie diesen großen Umweg, wenn sie eigentlich doch nach Cuxhaven wollten? Dabei wusste ich noch nicht einmal mit absoluter Sicherheit, dass das Paar wirklich auf dem Weg nach Cuxhaven war. Ich hatte nur die Aussage des Verkäufers aus dem Caravancenter. War Asha immer noch bei dem dubiosen Paar? Wenn ja, ging es ihr gut? Was hatten die Entführer mit ihr vor? Zu viele Fragen, aber keine Antworten. Ich fühlte mich niedergeschlagen, die Ungewissheit entmutigte mich. Rannte ich einem nicht zu fassenden Phantom hinterher, lag ich richtig mit meiner Theorie? Ich musste mich auf die Fakten konzentrieren, nachdenken, mich motivieren, meinen Auftrag ausführen. Alle Indizien zeigten auf eine Entführung Ashas durch das Paar. Warum sonst waren sie so überstürzt abgereist, hatten falsche Namen und ein nicht registriertes Kennzeichen benutzt? Seit Ashas Entführung waren jetzt circa fünfzig Stunden vergangen und die Zeit drängte. Ich hatte immerhin noch den Hinweis auf Cuxhaven, also entschloss ich mich dorthin zu fahren und so lange zu suchen, bis ich das Wohnmobil gefunden hatte. Mit neugewonnener Zuversicht machte ich mich auf den Weg.

Die wunderschöne Landschaft um Bremervörde raste unbeachtet an mir vorbei, als ich über die unendlichen Landstraßen meinem nächsten Ziel entgegenfuhr. Auf dem Weg dorthin durchquerte ich etliche kleine hübsche Ortschaften, denen ich aber keinerlei weitere Aufmerksamkeit schenkte. Ich wollte nur eins, so schnell wie möglich nach Cuxhaven kommen. Zufrieden vernahm ich die weibliche Stimme aus meinem Navi, die mir am Nachmittag verkündigte, dass ich mein Ziel erreicht hatte. Mit einem Blick auf meine Uhr musste ich feststellen, dass fast ein Dreiviertel des Tages vergangen war und ich die meiste Zeit davon nur im Auto gesessen hatte. Ich war mir nicht sicher, ob ich das Paar hier und heute noch finden würde. Daher mietete ich mir lieber gleich ein Zimmer in einem Hotel nicht weit vom Hafen. Ich hatte keinen Bock darauf, eine weitere unbequeme Nacht in meinem Wagen zu verbringen. Das Hotel, das ich mir ausgesucht hatte, war schlicht, einfach und strategisch gut gelegen. Es lag direkt vor einem Stellplatz für Wohnmobile am Stadtrand. Mein Zimmer hatte einen großen Balkon mit einem guten Blick auf den Hafen. Von hier konnte ich den Wohnmobilstellplatz problemlos überblicken. Ich duschte, rasierte mich und fühlte mich danach sofort besser. Das Zimmer besaß ein schönes großes Bett. Sosehr ich mich auch gerne ein paar Stunden hinlegen wollte, ignorierte ich es und setzte mich auf den Balkon an die frische Luft. Ein kalter Wind blies aus Nordwest, es war trocken und ich hatte eine klare Sicht über die Küste. Ich nahm einen alten Feldstecher aus meiner Reisetasche und suchte damit den Stellplatz am Hafen ab. Nach kurzer Zeit musste ich aber feststellen, es war gar nicht so einfach, die verschiedenen Wohnmobile zu unterscheiden. Für mich sahen die Dinger fast alle gleich aus, umso mehr durch die Linsen eines Fernglases. Hinzukommend standen sie noch ungünstig geparkt, sodass ich nur einige direkt im Blickfeld hatte und andere wiederum teilweise einander verdeckten. So wird das nichts, sagte ich mir und entschloss mich zu Fuß zum Hafen zu gehen und das Wohnmobil zu suchen. Gerade als ich mich entschlossen hatte, mein Zimmer zu verlassen, klingelte mein Handy und Samira war am anderen Ende der Leitung. Sie klang niedergedrückt und weinte zwischendurch, als sie mir erzählte, die Polizei hätte immer noch keine Spur von Asha. Dann fragte sie mich, wo ich mich befände und ob ich schon etwas herausgefunden hätte. Ich erzählte ihr von den Informationen, die ich im Caravancenter bekommen hatte und vertröstete sie damit, dass ich dem Paar auf der Spur war. Ich versprach Samira, dass, sobald ich Näheres in Erfahrung gebracht hatte, sie anrufen würde. Weiter beteuerte ich ihr, dass ich Asha zurückbringen würde. Es war ein Versprechen, das ich um jeden Preis einhalten wollte, auch wenn ich im Moment keine Ahnung hatte, wie ich es bewerkstelligen würde.

Nach Samiras Anruf ging ich zum Hafen hinunter und lief auf direktem Weg zum Wohnmobilstellplatz. Dort suchte ich nach dem Mercedes Hymer, aber gab meine Suche zwei Stunden später erfolglos auf. Ich hatte mehrere Leute befragt, aber niemand hatte solch ein markantes Wohnmobil gesehen. Auch der Stellplatzwart konnte mir keine bessere Auskunft geben, aber er ließ mir den Hinweis, es etwas weiter im Norden auf dem Stellplatz in der Ortschaft Dühnen zu versuchen.

Auf dem Weg zurück zu meinem Hotel kehrte ich in einer Gastwirtschaft ein und bestellte mir eine warme Kleinigkeit. Hungrig, wie ich war, schlang ich die Pommes mit Bratwurst in mich hinein und trank dazu ein Bier. Was würde ich machen, wenn ich das Paar mit dem Mercedes Hymer nicht finden würde, plagte mich die Ungewissheit. Was, wenn sie es sich doch anders überlegt hatten und weiter in Richtung Hamburg gefahren waren? Es durfte nicht sein und ich konnte es mir nicht erlauben, Zweifel aufkommen zu lassen. Ich musste darauf vertrauen, dass sie ihrem ursprünglichen Plan treu geblieben und hier irgendwo in der Nähe waren.

Zurück auf dem Zimmer analysierte ich die Umgebung auf Google Earth und fand recht schnell den Campingplatz in Dühnen. Sofort machte ich mich mit meinem Rover auf den Weg und nach knapp zehn Minuten Fahrt parkte ich meinen Wagen auf einem Parkplatz außerhalb des Platzes. Ein leichter Regen setzte ein und der an der Küste übliche Wind nahm an Stärke zu. Wieder begann ich meine Suche nach einem Mercedes Hymer und wanderte durch die zahlreichen Reihen der unendlich erscheinenden Stellplätze. Nach zwei Stunden musste ich feststellen, dass ich viele weitere, eventuell sogar einen ganzen Tag brauchen würde, um das ganze Gelände abzusuchen. Mir wurde schnell klar, so konnte ich nicht weitermachen, ich benötigte eine andere Strategie. Direkt zur Platzverwaltung gehen und anfragen, ob ein Mercedes Hymer mit Gummersbacher Kennzeichen sich heute eingestellt hatte, war zu gefährlich. Falls ich das Paar finden würde und etwas Unvorhergesehenes passieren würde, war es ratsam, nicht wiedererkannt zu werden. Ich saß in der Zwickmühle, was sollte ich tun? Ich musste mich entscheiden, ob ich es riskieren konnte, wiedererkannt zu werden oder sollte ich mühselig weitersuchen. Dann überlegte ich mir, ob ich es vielleicht einfach mit einem Anruf versuchen sollte und den Feuerzeugtrick als Vorwand für mein Interesse an dem Mercedes Hymer nehmen sollte. Die Idee sagte mir mehr zu, denn dabei hatte ich schließlich nicht allzu viel zu verlieren, sondern konnte mir Zeit, Mühe und langes Suchen ersparen. In der Nähe des Eingangs zum Haus des Platzwartes nahm ich mein Handy und wählte die Nummer des Campingplatzes. Ich konnte sie von einem Schild über der Tür ablesen. Nach mehrfachem Klingeln hörte ich eine junge Frauenstimme antworten.

»Campingplatz Dühnen, guten Tag, was kann ich für Sie tun?«

»Guten Tag«, antwortete ich höflich und trug meine Story mit dem verlorenen Feuerzeug vor.

»Einen Moment bitte, ich muss mal nachschauen«, kam es schnell zurück und ich war überrascht, wie einfach es war.

»Nein, das tut mir sehr leid, hier bei uns ist heute kein Fahrzeug mit Gummersbacher Kennzeichen eingetroffen. Schade, dass ich Ihnen nicht weiterhelfen konnte, aber vielleicht versuchen Sie es einmal auf dem Campingplatz in Sahlenburg«, riet mir die freundliche Frau.

Ich bedankte mich für die Auskunft, versprach ihrem Ratschlag zu folgen und es dort zu versuchen. Ich fragte sie noch, wie ich nach Sahlenburg komme und sie gab mir eine genaue Wegbeschreibung.

Es war spät geworden und für heute sah ich keine Möglichkeit mehr, meine Suche nach dem Wohnmobil fortzusetzen. Enttäuscht über den unbefriedigenden Ausgang machte ich mich auf den Rückweg nach Cuxhaven.

Es dämmerte bereits, als ich zurück in mein Hotelzimmer kam. Der Regen hatte stark zugenommen. Ich googelte Sahlenburg im Internet und hoffte, dort ein paar nützliche Informationen zu finden. Die kleine Stadt galt als ein familienfreundlicher Kurort, der auf einem erhöhten Geestrücken lag, der genügend Schutz vor dem blanken Hans, dem immer kräftig wehenden Wind der Nordsee, bot. Der Ort hatte zwölf Kilometer Sandstrand, schöne Promenaden, eine naturbelassene Heide hinterm Deich und das sogenannte Finkenmoor. Die Webseite versprach weiterhin, dass man an klaren Tagen einen guten Blick über den Strand hatte und die Insel Neuwerk mit ihrem alten Leuchtturm sehen konnte. Außer den vielen angepriesenen Aktivitäten wie Reiten, Surfen und Wandern, die den Touristen den Urlaub versüßen sollten, war es das aber auch schon mit den Attraktionen gewesen. Der in dem Artikel genannte Bezug auf familienfreundlich ließ aus irgendeinem Grund meine inneren Alarmglocken läuten. Ich fühlte, dass ich auf dem richtigen Weg war, dass ich den Mercedes Hymer und hoffentlich auch Asha dort finden würde. Für heute blieb mir aber nichts weiter zu tun, als den nächsten Tag abzuwarten.

Bevor ich ins Bett gehen würde, um etwas Schlaf nachzuholen, entschied ich mich für ein Abendessen im Hotelrestaurant, das eine gute Küche zu haben schien. Am Nachmittag, als ich mich einmietete, hatte ich die Speisekarte des Hotels entdeckt und wusste dadurch, dass das Restaurant einige Gerichte vom Balkan anbot. Ich brauchte nicht lange auf der Karte zu suchen und entschied mich für die Cevapcici. Es war ein kroatisches Nationalgericht, das ich in meinen Soldatentagen in Sarajewo kennen und lieben gelernt hatte. Die Stadt liegt zwar in Bosnien-Herzegowina, doch die Speisen auf dem Balkan ähneln sich in den dortigen Ländern sehr. Früher nannte man alle Gerichte aus der Region einfach die jugoslawische Küche. Doch das ehemalige Jugoslawien hatte sich, wie ich nur zu gut aus eigener Erfahrung wusste, in mörderischen kriegerischen Auseinandersetzungen in viele verschiedene kleine Staaten aufgelöst. Die mir servierten Cevapcici mit dem Djuvec-Reis waren ausgezeichnet. Ein paar Bier mit kaltem Slibowitz halfen mir für die anschließende Verdauung und besseren Schlaf.

Später in meinem Zimmer auf dem Bett verspürte ich wie üblich den obligatorischen Nachgeschmack des Essens und musste an Sarajewo denken.

Kapitel 12

Sarajewo, 1993, 15. Januar, Operation ONU

Nach Bosniens Unabhängigkeitserklärung begannen reguläre serbische Einheiten am 2. Mai 1992 mit der Belagerung der Stadt Sarajewo. Sie zogen Hunderte schwere Artilleriegeschütze, Mörser und Panzer auf den Berg Igman westlich von Sarajewo und auf den anderen umliegenden Hügeln der Stadt zusammen. Sarajewo, der Austragungsort der friedlichen Olympischen Winterspiele von 1984, war kurz vorher zum Unwillen der Serben zur Hauptstadt des kleinen unabhängigen Staats Bosnien und Herzegowina ernannt worden. Ein denkbar unmenschliches, mörderisches Drama, das seinesgleichen sucht, folgte. In meinen Monaten als Legionär in der Stadt habe ich es immer wieder mit der Hölle auf Erden verglichen. Die Methodik und die Gleichgültigkeit der Serben, Menschenleben der Zivilbevölkerung auszulöschen, schockierten nicht nur mich, sondern die ganze Welt. Im Rahmen der Schutztruppe der Vereinten Nationen (UNPROFOR) wurde meine Fallschirmjägereinheit der Fremdenlegion, das 2 REP, im Dezember 1992 von Calvi auf Korsika nach Sarajewo verlegt. Wir dienten diesmal für uns ungewohnt als Blauhelmsoldaten.

Als ich im Januar 1993 mit meiner Kompanie in Sarajewo eintraf, fanden wir nur eine zerstörte Stadt vor. Sarajewo lag in Trümmern, ein Gleichnis der Geschichte, der so vielen anderen Städte vor ihr, die Kriegshandlungen hatten über sich ergehen lassen müssen. Wir Legionäre dachten damals noch in unserer Einfalt, mit unserer Mission dem grausamen Leiden der Bevölkerung ein Ende bereiten zu können. So hatten wir es immer gehandhabt, Aggressoren ausschalten, Ruhe und Frieden für die Zivilbevölkerung wiederherstellen. Leider mussten wir diesmal sehr schnell lernen, dass es uns in unserer neuen Rolle in einer eingeschränkten Blauhelmmission unmöglich war, dem schier grausamen Gemetzel der Serben ein Ende zu machen. Es war uns von höchster Kommandoebene strengstens untersagt worden, mit effizientem kämpferischem Einsatz in den Konflikt einzuschreiten. Was war das für ein Scheißauftrag, dachte ich mir. Wir waren eine Truppe, die es gewohnt war zu kämpfen, wir waren Legionäre, keine zahnlosen Tiger, die man obendrein verhöhnen konnte. Doch genau das wurde von uns verlangt und brachte uns oft genug zum Verzweifeln. Diese Ohnmacht zu ertragen, der Zivilbevölkerung nicht helfen zu können, ließ mich Sarajewo nie vergessen.

Meine letzten vierzehn Jahre in der Legion waren für mich von vielen Aufträgen geprägt. Nach verschiedenen Einsätzen im Kongo und in Beirut hatte ich 1990 wiederholt an der Operation Epervier im Tschad teilgenommen. Danach 1990, im gleichen Jahr, in Ruanda in der Operation Noroit gekämpft, um dann anschließend 1991 mich erneut im Tschad wiederzufinden. Außerdem gab es noch die Operation Daguet, einen weiteren kurzen Einsatz 1991, diesmal im Irak. Alle meine Kameraden, meine Wenigkeit nicht ausgenommen, fanden in der Zeit einfach keine Ruhe. Viele Male war ich nur knapp dem Tode entronnen, doch Angst kannte ich immer noch nicht. Die vielen gefährlichen Kampfeinsätze hatten mich zu einem kampferprobten, harten Legionär geformt. Ein Kriegsschauplatz folgte dem nächsten und wir wurden von einem Brandherd von Unruhen zum anderen beordert. Es gab keine Aufgabe für uns Legionäre, der wir nicht gewachsen waren. Dennoch merkte ich langsam, dass die harten physischen sowie mentalen Strapazen des Soldatentums ihren Tribut von mir forderten. Die ständigen Einsätze ließen mir auch keine Zeit für ein privates Leben, weit fort vom endlosen Kämpfen. Ich hatte in den Jahren viele verwundete Legionäre schreien gehört, Kameraden sterben gesehen. Bei einer Operation im Tschad wurde ich selbst durch den Splitter einer Granate im Gesicht verwundet. Der mentale Stress wurde mit der Anzahl der Aufgaben auch größer als die physischen Belastungen. In meiner langjährigen Laufbahn in der Fremdenlegion hatte ich es bisher nur zum »Sergeanten«, einem französischen Unteroffiziersrang, gebracht. Es war meine eigene Schuld, ich war nie sehr ambitioniert gewesen und wohl auch nicht die von der Legion gewünschte vorschriftsmäßige Führerperson. Ich folgte lieber meinen Befehlen, als welche zu geben. Dennoch hoffte ich in den Jahren, bevor mein Vertrag mit der Legion auslief, allein schon der Rente wegen zum »Sergeant-Chef« befördert zu werden. Wer weiß, vielleicht würde ich danach auch noch einmal verlängern, doch es war unwahrscheinlich. Unbewusst begann ich mich nach Frieden und Reisen in ferne Länder zu sehnen. Ein Dasein, ohne dass ich ständig eine Waffe bei mir tragen musste und mir jemand nach dem Leben trachtete.

Doch egal welche Gedanken über meine Zukunft damals in meinem Kopf kreisten, erst einmal galt es, diesen neuen Befehl zu überleben. Einen Einsatz, wie ich früh genug feststellen musste, der den Sinn einer Blauhelmmission der Paras wie Friedenssicherung, Menschenrechte oder humanitärer Auftrag in Bezug auf Sarajewo als blanker Hohn erschienen ließ. Wir waren aus Tradition für den Kampfeinsatz gedrillt, mit der Waffe in der Hand zu kämpfen, war unser täglich Brot. Wir wussten aber nicht, was unsere genaue Aufgabe hier in Sarajewo war. Ich fragte mich, ob wir jetzt Suppe, Reissäcke oder Decken an Menschen verteilen sollten. Vielleicht auch Flüchtlingscamps bewachen, Polizei und Aufpasser spielen. Wir hatten keine genaue Vorstellung, aber sollten bald Antworten bekommen.

Ohne dass uns gesagt wurde, warum, das fanden wir selbst ganz schnell heraus, verdoppelte man die Anzahl der Scharfschützen in unseren Reihen. Wir bekamen neue Einsatzfahrzeuge, sogenannte VAB Schützenpanzer mit einer 20-Millimeter-Maschinenkanone und einem 7,62 Millimeter schweren MG. Dazu kamen die VBL, kleine gepanzerte Mannschaftstransporter, die von uns auch Sarajewo-Taxis genannt wurden. Wir hassten diese beengten Fahrzeuge, aber sie retteten vielen von uns Legionären das Leben, denn man schoss ständig von allen Seiten auf uns. Wir wurden zu einer, entgegen unserer traditionellen Kampfweise, aus der Bewegung zum Gegenangriff überzugehen, motorisierten Infanterie. Dabei war gerade das immer unsere Stärke gewesen, unsere Schnelligkeit, die Schockwirkung und Nahkampfstrategien waren den meisten Gegnern zu viel. Diesmal galten aber für uns die »Rules of Engagement« der UNO. Sie lauteten, das Feuer auf einen Gegner durfte erst erwidert werden, wenn klar erkennbar war, wer auf uns schoss. Das war bei dem unübersichtlichen Sniper-Gewehrfeuer, das aus den unzähligen Ruinen uns um die Ohren pfiff, so gut wie unmöglich. Es war eine unbefriedigende Situation, wir konnten, genauer gesagt durften nichts dagegen tun.

In Sarajewo waren insgesamt drei Bataillone der UNPROFOR aktiv im Einsatz. Ein französisches, ein ukrainisches und ein ägyptisches. Der internationale Flughafen war unser Quartier und wir bauten ihn so gut, wie es ging, zu einer Festung aus. Um den Verteidigungsring um Sarajewo zu kontrollieren, hatte jede unserer Kompanien ihren Sektor zu überwachen. Unsere Aufgabe bestand darin, die stündlich eintreffenden Hilfslieferungen zu sichern. Gefangenenaustausche zu organisieren und die Absicherung von humanitären Konvois. Manche Geleitzüge kamen jedoch nie an ihr Ziel, entweder die Serben verweigerten die Passage oder schossen sie zusammen. Die Menschen in Sarajewo und Umgebung hungerten, es gab kein Wasser und kein Gas, um warmes Essen zuzubereiten. Man hatte zwar einige Wasserstellen und auch vorgeschriebene Orte, an denen die Zivilbevölkerung es abholen konnte, doch nicht genug. Viele verzweifelte Menschen riskierten täglich ihr Leben, um an das begehrte Trinkwasser zu kommen. Lebensgefährlich insofern, denn in der belagerten Stadt agierten überall die Heckenschützen. Diese feigen Mörder, als Soldaten konnte man sie kaum bezeichnen, postierten sich vorwiegend in den hohen Gebäuden an der breiten Hauptverkehrsstraße »Zemaja od Bosne«, auch »Sniper Alley« genannt. Sie schossen wahllos auf Fahrzeuge und Personen. Serbische Scharfschützen töteten in der Sniper Alley allein zweihundertfünfunddreißig Zivilisten und vierhundertsechs Soldaten, darunter befanden sich sechzig Kinder, verletzt wurden jedoch Tausende. Doch nicht nur auf die Zivilbevölkerung an den Wasserstellen feuerten die Serben, sondern auch unsere Checkpoints wurden tagtäglich beschossen, manchmal sogar mit Mörsern. Wir Blauhelme wurden auch immer wieder von den bosnischen Soldaten, deren Bevölkerung wir doch beschützen sollten, unter Feuer genommen. Warum, das entzog sich gänzlich meiner Kenntnis, doch die Tatsache als solche blieb bestehen. Sie leugneten jedoch strikt solches Handeln und schoben immer den Serben die Schuld in die Schuhe. Mir hatte ein Bosnier im Vertrauen erzählt, nachdem er sich dafür entschuldigt hatte, auf uns geschossen zu haben, dass die bosnische Armee damit ein Eingreifen der NATO erzwingen wollte.

Ich war mit meinem Zug abgestellt, die internationale Luftbrücke zu sichern. Täglich landeten mehrere Maschinen auf dem Rollfeld und brachten Lebensmittel, Zelte, medizinische Hilfsgüter, Abdeckfolien für Fenster, Gas und Wasserrohre und andere dringend benötigte Dinge in die belagerte Stadt. Die Flugzeuge wurden regelmäßig beschossen und eins am 3. September auch von einer serbischen Luftabwehrrakete zerstört. Die Piloten gaben dem gefährlichen Landemanöver sogar einen eigenen Namen und nannten sie angemessen Sarajewo-Landung. Aus sechstausend Metern Höhe flogen sie die Transall-Maschinen steil auf den Flughafen an. Erst kurz vor dem Erdboden fing der Pilot das Flugzeug ab und setzte auf der Landebahn auf. Somit blieben sie lange aus der Reichweite der serbischen Handfeuerwaffen.

Nachts wurde die Landebahn aber erst richtig aktiv. Bosnier, Männer, Frauen und Kinder versuchten unter Einsatz ihres Lebens von einem Stadtteil in den nächsten zu kommen. Es war für sie der einzige Landweg rein und raus aus der Stadt. Sie kannten die Gefahr und viele wurden von den Serben bei der Überquerung getötet. Doch sie versuchten es immer wieder. Wir sollten die Bosnier daran hindern, die Landebahn zu überqueren, doch jede Nacht spielte sich das gleiche tödliche Spiel vor unseren Augen ab. Ich habe unzählige Male mit meinen Kameraden am nächsten Morgen die Leichen vom Flugfeld abholen müssen, es war kaum zu ertragen. Eines Tages endeten plötzlich die nächtlichen Überquerungsversuche abrupt, die Bosnier hatten erfolgreich einen Tunnel unter dem Flughafen gegraben. Wenn ich gedacht hatte, dies würde die Situation für die Zivilisten verbessern, war ich auf dem Holzweg gewesen. Die oft grausamen, blutigen Massaker an der Zivilbevölkerung gingen unvermindert weiter. Mörserangriffe der Serben landeten inmitten von Markthallen, Trommelfeuer regnete auf andere zivile Einrichtungen in der Schutzzone herab.

Ich wollte schon um meine Versetzung bitten, da änderte sich die Kriegslage endlich. Im Jahr 1994 stellte der UN-Sicherheitsrat ein Ultimatum an die serbische Führung, innerhalb von zehn Tagen in einem Radius von zwanzig Kilometern um das Stadtzentrum alle schweren Waffen abzuziehen oder unter UN-Aufsicht zu platzieren. Die Serben hielten sich zuerst daran, aber es kam immer wieder zu neuen Angriffen, die wiederum mit Luftangriffen der NATO beantwortet wurden. Die serbischen Einheiten nahmen daraufhin dreihundertsiebzig UN-Soldaten als Geiseln. Sie ketteten sie in der Stadt an strategisch wichtigen Positionen an, um damit weitere Luftangriffe der internationalen Streitkräfte zu unterbinden. Bei einer Fortführung von Luftangriffen drohten sie sogar mit der Ermordung der Blauhelme.

Damit waren sie zu weit gegangen, denn es befanden sich auch Fremdenlegionäre unter den Geiseln und Frankreich konnte dies nicht dulden. An der strategisch wichtigen Vrbanja-Brücke waren zwölf meiner Kameraden an einem Vorposten gefangen genommen worden. Noch am selben Tag starteten wir über die Brücke einen Gegenangriff und eroberten den Posten zurück. Wir hatten anschließend zwei Tote und siebzehn Verwundete zu beklagen, aber den Feind massiv vernichtet. Um unseren Unmut über die Aktion der serbischen Armee zu untermauern, schossen wir dann mit schwerer Artillerie auf die durch Radar ermittelten feindlichen Stellungen. Jetzt beschloss auch die NATO mit mehr Härte gegen die Serben vorzugehen. Zwei Tage später startete die

»Operation Deliberativ Force«. Die Serben wurden in den Hügeln und Bergen um Sarajewo unaufhörlich bombardiert. Sämtliche Führungsstrukturen, Munitionsdepots, Kasernen und Luftabwehrstellungen wurden von der NATO restlos ausgeschaltet.

Dann wurde im Oktober 1995 zunächst ein Waffenstillstand vereinbart und später der Dayton-Vertrag unterzeichnet. Doch erst am 29. Februar 1996 erklärte die bosnisch-herzegowinische Regierung Sarajewos Belagerung offiziell für beendet. Da hatte ich aber schon meine Uniform gegen Zivil getauscht. Sarajewo war mein letzter Einsatz in der Fremdenlegion gewesen. In den Jahren in der Stadt war mir zum ersten Mal so richtig klar geworden, dass Politik und Krieg rücksichtslos auf dem Rücken der Zivilbevölkerungen ausgetragen wurden. Als Legionär hilflose Geiseln zu befreien und Terroristen zu bekämpfen war für mich moralisch gerechtfertigt, aber die Hilflosigkeit, in einer Blauhelmmission nichts ändern zu können, hatte mich mental fertiggemacht. Ich reichte Ende 1995 meinen Abschied ein.

Während der Belagerung von Sarajewo von 1992 bis 1996, las ich später in einem Bericht, waren etwa elftausend Menschen, darunter tausendsechshundert Kinder, getötet und sechsundfünfzigtausend Einwohner teilweise schwer verletzt worden.

Kapitel 13

Sahlenburg, 2019, Donnerstag, 22. August

Meine unliebsamen Erinnerungen an meinen letzten Auftrag in Sarajewo hatten mich schlecht träumen lassen. Ich fühlte mich müde und gerädert. Unausgeruht schälte ich mich früh um sechs Uhr aus dem Bett. Nach einer kalten Dusche ging es mir dann aber besser und nachdem ich mir ein ausgiebiges Frühstück im Hotelrestaurant einverleibt hatte, verspürte ich neuen Tatendrang. Unentschlossen verweilte ich einen Moment auf meinem Balkon und blickte über die dunkle Küstenlandschaft. Der Tag begann mit einem wolkenverhangenen Himmel und mit einem starken kühlen Wind aus Nordost. Der Wetterbericht im Fernseher hatte für den Nachmittag starke Böen und Schauer vorhergesagt. Trotz der schlechten Wetterlage hoffte ich, dass ich das Wohnmobil vorher finden würde. Ich checkte aus meinem Zimmer aus. Bevor ich mich jedoch auf den Weg nach Sahlenburg machte, kaufte ich in einem Geschäft neben dem Hotel noch schnell ein paar neue Sachen zum Anziehen. Mit der Aussicht auf einen nassen Tag erstand ich zusätzlich einen dunklen wasserdichten Windbreaker mit Kapuze. Der Ort Sahlenburg lag wenige Kilometer nordwestlich von Cuxhaven und ich erreichte ihn in weniger als einer halben Stunde. Mein Ziel befand sich außerhalb des kleinen Ortes direkt am langgezogenen Küstenstrand. Es war der letzte Campingplatz an der Küste, der in unmittelbarer Nähe von Cuxhaven lag, und auch der größte. Wenn ich das Wohnmobil auf diesem Platz nicht finden konnte, wüsste ich nicht mehr weiter. Es musste einfach hier sein, versuchte ich mich erneut zu motivieren, zu überzeugen.

Ein in der Nähe des Campingplatzes gelegenes Strandhotel erschien mir geeignet für meine Ausgangsbasis zur Suche. Ich entschloss mich dort wieder ein Zimmer zu mieten, wer weiß, wie lange ich bräuchte, um das Wohnmobil zu finden. Wenn ich es hier entdecken würde, müsste ich sowieso auf die Dunkelheit abwarten, bevor ich etwas unternehmen konnte. Die junge Frau an der Rezeption des Strandhotels begrüßte mich freundlich. Sie händigte mir nach den obligatorischen Formalitäten den Schlüssel zu einem Zimmer mit Blick über den Campingplatz und Strand aus. Zu meiner eigenen Verwunderung verlangte die Dame am Empfang nicht einmal meinen Personalausweis. Somit buchte ich mich unter einem falschen Namen ein und zahlte das Zimmer für einen Tag in bar und im Voraus.

Mein Raum in dem Strandhotel war hell, geräumig und der Balkon wie gewünscht, überblickte den Campingplatz. Ich hatte die Broschüre des Mercedes Hymer zum Vergleich neben mir auf einem Stuhl liegen. Somit konnte ich bequem mit meinem Feldstecher die unzähligen geparkten Wohnmobile nach diesem besonderen Modell absuchen. Das war aber leichter gesagt, als getan, denn auf einer Gesamtfläche von fast siebentausend Quadratmetern gab es circa fünfhundert langfristige Stellplätze und weitere hundert kurzfristige Touristenplätze. Zusätzlich erschwerte die Suche, dass alle Plätze ausnahmslos belegt zu sein schienen. Außerdem waren fast sämtliche Caravans, Wohnmobile und sonstige mobile Behausungen mit den handelsüblichen Vorzelten versehen. Bei meinem ersten Rundumblick über den Platz musste ich wieder an die berühmte Nadel im Heuhaufen denken, die der Polizist in Greetsiel angesprochen hatte. Resigniert setzte ich den Feldstecher ab und überlegte, ob ich es ein weiteres Mal mit dem Feuerzeugtrick versuchen sollte. Ich wählte die angegebene Nummer der Campingplatzbroschüre, die im Zimmer lag. Nach wenigen Klingelzeichen antwortete eine heisere Männerstimme. Nachdem ich meinen Spruch über das liegengelassene Dupont-Feuerzeug aufgesagt hatte, hörte ich nur, wie der Mann kurz und unfreundlich erwiderte, dass er keine Auskunft über seine Gäste geben dürfte, und auflegte. Diesmal hatte meine Finte nicht zum gewünschten Ergebnis geführt. Leise vor mich hin fluchend musste ich akzeptieren, dass mir nichts anderes übrig blieb, als den ganzen Platz zu Fuß abzusuchen.

Der Eingang zum Campingplatz lag in unmittelbarer Nähe zu meinem Hotel und ich machte mich sofort auf den Weg, um das Wohnmobil zu finden. Es musste sich irgendwo auf dem Gelände befinden, redete ich mir zu. Am Eingang hing ein großes Schild mit einem Lageplan des Areals und ich entschied mich erst einmal bei den Kurztouristenplätzen zu suchen. Ich folgte der beschriebenen Route und lief zu den Tagesplätzen am hinteren Ende des Platzes. Auf dem Weg dorthin fielen mir neben den teilweise mit kleinen Blumengärten verzierten Dauercampingplätzen die unzähligen Ordnungsschilder auf. Es gab hier einfach für alles Regeln, für die Tages- und Nachtruhezeit, für das Mähen eines Rasens, für das Radfahren, für die Lautstärke von Musik, für das Fußballspielen von Kindern auf den Wegen, für die Kleiderordnung, für den Müll, für die Benutzung der Toiletten- und Duschgebäude, es nahm und nahm kein Ende. Ich fragte mich, was denn überhaupt noch erlaubt war und warum sich die Leute mit diesen ganzen auferlegten Zwängen hier glücklich fühlen konnten. Es ging mich aber in Wirklichkeit nichts an, es musste wohl so sein. Meine einzige Erklärung dafür war, sonst würden mit Sicherheit Chaos und Streit unter den vielen Campern auf der Tagesordnung stehen.

Ganz verloren in meinen Gedanken über das geregelte Camperleben mit seinen vielen Verordnungen, wäre ich fast an dem glatzköpfigen Mann vorbeigelaufen, der gerade im Begriff war, sein Vorzelt an seinem Wohnmobil aufzuspannen. Ich hatte im Vorbeigehen aus den Augenwinkeln den Smiley am hinteren Teil des Fahrzeugs gesehen und erst im zweiten Moment reagiert. Das weiße Wohnmobil, ein Mercedes Hymer, stand in einer kleinen Seitengasse, etwas abseits, durch eine Hecke von direkter Sicht vom Weg aus verborgen, auf einem der Stellplätze. Ich hatte nur rein zufällig den Weg durch diese Seitenstraße als eine Art Abkürzung zu den Boxen der Tagestouristen gewählt. In dem gleichen Moment, als ich das Kennzeichen GM-BE

5109 sah, wusste ich hundertprozentig, ich hatte das Paar gefunden. Am liebsten wäre es mir gewesen, den Mann sofort zur Rede zu stellen, aber es war zu viel Leben und Treiben auf den angrenzenden Parzellen. Ich durfte jetzt nicht den Kopf verlieren und einen überstürzten Fehler machen. Ashas Leben hing von meinem Verhalten, meiner Besonnenheit ab. Einen kurzen Moment zog ich in Erwägung, die Polizei zu informieren, aber auch die jetzt einzuschalten war nicht die richtige Alternative. Nur wenn Asha sich im Wohnmobil befinden würde, wäre es sinnvoll. Falls sie auf dem Rasthof Sittensen aber an eine andere Person oder Personen übergeben worden war, würden die Entführer alles abstreiten. Ich musste erst absolute Gewissheit und Beweise dafür haben, dass sie Asha entführt hatten. Mir blieb nichts anderes übrig, als zu improvisieren.

»Moin«, rief ich dem Mann zu, »brauchen Sie Hilfe mit dem Vorzelt?«

»Nein danke, das schaff ich schon allein«, grüßte er mit einem misstrauischen Blick in meine Richtung zurück.

»Sagen Sie mal«, ließ ich nicht locker und versuchte es auf die Camper-Buddy-Tour. »Ist das nicht ein Mercedes Hymer/Eriba? Großartiges Wohnmobil, so einen wollten meine Frau Helga und ich uns auch schon immer zulegen«, sagte ich und ging dabei ein paar Schritte auf den Mann zu.

»Ja genau, ist ein richtiges Prachtstück, nicht wahr?«, kam die Antwort, gepaart mit sichtlichem Besitzerstolz, jetzt etwas freundlicher.

In dem Augenblick öffnete sich die Tür zum Wohnmobil und eine stämmige, sichtbar untersetzte Frau mit dunklen fettigen Haaren erschien. In ihren Augen konnte ich sofort eine feindliche Ablehnung erkennen. Sie trug ein dunkles Kleid, das mit unzähligen Flecken von diversen Putzarbeiten übersät war. Zwischen ihren schmalen, verkniffenen Lippen hing eine qualmende Zigarette, an der sie hastig paffte. Mit einem Blick erfasste sie die Situation und schoss mir ein gekünsteltes Lächeln zu.

»Hör auf zu tratschen, Egon, lass den Mann in Ruhe und sieh zu, dass du endlich fertig wirst. Wir müssen noch in die Stadt ein wenig einkaufen«, herrschte sie ihren Gatten an, wandte sich ab und schlug die Tür zum Wohnmobil hinter sich zu.

»Weiber, immer müssen sie einen herumkommandieren«, fluchte der Mann leise und drehte die letzte Schraube für sein Vorzelt ein.

Ich wusste, es war jetzt besser Zeit, sich zu verabschieden, und nahm mir vor, aus einiger Entfernung das Wohnmobil weiter zu beobachten. Mein Herz schlug vor Aufregung in meiner Brust. Ich befürchtete, es würde so laut schlagen, dass der Mann es hören konnte.

»Na, dann mal nichts für ungut. Ich wünsche Ihnen noch einen schönen Aufenthalt«, sagte ich zum Glatzkopf und lief eiligen Schrittes weiter zum Strand.

Ich suchte einen guten Platz, von wo aus ich das Wohnmobil ausmachen konnte, aber es lag zu versteckt im Wirrwarr der Durchgänge zwischen den vielen anderen Campervans. Es gab auch keinen Anlass für mich, in der Gasse herumzulungern, damit würde ich nur Aufmerksamkeit auf mich lenken. Um mich zu beruhigen und runterzukommen, ging ich in Richtung Ausgang des Platzes und setzte mich dort in das Strandcafé. Von meinem Tisch hatte ich einen perfekten Überblick auf das bunte Treiben des Kommens und Gehens am Tor der Camperenthusiasten.

Es dauerte circa eine Stunde und das Paar erschien am Eingang. Sie hatten sich stadtfein gemacht und liefen in Richtung der Ortschaft Sahlenburg. Ich hoffte, dass mir ihre Abwesenheit etwas Zeit verschaffen würde, das Wohnmobil genauer zu inspizieren. Mit schnellen Schritten ging ich zurück zu der Gasse, in der ich den Mercedes Hymer hatte stehen sehen. Leider saß genau gegenüber unter ihrem Vorzelt ein junges Pärchen. Sie warfen mir, als ich mich dem Wohnmobil näherte, neugierige Blicke zu.

»Wenn Sie die Familie Meier suchen, die sind gerade in die Stadt gegangen, um einzukaufen«, rief der junge Mann zuvorkommend.

So viel zum ungesehenen Inspizieren des Wohnmobils, dachte ich mir und winkte dabei freundlich und lief wieder zurück zum Ausgang. Es blieb mir nichts anderes übrig, als die Nacht abzuwarten. Leise fluchend ging ich in den Ort und versuchte das Paar dort zu finden. In einem Restaurant aß ich eine Mahlzeit und lief vergebens durch die Straßen, ohne die beiden zu erspähen. Am späten Nachmittag machte ich mich auf den Rückweg zum Hotel.

In fieberhafter Erwartung auf die Konfrontation mit dem Paar packte ich im Zimmer meine Tasche und legte mich aufs Bett, um die Dunkelheit abzuwarten. Da ich das Hotelzimmer schon für einen Tag im Voraus bezahlt hatte, stand einer frühen Abreise nichts im Wege. Ich stellte mir den Radiowecker am Nachtschrank auf neun Uhr und versuchte mich ein wenig zur Ruhe zu zwingen. In der Legion hatte ich mir früh angewöhnt, bei jeder sich bietenden Gelegenheit die Zeit vor einem gefährlichen Einsatz zu nutzen, um zu schlafen. Es dauerte daher auch nicht allzu lang, bis ich in einen leichten Schlaf versank.

Um Punkt zehn Uhr wurde ich vom lauten Alarmton des Radioweckers geweckt. Das kurze Nickerchen hatte mir gutgetan. Ich war gut erholt und voller Vorfreude sah ich der Konfrontation mit dem Paar entgegen. Vor dem Einschlafen hatte ich mir einen Plan zurechtgelegt, die Wahrheit aus den beiden herauszubekommen, wenn nötig mit Gewalt. Eine schnelle Dusche belebte ergänzend meine Geister und gegen neun Uhr dreißig abends verließ ich dann mein Zimmer. Meine wenigen Sachen verstaute ich in dem Land Rover, den ich auf dem hoteleigenen Parkplatz am Vormittag abgestellt hatte. Es hatte schon vor einigen Stunden aufgehört zu regnen, dennoch waren nur sehr wenige Leute zu dieser Zeit unterwegs. Der während des Tages so turbulente Campingplatz war zur Ruhe gekommen. Ich konnte vereinzelte kleine Gruppen von Menschen fröhlich am Strand feiern sehen. Sie waren aber weit entfernt vom eigentlichen Platz und würden mich bei dem, was ich vorhatte, nicht stören. Das Gros der Urlauber saß in seinen heimeigenen Vorzelten oder seinen kleinen Gärten vor den Wohnmobilen und Caravans. Viele der Camper hatten aber auch schon ihre Lichter ausgemacht, schliefen oder sahen fern.

Ich fuhr mit meinem Wagen zum hinteren Ende des Platzes und parkte dort in unmittelbarer Nähe meines Ziels an einer abgeschiedenen, nicht so leicht einsehbaren Stelle. Der Mond verbarg sich hinter einer den Himmel bedeckenden Wolkenschicht. Ideale Lichtverhältnisse für mein Vorhaben, dachte ich mir, denn es war dadurch verhältnismäßig dunkel. Alles war ruhig, nur noch Insektenschwärme flogen herum, angezogen vom Licht der wenigen Straßenlaternen, deren diffuser Schein kaum ausreichend war, um die wenigen Gehwege zu beleuchten. Stets darauf achtend, dass ich nicht auf einen zufällig rumliegenden Gegenstand trat, näherte ich mich der Gasse mit dem Mercedes Hymer. Ich horchte aufmerksam in die Nacht, aber außer dem monotonen, nächtlichen Gesang zirpender Grillen vernahm ich keine weiteren Geräusche in der näheren Umgebung. Die Abendluft roch nach Meer und Salzwasser, ein mir altvertrauter Geruch. Umso näher ich aber dem Wohnmobil kam, vermischte er sich mit dem unverkennbaren Gestank von ausglühenden Grillfeuern.

Meine sieben Sinne waren in totaler Alarmbereitschaft. Ich fühlte mich in meine alte Legionärszeit kurz vor einem Kampfeinsatz zurückversetzt. Es war eigentlich auch nichts anderes, nur dass ich hier in Zivil und auf privaten Einsatzbefehl handelte. Mein Befehl kam von einer verzweifelten Mutter, die ihr Kind wiederhaben wollte. Er galt für mich aber genauso, wenn nicht sogar mehr. Es war ohne Zweifel eine illegale Aktion. Rechtlich war ich verantwortlich für das, was unmittelbar bevorstand, was immer auch das sein würde. Aber das war mir jetzt egal, es ging um das Leben eines kleinen Mädchens und da war mir jedes Mittel recht.

Dann sah ich auch schon das Wohnmobil unmittelbar vor mir auftauchen. Ein letzter Blick in die Runde, ein letztes Horchen nach unliebsamen Störern. Nichts, ich gab mir selbst das »All clear« und schon stand ich neben dem am Vormittag aufgebauten Vorzelt. Im

Wohnmobil brannte noch Licht und ich konnte das bläuliche Flackern eines Fernsehers durch die verhangenen Fenster ausmachen. Mit meiner Pistole im Hosenbund bewaffnet erreichte ich die Eingangstür des Vans. Es gibt einige Dinge, die ändern sich nie im Leben. Mein Adrenalinspiegel schoss wie immer vor einer direkten Konfrontation mit einem Gegner durch die innere Anspannung in die Höhe. Meine Hände begannen in meinen dunklen Handschuhen leicht zu schwitzen. Jetzt war aber nicht der Moment lange zu überlegen, es war der Augenblick des Handelns. Ich zog mir meine Balaklava über den Kopf, die schallgedämpfte Beretta aus dem Hosenbund und öffnete die, wie von mir erhofft, unverschlossene Tür zum Wohnmobil. Mit einem Satz stand ich in der Kabine des Fahrzeugs dem Mann vom Vormittag gegenüber. Im Schlafanzug mit einer Flasche Bier in der Hand hatte er es sich in der Sitzecke vorm Fernseher gemütlich gemacht. Aus weit aufgerissenen, ungläubigen Augen starrte er mich an. Der vor einem Augenblick noch argwöhnische Blick strahlte plötzlich, wie durch einen Schalter umgelegt, auf einmal nur noch Schock und Panik aus. Mit der Beretta samt aufgeschraubtem Schalldämpfer auf ihn gerichtet sowie der schwarzen Maske muss ich furchterregend auf ihn gewirkt haben. Durch die schmalen Sehschlitze meiner Balaklava stellte ich mit Genugtuung fest, wie ihm die Angst durch mein unverhofftes Auftauchen ins Gesicht gemeißelt war. Ich sondierte kurz die Lage und verschaffte mir einen Überblick des Innenraums des Wohnmobils. Es wirkte zwar alles sehr beengt, doch äußerst komfortabel. Ich konnte eine praktisch gestaltete Küchenzeile, eine Duschkabine und einen durch eine Tür verschlossenen Schlafraum ausmachen. Von der Frau des Mannes war nichts zu sehen, sie musste sich schon in die Schlafkabine im hinteren Teil des Wohnmobils zurückgezogen haben.

»Kein Wort, keinen Laut, oder du überlebst die nächsten Minuten nicht«, presste ich zwischen meinen Zähnen hervor. Um meinen Worten mehr Nachdruck zu verleihen, stieß ich den Schalldämpfer gegen den Kopf des Mannes.

»Was hat das alles zu bedeuten, was soll das?«, sprach er trotzdem, nachdem der erste Schreck abgeklungen war.

»Ganz ruhig bleiben, ich stelle hier die Fragen und sonst niemand«, antwortete ich und legte dabei meinen Zeigefinger vor meine Lippen. »Ich suche ein Mädchen, das ihr in Greetsiel entführt habt, wo ist sie?«

Ich hatte die Frage kaum zu Ende gesprochen, als im selben Augenblick die Frau mit einem Messer aus dem Schlafraum gesprungen kam. Wie von einer wilden Furie getrieben, rannte sie ohne Warnung auf mich zu und versuchte mich abzustechen. Im letzten Moment konnte ich dem Stich ausweichen und zog die Frau in ihrer unbändigen Vorwärtsbewegung am Arm an mir vorbei. Sie kam ins Stolpern und stürzte kopfüber in die metallene Aufhängung des Beifahrersitzes im vorderen Teil des Wohnmobils. Danach blieb sie regungslos liegen. Meine Waffe, weiterhin auf den Mann gerichtet, drehte ich die Frau vorsichtig um und sah, dass sie sich beim Sturz ihr Genick gebrochen hatte. Ihre weit aufgerissenen, leblosen Augen benötigten keine weitere Erklärung, sie war tot. Ich wollte mich schon abwenden, als ich in ihrer Frisur eine silberne Spange in Form eines Schmetterlings entdeckte. Vorsichtig entfernte ich sie aus dem Haar der toten Frau und hielt sie ihrem Mann entgegen. Es war Ashas Haarspange, die sie von mir geschenkt bekommen hatte. Damit hatte ich den eindeutigen Beweis für die Schuld des Paares und verspürte auch keinerlei Mitleid über das Ende der Frau. Ihr Mann jedoch saß von ihrem plötzlichen gewaltsamen Tod traumatisiert teilnahmslos in seiner Ecke und verstand die Welt nicht mehr.

»Wo ist sie?«, bellte ich ihn an, und als er nicht gleich antwortete, schlug ich ihm zornig mit dem Lauf der Waffe gegen den Kopf.

»Wo ist wer?«, fragte er weinerlich zurück und hielt sich die rechte Hand an die durch den Pistolenlauf verursachte Platzwunde.

Ohne weiter zu zögern, schoss ich ihm in seine andere, auf dem Tisch liegende linke Flosse. Ich wusste genau, wohin man zielen musste, um eine höllisch schmerzende Fleischwunde zu erzeugen. Er schrie vor

Schmerz auf und die Wunde begann sofort stark zu bluten. Das hatte ich erwartet und zielte jetzt wieder mit der Pistole auf seinen Kopf. Unter meiner Maske presste ich hervor:

»Wenn du weiterhin lügst, du Scheißkerl, schieße ich dir auch noch deine andere Hand kaputt. Danach nehme ich mir deine Knie vor, hast du mich verstanden?«, sprach ich mit eiskalter Schärfe und sah, wie der Mann resigniert nickte. Aus einer Schublade nahm ich ein sauberes Küchentuch und warf es ihm zu, damit er es sich um seine blutende Hand wickeln konnte. Damit hatte meine Nächstenliebe auch schon ein Ende gefunden.

»Noch einmal von vorne. Ich weiß, dass ihr ein Mädchen in Greetsiel entführt habt und diese Spange ist der letzte Beweis dafür. Also entweder du sagst mir sofort, wo das Mädchen ist, oder du bekommst die nächste Kugel«, sprach ich und zielte mit meiner Waffe auf sein Knie.

Der Mann, im Gesicht aschgrau geworden, suchte verzweifelt nach einem Ausweg. Er wusste aber, er kam aus dieser Nummer nicht mehr heraus. Fieberhaft überlegte er und starrte dabei mit Entsetzen auf seine tote Lebensgefährtin. Ihm blieb keine andere Wahl, als mir, dem Maskenmann mit der Waffe, die Wahrheit zu erzählen. Mit Schweißtropfen auf der Stirn und einem schmerzverzerrten Gesicht begann er langsam und leise zu sprechen:

»Ich weiß nicht, wo sie jetzt ist, das musst du mir glauben. Wir haben sie gestern Vormittag an unseren Kontaktmann auf dem Rasthof Sittensen übergeben. Damit war unser Job erledigt. Wir besorgen nur die Kinder, mit dem Rest haben wir nichts zu tun. Es ist nicht gesund, zu viele Fragen zu stellen.«

Genauso wie ich es mir gedacht hatte. Ich musste meine innere Wut unter Kontrolle halten. Am liebsten hätte ich den Mann sofort erschossen, aber erst wollte ich mehr über diese Organisation der Entführer erfahren. Ich machte mir nichts vor, ich hatte es hier mit einem professionellen Kinderhändlerring zu tun. Die Nachrichten brachten seit Monaten wöchentlich neue Mitteilungen über Kinderpornografie und Pädophile. Es hatte in Deutschland nie gekannte Ausmaße angenommen. Mir wurde speiübel, wenn ich daran denken musste, dass die kleine Asha sich in den Klauen eines solchen Ringes befand. Mir war durch das Geständnis des Mannes aber sofort eins klar geworden, die Zeit drängte jetzt umso mehr. Alles, was im Moment zählte, war, Asha schnellstens zu finden. Noch war es vielleicht nicht zu spät für sie. Ich musste mehr Einzelheiten erfahren und presste weiter.

»Erzähl mir, wie läuft das Ganze ab und lass nichts aus. Ich will alles bis ins kleinste Detail wissen. Wenn ich merke, dass du lügst, dann ...« Ich ließ ich den Satz unvollendet, aber zeigte mit der Waffe demonstrativ auf sein Knie.

Der Mann begann jetzt zu reden. Wie ein Wasserfall sprudelte es aus ihm heraus. Er erzählte, dass er und seine Frau ihre Anweisungen über ein sogenanntes Burner-Telefon bekamen. Ihnen wurde per SMS mitgeteilt, welches Geschlecht und welche Altersgruppe gewünscht wurden. Es klang wie bei einer Bestellung bei Amazon. Sie fuhren im Anschluss daran mit gefälschten Kennzeichen unter einem Alias auf einen Campingplatz und suchten nach einem passenden Opfer. Wenn sie eins gefunden hatten, war die Entführung daraufhin nur noch ein Kinderspiel. Unter irgendeinem Vorwand lockten sie das zuvor ausgesuchte Kind in ihr Gefährt, sedierten es, kontaktierten ihre Abnehmer und fuhren anschließend mit dem Wohnmobil an einen vorher vereinbarten Ort. Meistens fand die Übergabe noch am selben Tag auf irgendeinem Rasthof oder Autobahnparkplatz statt. Sie bekamen pro Kind zwanzigtausend Euro in bar und finanzierten davon ihr Leben. Was mit den von ihnen entführten Blagen anschließend geschehen würde, ging ihn nichts an. Dafür wäre er letztendlich nicht verantwortlich, fügte er ohne ein Anzeichen von Reue hinzu. Es gab so einiges, was ich in meinen Jahren erlebt hatte, aber diese Kaltschnäuzigkeit, wie der Mann von seinem schändlichen Tun berichtete, schlug alles, was mir je an Widerlichkeit begegnet war. Der Typ selbst schien sich seiner verwerflichen Taten gar nicht richtig bewusst zu sein. Dass er junge Menschenleben zerstörte, ging ihm am Arsch vorbei. Es war schwer zu ertragen, ich musste all meine Kraft zusammennehmen, um ruhig zu bleiben, und biss mir dabei die Lippe blutig. Ich fragte ihn nach dem Burner-Telefon und er zeigte auf eine Schublade neben dem Fernseher. Dazu sagte er, sie hätten heute am Vormittag schon den nächsten Auftrag erhalten, die SMS wäre gespeichert.

Ich nahm das Telefon und schaltete das Gerät an. Ich dachte, ich traue meinen Augen nicht. In der gespeicherten SMS stand geschrieben, dass sie schnellstens einen kleinen blonden Jungen zwischen fünf und acht Jahren suchen sollten. Lieferung nach Vereinbarung mit Aufschlag.

Das brachte mich auf eine Idee. Ich übergab dem widerlichen Kerl das Handy und sagte ihm, er solle sofort ein Treffen vereinbaren. Seinen Kontaktpersonen mitteilen, sie hätten schon ein passendes Kind gefunden und in ihrem Gewahrsam. Alles wäre für eine Übergabe bereit. Er tat wie ihm geheißen und die Antwort ließ nicht lange auf sich warten. Sie begann mit den Worten: Gratuliere, das ging diesmal außergewöhnlich superschnell. Darauf folgten der Übergabeort, Rastplatz Osterwiesen an der A27 vor Bremen und der Zeitpunkt drei Uhr morgens.

Ich ließ ihn den Ort und die Zeit bestätigen und schaute auf meine Armbanduhr. Zu meinem Erstaunen war, seitdem ich in das Wohnmobil eingedrungen war, weniger als eine Stunde vergangen. Es war jetzt elf Uhr abends und mir verblieben knapp vier Stunden, um zum angegebenen Rastplatz zu gelangen. Ich entschied mich, den Typen mitzunehmen und auf der Autobahnraststätte später zu improvisieren. Ich richtete die Waffe auf ihn und befahl:

»Los, steh auf, du kommst mit.«

Der Mann starrte mich mit seinen geröteten Schweinsaugen hasserfüllt an. Er stand langsam auf, beugte sich über seine tote Frau, nahm eine rumliegende Decke und legte sie behutsam über ihre Leiche. Ich ließ ihn einen Augenblick Abschied nehmen, doch er verwechselte meine Menschlichkeit mit einer Unaufmerksamkeit. In seiner rechten, gesunden Hand hielt er plötzlich das Messer, das seine Frau beim Sturz fallen gelassen hatte. Mit einem wütenden Grunzen griff er mich an. Was folgte, war ein ploppendes Geräusch aus meiner schallgedämpften Pistole. Ungläubig starrte der Mann auf das Loch in seiner Brust, aus dem jetzt unaufhaltsam sein Blut strömte. Mit eisernem Willen versuchte er krampfhaft das Messer ein weiteres Mal zu heben. Doch nach einem zweiten Plopp aus meiner Beretta tauchte ein rundes Loch in seiner Stirn auf. Er fiel lautlos zu Boden. Ein Problem weniger, dachte ich nur bei mir. Ich empfand weder Reue noch hatte ich Mitleid mit ihm oder seiner Frau, sie hatten beide bekommen, was sie verdient hatten.

Ich überlegte, was ich mit den Leichen machen sollte. Sie einfach liegen lassen war eine Option, das Wohnmobil in Brand setzen, um Beweise meiner Anwesenheit zu zerstören, eine andere. Ich hatte Handschuhe getragen, nichts angefasst und auch sonst keine für die Polizei verwertbaren Spuren hinterlassen. Ein Brand würde aber zu viel Aufsehen erregen und ich hoffte, die Leichen würden erst in ein, zwei Tagen entdeckt werden. Außer den Projektilen aus meiner Beretta würden sie nichts finden und die war nicht registriert. Ich durfte mich nur in Zukunft nicht mit der Waffe erwischen lassen. Wenn ich meine Aufgabe erfüllt hatte und Asha zurück bei ihrer Mutter war, musste ich meine Beretta für immer entsorgen. Mit dem Gedanken konnte ich leben.

Kapitel 14

Bremen/Oldenburg, 2019, Freitag, 23. August

Ein weiteres Mal jagte ich, einer neuen Spur folgend, mit meinem Land Rover durch die Landschaft. Bis zum Rastplatz Osterwiesen schaffte ich es in knapp zweieinhalb Stunden. Es war glücklicherweise um diese Nachtzeit wenig Verkehr auf den Straßen. Das brachte mir auch die Chance, mich dort umzusehen, denn ich war weit vor der vereinbarten Zeit am ausgemachten Bestimmungsort. Der Rastplatz war so gut wie voll belegt, eine Erscheinung, die den ewig steigenden Auswuchs des Kraftverkehrs in unserem Land widerspiegelte. Ich parkte meinen Wagen hinter einem Lkw in der Nähe des Toiletten-häuschens auf einem der noch wenigen freien Plätze. Es war ruhig und es herrschte eine friedlich trügerische Atmosphäre auf dem Rastplatz. Niemand ahnte schließlich etwas von der geplanten Übergabe eines unschuldigen Kindes, die sich hier im Schutz der Nacht abspielen sollte. Ich stellte meinen Sitz in eine halbe Schlaflage, machte es mir bequem und wartete. Von meiner Position hatte ich einen guten Über-blick über den gesamten Platz, konnte sehen, wer kommt und geht. Die Minuten vergingen schleichend und das Warten gab mir Gelegenheit, meine Situation und mein Handeln zu überdenken. Ich durfte auf kei-nen Fall die Kinderhändler verschrecken. Sie mussten sich in absoluter Sicherheit wiegen und ja nicht misstrauisch werden. Mein Plan war, dass ich sie unverrichteter Dinge abfahren lassen und vorsichtig die Verfolgung aufnehmen würde. Ich hoffte, sie führten mich dann zu ihrem Unterschlupf und ich würde, wenn alles gut verlief, Asha dort befreien können.

Endlos verstrichen die Minuten, als endlich um kurz vor drei Uhr ein weißer Lieferwagen die Autobahnausfahrt hinauffuhr. Er hielt in einer Parkbucht, die für kleinere Lkw und Wohnmobile vorgesehen war, gleich am Anfang des Platzes. Fünf Sekunden später vibrierte das Burner-Handy in meiner Hand, den Klingelton hatte ich abgeschaltet. Ich schirmte mit einer übergeworfenen Decke die leuchtende LED-Anzeige des Handys ab und konnte auf dem Display lesen:

»Wir sind hier, wo steckst du?«

Natürlich machte ich keinerlei Anstalten zu antworten, sondern wartete ab, was als Nächstes geschehen würde. Aus dem Inneren meines Wagens beobachtete ich, wie dann zwei Männer aus dem Lieferwagen ausstiegen und sich suchend auf dem Rastplatz umschauten. Sie schienen, soweit ich es in der Dunkelheit und aus der Entfernung erkennen konnte, beide mittleren Alters zu sein. Der eine wirkte untersetzt kräftig, der andere mehr schlank und hager. Es handelte sich meiner Schätzung und ihrer dunkleren Hautfarbe nach zu urteilen, bei beiden Männern um Südeuropäer. Der Schlanke wirkte sichtlich ratlos und fuchtelte aufgeregt mit den Händen, während der untersetzte Typ ständig nervös auf seine Uhr schaute. Nach einigen Zigarettenlängen wurde ihnen die Warterei wohl zu viel und sie begannen systematisch den Parkplatz abzusuchen. Es dauerte auch nicht lange, da kam der Untersetzte an meinem Land Rover vorbei und blickte kurz inspizierend in den Innenraum meines Wagens. Ich stellte mich schlafend und er schenkte mir daraufhin keine weitere Beachtung. Es war schließlich um diese Zeit nichts Ungewöhnliches, dass Reisende sich auf einem Parkplatz einen kurzen Erholungsschlaf gönnten. Nach einer Weile brachen sie ihre Suche dann erfolglos ab. Die beiden Männer schienen sichtlich verärgert zu sein, dass ihr Kontaktmann nicht erschienen war. Was sie nicht wissen konnten, war, dass ihr Lieferant mit jeweils einer Kugel in der Brust und in der Stirn tot auf dem Campingplatz in Sahlenburg lag. Er würde ihnen nie mehr unschuldige Kinder liefern. Fluchend gingen sie zurück zu ihrem Lieferwagen. Kurz darauf vibrierte das Burner-Telefon erneut:

»Wo steckst du Idiot? Was ist los mit dir? Wir können hier nicht länger warten, melde dich«, las ich unter der Decke und wartete angespannt darauf, dass sie bald abfahren würden.

Aus meinem Wagen konnte ich beobachten, wie der Hagere frustriert gegen den Lieferwagen trat und einstieg. Der andere Mann rauchte noch eine letzte Zigarette, bevor er sich auf den Beifahrersitz schwang und die Tür zuschlug. Als Nächstes vernahm ich, wie der Motor angelassen wurde und sich das Fahrzeug langsam in Bewegung setzte. Vorsichtig spähte ich in die Richtung der Rastplatzausfahrt. Als der Lieferwagen beschleunigte, um auf die Autobahn zu fahren, ließ ich meinen eigenen Wagen an. Ich gab den beiden Männern einen kurzen Vorsprung, denn es war kein Problem für mich, sie mit meinem schnelleren Rover wieder einzuholen. Außerdem wollte ich es vermeiden, dass sie bemerkten, dass jemand vom Rastplatz sie verfolgte. Der Verkehr auf der Autobahn war immer noch spärlich. Dennoch waren ausreichend Fahrzeuge unterwegs, um mich jederzeit wieder hinter einem Auto oder Lkw unentdeckt in einem sicheren Abstand zum Lieferwagen halten zu können. Die Jagd hatte begonnen.

Nach einigen Kilometern nahmen sie die nächste Ausfahrt auf die Stadtautobahn Bremens und fuhren dann quer durch die Stadt in Richtung Oldenburg. Das deckte sich auch mit dem Oldenburger Kennzeichen des Lieferwagens, das ich, als sie am Rastplatz an mir vorbeifuhren, erhaschen konnte. Ich konnte aus sicherem Abstand sehen, wie dann der Lieferwagen in das Industriegebiet Tweelbäke am Rande Oldenburgs abbog. Aus der Distanz konnte ich auch erkennen, wie er kurze Zeit später in die Auffahrt einer abgelegenen Autowerkstatt fuhr. Endstation, habe ich euch, ihr Verbrecher, rasten meine Gedanken. Ich schaltete die Scheinwerfer meines Wagens ab und fuhr langsam eine weitläufige Runde um die Werkstatt. Die Gegend wirkte um diese Zeit verlassen und menschenleer. In unmittelbarer Nähe gab es ein paar geschlossene Werkhallen und zwei leere Bürogebäude, aber keiner der Betriebe zeigte eine nächtliche Tätigkeit. Meinen Wagen stellte ich in einer nahen Seitenstraße ab und ging zu Fuß zum Zaun des Geländes der Autowerkstatt, um mir erst einmal einen Überblick zu verschaffen. Durch ein Loch in der Einzäunung konnte ich eine mittelgroße

Werkstatthalle mit einem angrenzenden Bürogebäude sehen, in dem Licht brannte. Vor der Halle entdeckte ich den weißen abgestellten Minivan vom Rastplatz. Durch eins der erhellten Fenster sah ich die Silhouetten von drei wild gestikulierenden Männern, die sich, wie es den Anschein hatte, ziemlich aufgeregt miteinander zu streiten schienen. Ich war mir sicher, dass sie über das unerklärliche Ausbleiben ihres Lieferanten sehr beunruhigt waren. Fieberhaft überlegte ich, wie ich weiter vorgehen sollte. Abwarten und beobachten, was weiterhin in der Werkstatt geschieht, oder eine direkte Aktion forcieren? Nach kurzer Überlegung entschied ich mich für den Frontalangriff. Abwarten würde mir keine Antworten bringen und jede Minute, die Asha länger in der Gewalt ihrer Entführer verblieb, war eine zu viel. In aller Eile lief ich zu meinem Wagen zurück. Dort entnahm ich meiner Tasche meine schusssichere Weste, zog mir eine Balaklava über, bewaffnete mich mit meiner Beretta samt Schalldämpfer, Ersatzmagazinen und einem Messer. Ich entschied mich dann gegen die Remington Shotgun und für die geräuschlose Barnett-Armbrust. Es war besser, nicht die ganze Nachbarschaft aufzuwecken und die Angelegenheit so leise wie möglich zu erledigen, sagte mir mein gesunder Menschenverstand.

Zurück am Zaun sah ich, dass die Hallentür jetzt geöffnet war und einer der Männer rauchend neben dem Minivan stand. Ich zielte mit der Armbrust auf den Gegner und der Kerl glitt, als ihn der Pfeil aus der Barnett in den Hals traf, lautlos zu Boden. Mit wenigen Schritten überquerte ich den kurzen Weg zum Eingang. Den Van nutzte ich dabei als Deckung zur Halle. Der Mann, den ich mit dem Pfeil getroffen hatte, lag neben dem Minivan auf dem Boden und die Zigarette qualmte noch zwischen den Fingern des Toten. Als er starb, hatte sich ein ungläubiger Gesichtsausdruck in seiner Visage eingeprägt. Ich hatte weder ein schlechtes Gewissen noch verschwendete ich einen weiteren Gedanken an ihn. Er war in einem unmenschlichen Verbrechensfeld tätig gewesen, wo keine Strafe hart genug sein konnte. Sich an Kindern zu vergehen oder mit Kinderschändern gemeinsame Sache zu machen verdiente in meinen Augen den Tod. Für mein persönliches Rechtsempfinden hatten alle diese Ungeheuer in der Werkstatt ihr Leben verwirkt. Doch ich durfte mich nicht allzu lange mit Moralfragen aufhalten, es war nur eine Frage der Zeit, dass seine Kumpane ihn vermissen würden. Als wenn mein Gedanke eine Vorahnung in Bewegung gesetzt hätte, erschien plötzlich in der Eingangstür zur Halle einer der anderen Männer. Er lief zwei, drei Schritte auf den Minivan zu, schaute sich ein paarmal ratlos um und rief den Namen seines Freundes.

»Milan, wo steckst du, komm rein, wir müssen hier klar Schiff machen. Wir haben keine Zeit zu verlieren, die Ladung muss heute noch raus. Los, du Blödmann, du hast später noch genug Zeit zu rauchen.«

Mit den Worten drehte er sich um und wollte gerade wieder die Halle betreten, als ich hinter ihm auftauchte. Mit einer schnellen Bewegung meines Messers von links nach rechts durchtrennte ich ihm die Kehle. Gurgelnd in seinem Blut brach er in meinem eisernen Griff zusammen und ich legte ihn, ohne ein Geräusch zu machen, neben die immer noch offen stehende Tür.

»Was ist denn da draußen los mit euch, soll ich die ganze Arbeit hier allein machen?«, schallte es aus der Werkstatt.

Als ich mich vorsichtig durch die Tür bewegte, sah ich, wie der dritte Mann im hinteren Bereich der Halle neben einer Kellertreppe mit zwei Kartons hantierte. Er musste über einen siebten Sinn verfügen, denn er reagierte blitzschnell, als er mich intuitiv wahrnahm. Mit drei Schritten rannte er zu einer Werkbank und griff zu seiner dort bereitliegenden Waffe. Er eröffnete, ohne zu zögern, sofort das Feuer, verfehlte mich aber in der hastigen Bewegung um einige Zentimeter. Mir blieb nichts anderes übrig, als ihn mit zwei Schüssen aus meiner Beretta außer Gefecht zu setzen. Mit einem grellen Aufschrei brach der Mann zusammen. Eine meiner Kugeln hatte seine Schulter getroffen, die andere seinen Bauch. Auf seinem Hemd breiteten sich rasend schnell zwei größer werdende rote Flecken aus. Ich registrierte anhand des dunklen Blutes sofort, dass die Bauchverletzung tödlich war. Der Typ hatte nicht mehr lange zu leben. Ich wollte den dritten Mann eigentlich lebend haben und er sollte mir einige dringende Fragen beantworten. Jetzt konnte ich nur noch hoffen, dass er lang genug am Leben blieb, um mir zu erzählen, wo Asha war. Ich nahm ihm seine Waffe ab, die er kraftlos in seiner rechten Hand hielt.

»Wo ist das Mädchen?«, fragte ich ihn und drückte meine Beretta an seine Stirn.

Als Antwort blickte er nur auf den Zugang zum Keller. Ich gab ihm ein rumliegendes Tuch und sagte ihm, er solle es auf seine Bauchwunde drücken, obwohl ich genau wusste, dass es zwecklos war. Das Blut hatte eine fast schwarze Farbe und das war ein klares Zeichen für einen Leberschuss. Jegliche Hilfe würde für ihn zu spät kommen. In seinen Augen konnte ich lesen, er wusste genauso wie ich, dass er aus dieser Nummer nicht mehr rauskam, dass die Wunde tödlich war.

Ich ließ den Mann zurück und mein Weg führte mich in den Keller hinunter. Was sich mir dort darbot, brachte mein Blut zum Gefrieren. Wenn ich die drei Männer nicht schon getötet hatte, würde ich sie, ohne zu zögern, ein zweites Mal ins Jenseits befördern. In dem engen, stinkenden Kellerraum befanden sich mehrere Drahtkäfige, wie sie in der Hundehaltung verwendet wurden. In zwei der Käfige kauerten zwei kleine Mädchen. Ich rief Ashas Namen in der Hoffnung, sie wäre in einem der barbarischen Hundezwinger, aber die kleinen Gesichter, die sich mir zuwandten, waren die von fremden Kindern. Mit verheulten Augen und verängstigten Blicken sahen sie mich an. Sie wussten nicht, was als Nächstes mit ihnen passieren würde, sie konnten ja nicht ahnen, dass ich da war, um sie zu befreien. Als Erstes schob ich meine Balaklava hoch, denn mein Anblick musste auf die Mädchen furchteinflößend wirken. Dann öffnete ich die Käfigtüren und holte die armen kleinen Geschöpfe aus ihren Gefängnissen. Ich versuchte sie in einem ruhigen Ton mit besänftigenden Worten zu beruhigen. Auf einem nahen Tisch standen einige Wasserflaschen und ich gab ihnen erst einmal etwas davon, um ihren Durst zu löschen. Gierig tranken die beiden Mädchen das Wasser, sie wirkten auf mich stark sediert und unter dem Einfluss von Drogen. Ich kniete nieder, erklärte ihnen, dass jetzt alles gut werden würde, sie gerettet seien und sich nicht mehr zu fürchten bräuchten. Es war sehr schwer einzuschätzen, inwieweit sie überhaupt verstanden, ansprechbar waren, doch sie umarmten mich und nickten dankbar. Ich fragte sie, ob ein Mädchen mit dem Namen Asha auch hier gefangen gehalten worden war. Die Kleinen hatten aber keinerlei Erinnerungsvermögen und sahen mich nur mit ihren großen Kinderaugen fragend an.

Es war offensichtlich für mich, dass ich von ihnen keine Antworten auf meine Fragen erhalten würde. Ich musste jetzt einen kühlen Kopf bewahren und suchte mit meinen Augen den Kellerraum ab. Verschiedene Kinderkleidung sowie Kinderschuhe lagen in einer Ecke des Kellers. Im hinteren Teil des Raumes war ein Toilettenbereich abgegrenzt. Ein kleiner Kühlschrank erregte meine Aufmerksamkeit und ich öffnete ihn. Darin befand sich die Ampulle eines Sedativs. Der kleine Glasbehälter barg den markanten Stempelaufdruck einer privaten Schönheitsklinik namens Aphrodite mit einer Adresse in Bad Zwischenahn.

Ich steckte die Ampulle ein, dann hüllte ich die Mädchen in herumliegende Decken, setzte sie auf ein kleines Sofa im Kellerraum und bat sie noch etwas Geduld zu haben. Hilfe würde bald kommen, sagte ich ihnen. Es widerstrebte mir, die Kleinen allein zu lassen, aber ich konnte jetzt nichts mehr weiter für sie tun. Ich stieg voller Enttäuschung, Asha nicht gefunden zu haben, die Kellertreppe hinauf und ging hinüber zu dem sterbenden Mann am Boden.

»Wo ist das andere Mädchen?«, fragte ich ihn und musste mich zusammennehmen, um ihm nicht auf der Stelle den Rest zu geben.

»Zu spät«, keuchte der Mann unter großen letzten Anstrengungen. »Die anderen sind gestern Nachmittag abgeliefert worden. Das hier ist die letzte Lieferung für die Party.«

»Wohin liefert ihr die Kinder?«, fragte ich, aber die Frage hörte der Mann schon nicht mehr. Mit einem letzten Seufzer hauchte er sein Leben aus.

Verdammt, ich war zu spät gekommen, Asha war schon weitergereicht worden. Ich durchsuchte die Taschen der drei Toten nach weiteren Informationen, nahm ihre Handys und scrollte die Liste ihrer Messages, Anrufe und Kontaktdaten durch. Mit der Bluetooth-Funktion zog ich alle Informationen auf eins der Handys zusammen. Dieses nahm ich mit und die anderen ließ ich zusammen mit dem Burner-Handy aus Sahlenburg zurück. Mit einem der zurückgelassenen Smartphones verständigte ich aber vorher noch anonym die Polizei.

Aus sicherer Entfernung beobachtete ich aus meinem Wagen, wie wenig später der erste Polizeiwagen mit Blaulicht auf das Gelände der Werkstatt fuhr. Frustriert bog ich auf die Autobahnabfahrt in Richtung Bad Zwischenahn. Ich war genauso weit wie vorher. Einzig allein der Umstand, dass die beiden Mädchen aus dem Keller jetzt in Sicherheit waren, gab mir etwas Zufriedenheit. Man würde sie nach den ärztlichen Untersuchungen und psychologischer Betreuung wieder mit ihren Eltern vereinen. Das war der positive Part meiner nächtlichen Aktion. Auch wenn ich Asha noch nicht gefunden hatte, so waren diesen zwei kleinen Mädchen jedoch weitere Torturen in den Händen von Kinderschändern erspart geblieben. Ich machte mir keine großen Sorgen darüber, dass die beiden mich später einmal identifizieren könnten. Sie waren von den Drogen, die ihnen die Männer verabreicht hatten, noch viel zu benebelt gewesen. Außerdem hatten sie durch meine hochgerollte Balaklava nur einen Teil meines Gesichtes sehen können.

Die Polizei würde jedoch vor einem großen Rätsel stehen. Das zu lösen, würde sie in den nächsten Tagen und Wochen schwer beschäftigen. Herauszufinden, was in der Nacht an diesem Ort im Industriegebiet Tweelbäke genau stattgefunden hatte, würde keine leichte Aufgabe darstellen. Es gab drei Leichen, zwei minderjährige Kinder in einem Kellergefängnis und einen anonymen Anrufer. Zwei weitere Tote in einem Campervan in Sahlenburg an der Nordsee, von denen die Polizei bis jetzt aber noch nichts wusste. Es war mit angrenzender Sicherheit klar, dass man sie dennoch früher oder später finden würde. Die Ballistiker würden dann in null Komma nichts eine Übereinstimmung der Kugeln aus der Oldenburger Leiche mit denen des Toten aus Sahlenburg finden. Das würde ein zusätzliches Rätsel für die Polizei sein, auf das sie sich so schnell keinen Reim machen können. Auch die Fingerabdrücke auf dem Burner des getöteten Campers in Sahlenburg würde zur Verwirrung beitragen. Zweifellos würden sie früher oder später mit denen des Toten im Wohnmobil abgeglichen und bei einer Übereinstimmung weitere Fragen aufwerfen. Das würde für Ratlosigkeit bei den Ermittlungen führen. Mir taten die Beamten fast leid, aber all das gab mir einen zeitlichen Vorsprung, um meinen Auftrag, Asha zu finden, auszuführen. Dennoch, ich durfte die Kriminalbeamten nicht unterschätzen. Wenn mir auch nur ein kleiner Fehler unterliefe, konnte ich mir sicher sein, dass sie mich für den Rest meiner Tage wegschließen würden. Darüber konnte ich mir aber später Gedanken machen, wenn ich meinen Auftrag erfüllt hatte. Asha hatte ich zwar immer noch nicht gefunden, aber mein Gefühl sagte mir, dass ich den wirklichen Auftraggebern ihrer Entführung näher und näher kam. Ich hatte sie nur um wenige Stunden verpasst, doch ihre Spur nicht verloren. Mein Auftrag lautete immer noch, Asha zu finden und zurückzubringen. Ich würde nicht aufgeben, bevor ich meinen Befehl ausgeführt hatte.

Ein Blick auf mein Navi, in dem ich die vollständige Adresse der Schönheitsklinik Aphrodite eingegeben hatte, zeigte mir, ich würde bald an meinem Ziel in Bad Zwischenahn ankommen. Es war fast sechs Uhr morgens, als ich meinen Wagen langsam an der Klinik, für die mit ihrem Aussehen ewig Unzufriedenen, vorbeilenkte. Von der Straße konnte ich sehen, dass die Schönheitsfarm sich auf einem weitläufigen Privatgrundstück am Seeufer des Bad Zwischenahner Meeres befand. Ich legte schützend meine Hand über meine Augen, denn die grelle Morgensonne reflektierte ihre gleißenden Strahlen an einem modernen zweistöckigen silberfarbenen Gebäude. Die Klinik lag am Ende einer Auffahrt, die sich durch eine Allee von alten mächtigen Eichenbäumen und eine gepflegte parkähnliche Anlage schlängelte. Ein schön protziger Klotz, staunte ich und wunderte mich darüber, dass Schönheitsoperationen so viel Geld abwarfen.

Ich war erschöpft von den Ereignissen der Nacht. Außerdem war mir nicht danach zumute, dass ich dem Anblick etwas Schönes abgewinnen konnte. Ich sehnte mich nach ein paar Stunden Ruhe. Mein Navi zeigte mir den Weg zu einem Hotel in nicht allzu weiter Entfernung der Klinik. Ohne eine zusätzliche Sekunde zu verschwenden, steuerte ich es an. An der Rezeption waren sie erstaunt über einen so frühen Gast. Die junge Dame am Empfang wollte mir erklären, dass ein Check-in frühestens ab elf Uhr dreißig gestattet war. Ich sagte ihr, sie solle den Vortag mit auf die Rechnung setzen, und bekam danach sofort meinen Zimmerschlüssel. Während die Zimmertür langsam hinter mir ins Schloss glitt, fiel mein Blick auf die Titelseite eines alten Geo-Magazins, das auf dem Tisch rumlag. Sie illustrierte eine kunstvolle Fotografie, die ein beeindruckendes felsiges Tal in einem Gebirgsausläufer in Afrika zeigte. Ich erkannte die öde Wüstenlandschaft der Sahara in den Ausläufern des Tibesti-Gebirges sofort wieder. Ich musste es wissen, denn ich war schließlich mehrfach dort gewesen. Ich hatte schlechte Erinnerungen an diesen Teil der Wüste und fand ihn unerträglich. Es war für mich schwer nachzuvollziehen, warum irgendjemand diese Hölle auf Erden freiwillig bereiste und fotografierte. Bevor ich in meinem Hirn eine Antwort darauf fand, lag ich schon tief und fest schlafend auf dem Bett.

Kapitel 15

Tschad, 1987, 22. Mai, Operation Epervier

Zusammen mit neunzehn anderen Legionären war ich im Auftrag der französischen Regierung ins Tibesti-Gebirge abkommandiert worden. Der Tibesti ist ein aus Vulkanen bestehender Gebirgszug im Norden des Tschads und zugleich das höchste Gebirge der Sahara. Seine nördlichen Ausläufer erstrecken sich mehrere Hundert Kilometer auf das Territorium von Libyen. Die gebirgige Einöde um uns herum bestand aus schwindelerregenden Höhenzügen und tiefen Felsenklüften. Durch von überhängenden Felsvorsprüngen verdeckte Täler, in die kaum jemals ein Sonnenstrahl fiel, marschierten wir über hohe Plateaus, die mit Sandsteintürmen und braunfarbigen Natronlöchern durchzogen waren. Es war eine trostlose, weitgehend menschenleere Gegend, die in meiner Vorstellung einem Vorhof zur Hölle glich.

In einem heimlichen nächtlichen Fallschirmsprung war unsere kleine Gruppe von Legionären in den Tibesti eingedrungen. Unsere Aufgabe bestand darin, den vom libyschen Diktator Colonel Gaddafi abtrünnigen Führer der »GUNT, Gouvernement d'Union Nationale de Transition«, auf Deutsch »Übergangsregierung der nationalen Einheit« des Tschads, General Goukouni Queddi, zu unterstützen. Das war die offizielle Version, inoffiziell sollten wir im Gebirge Rebellennester aufspüren und feindliche Elemente ausschalten. Ich machte mir schon lange keine großen Gedanken mehr über den Sinn und Zweck des Krieges im Tschad. Insgesamt viermal hatte Libyen unter Gaddafis Führung in dem Wüstenstaat interveniert. Er wurde jeweils von einer oder mehreren Fraktionen in seinen Bürgerkriegsbemühungen unterstützt, während die jeweilige amtierende Regierung des Tschads immer wieder die Unterstützung von Frankreich erhielt. Warum diese Kriege wiederholt ausbrachen, mag Gott wissen. Nach meinem Wissensstand gab es hier nichts, wofür es sich zu kämpfen lohnte, keine Bodenschätze, kein Öl, nur karge Wüste. Ich glaube, es hatte mehr mit dem Ego Gaddafis zu tun, der mit seinem Libyen gerne eine islamische Militärmacht darstellen wollte und unter den islamischen Staaten Anerkennung suchte. Sei es, wie es will, es änderte nichts an unserem Einsatz. Wir waren Soldaten und wir gehorchten unseren Befehlen.

Die gleißende Wüstensonne brannte erbarmungslos auf uns herab. Schweiß rannte in Strömen meinen Rücken hinunter und meine Uniform klebte am ganzen Körper. Nach meiner Schätzung herrschten Temperaturen von mehr als vierzig Grad Celsius in dieser unerträglich heißen Hölle des Tschads. Ich fühlte mich, als würde ich in dieser Hitze regelrecht gar gekocht. Meinen zwanzig Kameraden konnte ich ansehen, dass sie nicht weniger als ich unter der extremen Bruthitze litten. Sie alle fluchten, sich ständig den Schweiß abwischend, lauthals in ihren Muttersprachen. Es hatte fast etwas von Situationskomik und das frustrierte Kauderwelsch würde mich bei einer Übung zum Schmunzeln bringen, doch nicht hier und heute. Wir hatten einen sehr gefährlichen Auftrag auszuführen und der war todernst.

Seit ein paar Tagen verfolgten wir eine feindliche Rebellengruppe, die aus circa dreißig bis an die Zähne bewaffneten Kämpfern bestand. Sie hatten seit mehreren Monaten in diesem Gebiet des Tibesti immer wieder blutige Anschläge verübt. Es war eine Rebellengruppe der Tubu, die man als Menschen des Gebirges oder Felsenmenschen bezeichnete. Dieser Gebirgsstamm besiedelte früher große Teile der zentralen Sahara. Die Bevölkerungsgruppe wurden immer mehr durch die Arabisierung Nordafrikas sowie die Expansion der Tuareg in den Norden des Tschadbeckens zurückgedrängt. Zentrum und Operationsgebiet ihres heutigen Siedlungsgebietes war das Tibesti-Gebirge. Diese äußerst genügsamen Menschen konnten es wochenlang nur mit etwas Kamelmilch und einigen wenigen Datteln in diesem Terrain aushalten. Die Tubu waren gefährliche Krieger, zäh und hart. Sie betrachteten für mich zu Recht diese höllische Landschaft als ihren eigenen angestammten Lebensraum. Sie waren stolz und hochmütig, aber galten auch als unmenschliche grausame Gegner. Erst vor zwei Tagen hatten sie ein kleines Bergdorf überfallen und fünfzehn Soldaten der lokalen Armee getötet. Sie agierten brutal und ohne Gnade walten zu lassen. Diese sich häufenden Überfälle auf Zivilisten und Soldaten des Tschads konnten nicht weiter ignoriert werden. Die Regierung bat um Hilfe und wir wurden abkommandiert, um dem Treiben dieser Bande von Rebellen ein Ende zu setzen. Nur die Legion verfügte über die richtigen Soldaten, die eine solche Operation durchführen konnten und wir Paras des 2 REP waren die Erfahrensten dafür. Ich hatte gerade gemütlich mit ein paar Kameraden beim Bier in unserer Stammkneipe in Calvi zusammengesessen, als mich der Einsatzbefehl erreichte. Danach verlief alles in seinem üblichen Ablauf. Ausrüstung packen, Waffeninspektion ins Flugzeug und schon am nächsten Tag sprangen wir mit dem Fallschirm in ein neues, ungewisses Abenteuer.

Es dämmerte bereits, die Nacht legte sich über die Wüste und es wurde merklich kühler. Wir Legionäre begrüßten die sinkenden Temperaturen, hielten dabei aber ständig Ausschau nach dem Feind. Die sich schnell verändernden Lichtverhältnisse der Dämmerung waren im Gebirge die gefährlichste Zeit. Sie machten es für uns umso schwieriger, die umliegenden Hänge zu sondieren. Die durch die rasch untergehende Sonne ständig wechselnden Schattenbilder konnten einem schnell einen Streich spielen. Als wir uns umsichtig einer kleinen Talsenke näherten, wurden wir aus den Berghängen plötzlich und ohne Vorwarnung unter schweren Feuerbeschuss genommen. Mein Kamerad Douglas, ein Kanadier, wurde direkt neben mir von einer Kugel in den Kopf getroffen. Er hatte nichts gemerkt, war plötzlich umgefallen, sein Lebenslicht verlosch. Ich war im ersten Augenblick geschockt und stand wie zur Salzsäule erstarrt mit dem Blick auf meinen toten Kameraden. Etliche Kugeln schlugen neben mir ein, aber ich reagierte nicht. Dann zog mich Jean Pierre, ein französischer Legionär aus Marseille, hinter einen großen Stein aus der Schusslinie. Er grinste mich an und erwiderte im gleichen Augenblick das Feuer auf den Gegner. Dann sagte er zu mir:

»Mon Ami, du hast später noch genug Zeit zum Sterben, jetzt kämpf.«

Meine Erstarrung wich und ich schoss wie er auf einen unsichtbaren Feind. Jean Pierre hatte mir das Leben gerettet, ohne sein beherztes Handeln wäre ich tot gewesen. Die Worte, die er zu mir sprach, werde ich nie vergessen, wir wurden danach lebenslange Freunde.

Die Schüsse des Gegners kamen präzise von einer der oberen Felskanten und in den ersten Minuten des Feuergefechts waren sechs Legionäre verwundet oder tot. Obwohl wir das Feuer sofort erwiderten und unsere MG-Schützen die Hänge mit Deckungsfeuer belegten, sah ich ernste Schwierigkeiten für uns, bei diesem Überfall mit dem Leben davonzukommen. Wir gruben uns so gut, wie es ging, ein, bauten mit rumliegenden Steinen kleine Verteidigungsstellungen und hofften auf die immer näher rückende Dunkelheit. Unsere Lage war nicht gerade berauschend, oder besser gesagt, sie war total beschissen. Mit dem entscheidenden Stellungsvorteil, von oben herab auf unsere Stellungen zu schießen, hatten die Krieger der Tubu uns hier unten festgenagelt. Auch unsere bessere Bewaffnung konnte diesen Vorteil nicht wettmachen. Die Mörser waren so gut wie wirkungslos, da die Tubu zur eigenen Deckung kleine natürliche Grotten in den überhängenden Felshängen nutzten. Es war kein wirkungsvoller Einschlagwinkel unserer Granaten in ihre Höhen gegeben. Außerdem war es lebensgefährlich, sich auch nur einen Zentimeter aus der Deckung zu bewegen. Sofort schlugen Kugeln in unmittelbarer Nähe ein oder sie trafen. Um den Feinden kein Ziel zu bieten, hatte ich zusammen mit Jean Pierre ein paar Steinquader vor unsere Deckung geschoben. Meine Kameraden taten es uns gleich und schon bald lagen wir vor feindlichem Gewehrfeuer geschützt in unserer kleinen provisorischen Festung. Zum Glück brach, wie üblich in der Wüste, die Nacht sehr schnell herein und es wurde zu unserem Glücksumstand eine mondlose Nacht. Die einsetzende Dunkelheit war nach kurzer Zeit so gut wie vollkommen. Das brachte uns erst einmal eine Verschnaufpause, aber änderte nicht viel an der beschissenen Ausgangssituation. Luftunterstützung konnten wir nicht anfragen, da wir streng geheim tief im feindlichen Gebiet operierten. Wir Legionäre waren wieder einmal auf uns selbst angewiesen. Es blieb uns nichts anderes übrig, als schnellstmöglich einen Weg zu finden, um uns aus dieser mörderischen Falle zu befreien. Unausweichlich würde der neue Tag ein weiteres Problem hervorbringen. Sobald die mörderisch brennende Wüstensonne und ein unausweichlicher, schnell schwindender Wasservorrat zu unserer prekären Lage hinzukamen, waren wir fertig. Unsere Feinde brauchten dann nur zu warten, bis uns der Durst aus unseren Löchern zwingen würde, um uns wie die Hasen auf dem Schießstand abzuknallen. Es waren keine rosigen Aussichten und ich war nicht der Einzige, der sich fragte, ob er hier im elendigen Wüstensand sterben würde.

Zum Glück hatten wir unseren Capitaine Orlowski, einen altgedienten Ukrainer mit etlichen Jahren Kampferfahrung. Er befahl zwei Gruppen von jeweils fünf Legionären, sich fertigzumachen. Sein Plan bestand darin, nach zwei Seiten auszubrechen, in angemessener Entfernung und an einer geeigneten Stelle die schroffen Felshänge zu erklettern. Unser Haudegen von Capitaine erhoffte sich von dieser Aktion, den Spieß umdrehen zu können. Den Vorteil, von einer erhöhten Position die Gegner unter Beschuss zu nehmen. Jean Pierre und ich meldeten uns sofort freiwillig zu einer dieser beiden Gruppen. Auf einer Karte versuchten die beiden Gruppenführer mit dem Capitaine die Routen festzulegen, vereinbarten die Zeitpunkte und Zeichen für den Gegenangriff am nächsten Morgen. Auf Calvi hatten wir nicht ohne Grund immer wieder Einsätze im Gebirge trainiert. Die meisten von uns Legionären waren vertraut mit Gebirgskletterei und das kam uns jetzt zugute. Lautlos im Schutz der Dunkelheit schlichen wir uns aus unserer Deckung. Vorher hatten wir noch unsere Gewehrläufe und Messer mit Lappen und Tüchern umwickelt. Alles, was annähernd ein Geräusch verursachen konnte, wurde zurückgelassen. Es durfte nichts dem Zufall überlassen werden. Es war jedem Legionär in dem Moment bewusst, unser aller Leben hing davon ab, dass alles in totaler Lautlosigkeit ausgeführt wurde. Mein Adrenalinspiegel war auf dem Höchststand, wie immer, wenn ein Kampfeinsatz volle Konzentration von mir verlangte. Das breite Grinsen in den angespannten, geschwärzten Gesichtern der Legionäre zeigte mir, dass es den anderen nicht anders ging. Ich wusste eins, ich konnte mich auf meine Kameraden verlassen. Angst gab es für uns Legionäre nicht. Die Aktion konnte beginnen.

Im Pass war es dunkel und still. Auf den Berghängen konnten wir an den Felsen den Widerschein von kleinen Feuern unserer Feinde sehen. Sie fühlten sich sicher und überlegen, unterschätzten uns Legionäre, was sich als ein fataler Fehler erweisen sollte. Lautlos arbeiteten wir uns durch die Dunkelheit voran. Nach wenigen Metern hielt mein vorausrobbender Kamerad Leon, ein Belgier und meistens sehr einsilbiger Legionär, die Hand hoch. Er gebot uns per Handzeichen sofort in absoluter Stille zu verharren. Dann gab er uns ein kurzes weiteres Zeichen und Sekunden später verschluckte ihn die Nacht zwischen den Felsen. Nach nur wenigen Minuten kam er zurück, wischte sein Messer an einem der Lappen ab und wies uns an, uns vorsichtig weiter vorzuarbeiten. Wir schlichen jetzt in geduckter Haltung durch das Felsengewirr. Nach dreißig Metern sahen wir zwei reglose Körper, die hinter einem der Felsen lagen. Ein jeder von uns wusste, Leon hatte die Wachtposten mit seiner Barnett-Armbrust und seinem Messer ausgeschaltet. Nach einer weiteren halben Stunde lautlosen Schleichens waren wir jetzt etwa fünfhundert Meter vom Ort des Überfalls entfernt. Wie auf der Karte eingezeichnet gab es hier eine breite Felsspalte, einen Kamin, der circa hundertfünfzig Meter senkrecht hinaufführte. Ohne lange zu zögern, machten wir uns an die Erklimmung der Felswand. Es war eine anstrengende Sache ohne Licht und jeder Klettergriff musste mehrfach geprüft werden. Ein einziger loser Stein, der hörbar den Hang hinabfiel, hätte uns verraten und eine Hölle auslösen können. Doch wir hatten nicht umsonst immer wieder in den Bergen von Calvi trainiert. Es war ein wichtiger Bestandteil unserer Ausbildung, auch in der Nacht lautlos klettern zu können.

Der Aufstieg war sehr mühsam, aber nach etwa vier Stunden waren wir etwas seitlich erfolgreich über den feindlichen Stellungen angekommen. Da wir keinen Schusswechsel von der anderen Seite des Felsmassivs gehört hatten, waren wir uns sicher, dass die zweite Gruppe es auch geschafft hatte und in Bereitschaft lag. Wir hatten für die ganze Zeit absolute Funkstille vereinbart. Nachdem wir unsere Position über dem Feind eingenommen hatten, holte Leon ein Handfunkgerät hervor und gab leise die Meldung, dass wir in Stellung waren. Wir hatten das schier Unmögliche vollbracht, vollkommen unseren Instinkten und Fähigkeiten als Legionäre vertraut. Der Feind würde am Morgen eine böse Überraschung erleben.

Der Rest der Nacht war kalt und das Warten auf das erste Tageslicht zerrte an den Nerven. Es hatte noch einige Zeit benötigt, uns auf geeignete Positionen zu verteilen, um ein bestmögliches Streufeuer zu gewährleisten. Bei Sonnenaufgang brach dann dafür zur vereinbarten Uhrzeit die Hölle los. Von unseren erhöhten Standorten warfen wir Handgranaten auf die jetzt unter uns in ihren Stellungen liegenden Gegner. Zusätzlich eröffneten wir das Feuer aus unseren Schnellfeuerwaffen. Ein Hagel aus tödlichem Blei und Sprengstoff regnete auf die ahnungslosen Feinde. Mit diesem Angriff von uns Legionären hatten die Tubu-Krieger nicht gerechnet und überrascht durch die Wendung der Verhältnisse gerieten sie in heillose Panik. Capitaine Orlowski und die im Tal verbliebenen Kameraden belegten die Hänge jetzt zusätzlich mit einem vernichtenden Mörser- und MG-Beschuss. In wenigen Minuten lagen mehr als fünfzehn Rebellen tot in den Felsspalten. Der Rest der Feinde versuchte verwundet und geschlagen zu fliehen. Doch so leicht wollten wir es ihnen nicht machen. Auf ihrem unkontrollierten Rückzug verloren sie weitere sieben Männer, nur einige wenige konnten entkommen. Wir verzichteten darauf, sie zu verfolgen und sammelten uns im Tal.

Capitaine Orlowski gratulierte der Truppe zu ihrer Kampfkraft und ihrem Heldenmut, doch wir hatten auch Verluste zu beklagen. Vier Legionäre hatten ihr Leben verloren und fünf weitere waren verletzt. Mit fast nur noch der Hälfte der Männer einsatzbereit, gab es kein Weitermachen, unsere Operation im Tibesti war beendet.

Kapitel 16

Hannover, 2019, Freitag, 23. August

Am Freitagmorgen erreichte ein ungewohnt früher Anruf Hauptkommissar Schüler bei seiner Morgenlektüre in seinem Haus. Der Anrufer war kein anderer als sein zweiter Mann Reuter.

»Morgen, Chef, sorry wegen der frühen Störung, aber nach einem anonymen Anruf sind im Oldenburger Industriegebiet Tweelbäke die Leichen von drei ermordeten Männern gefunden worden.«

»Das ist doch wohl eher ein Fall für die dortige Mordkommission«, antwortete Schüler ungehalten darüber, so früh gestört zu werden.

»Richtig, Chef, aber was den Fall in unsere Zuständigkeit bringt«, erklärte Reuter entschuldigend, »ist der Umstand, dass in der Werkstatt, wo die Leichen gefunden wurden, auch zwei kleine, möglicherweise entführte Mädchen in einem Keller entdeckt worden waren. Es handelt sich aller Wahrscheinlichkeit nach um einen Kinderhändlerring«, fügte er überflüssig hinzu, denn das war auch Hauptkommissar Schülers erster Gedanke gewesen.

»Okay, hol mich in einer halben Stunde ab«, erwiderte er knapp und legte auf.

Drei Stunden später waren er und Reuter am Tatort. Das Gelände um die Werkstatt im Industriegebiet war in der Zwischenzeit abgesperrt worden und die Beamten der Spurensicherung waren voll im Einsatz. Nachdem Reuter und Schüler sich bei einem der abschirmenden Polizisten ausgewiesen hatten, wurden sie dem für die Ermittlungen zuständigen Kriminalbeamten, einem Hauptkommissar Andresen, von der hiesigen Mordkommission Oldenburg vorgestellt. Ewald Andresen war ein erfahrener Ermittler, der es hasste, wenn sich andere Behörden oder Abteilungen in seine Nachforschungen einmischten. Er galt als ein knallharter Polizist mit guter Erfolgsquote und seine Neider sagten ihm Starrsinn und Eigenwilligkeit nach. Andresen hatte ein einziges Laster, er war Kettenraucher und man sah ihn selten ohne eine Zigarette zwischen den Fingern. Aufgrund seiner aschgrauen Gesichtsfarbe, die auf den übermäßigen Nikotingenuss Rückschlüsse zuließ, hatten seine Mitarbeiter ihm den Spitznamen Ascher gegeben. Er empfing seine beiden Kollegen vom LKA mit misstrauischem Blick und man konnte ihm seinen Unmut in Anbetracht des bevorstehenden Kompetenzgerangels sichtlich anmerken.

»Was verschafft mir die Ehre des LKA?«, fragte er ohne Umschweife und Begrüßung.

»Keine Sorge, wir sind nicht hier, um Ihnen bei Ihrem Mordfall ins Handwerk zu pfuschen, Herr Kollege«, nahm ihm Schüler gleich den Wind aus den Segeln. Er wusste aus eigener Erfahrung, dass kein leitender Beamter sich gerne die Führung eines Falles aus der Hand nehmen ließ.

»Ich bin Hauptkommissar Schüler und das hier ist mein Kollege Hauptkommissar Reuter. Wir sind beide von der Soko Stylian und interessieren uns einzig und allein nur für die zwei gefundenen Mädchen. Sie lassen die Vermutung zu, dass es hier eine Verbindung zu einem professionellen Kinderhändlerring gibt.«

»Sorry, ich bin etwas angespannt«, lenkte Andresen daraufhin ein. Er hatte schon des Öfteren von der Soko Stylian gehört und wusste, welch wichtigen Job sie ausübten.

»Das ist keine schöne Sache hier, alles noch ziemlich verworren. Ich glaube, ich gebe Ihnen erst einmal eine kurze Zusammenfassung von dem, was wir bisher wissen. Dann können Sie sich ein besseres Bild machen.«

»Ja, das wäre sehr hilfreich«, antwortete Schüler.

»Viel gibt es noch nicht zu dem Fall zu berichten. Die hiesige Polizei bekam um kurz nach fünf Uhr morgens einen anonymen Anruf über eine Schießerei im Industriegebiet. Die zuerst eintreffenden Beamten fanden dann die drei Toten vor Ort und riefen sofort nach Verstärkung. Bei der Durchsuchung des Tatortes fanden die Polizisten dann in einem Kellerraum die zwei mit Drogen vollgepumpten Mädchen. Der Täter hatte bereits vor dem Eintreffen der Polizei den Tatort verlassen, wir nehmen an, dass es sich bei ihm um den anonymen Anrufer handelt. Zu den drei Toten ist zu sagen, einer wurde mit dem Pfeil einer Armbrust getötet, einem weiteren die Kehle durchgeschnitten und der dritte wurde mit zwei Schüssen getötet. Ein Motiv für die Tat haben wir noch nicht, dafür ist alles noch zu unklar«, beendete Andresen seinen kurzen Lagebericht.

»Sieht ganz nach der Arbeit eines fantasiereichen Profikillers aus«, kommentierte Reuter sarkastisch. »Gibt es denn schon Informationen zu der Identität der Toten?«, fragte er gleich im Anschluss darauf.

»Ja, die haben wir. Es handelt sich bei zwei der Toten um die Brüder Milan und Anton Zankov. Die eingebürgerten Bulgaren sind für uns keine Unbekannten. Sie haben mehrfach wegen Raub, räuberischer Erpressung, schwerer Körperverletzung und Menschenhandel eingesessen. Wir suchen sie schon lange und außerdem stehen sie bei Interpol auf der Fahndungsliste ganz oben. Der dritte Tote ist ein Deutscher namens Erwin Kottchek, der außer ein paar kleinen Delikten im Drogenmilieu keine weiteren Vorstrafen aufzuweisen hat. Vor zwei Jahren ist er aber vom Vorwurf des versuchten Mordes an einer Prostituierten wegen Mangels an Beweisen freigesprochen worden. Zwei Augenzeugen der Tat konnten vor Gericht nicht aussagen und gelten bis heute als spurlos verschwunden. Kottchek war der Besitzer der Autowerkstatt.«

»Na das sind ja nicht gerade Unschuldslämmer, die es hier erwischt hat. Was können Sie uns zu den beiden Mädchen sagen?«, warf Schüler ein.

Andresen nahm sein Notizbuch, blätterte und las die Angaben vor. »Wir konnten die beiden Kinder anhand von Vermisstenmeldungen identifizieren. Bei dem einen Mädchen handelt es sich einmal um eine Anja Klagenmeier, sieben Jahre alt, verschwunden am 18. August am Elisabethsee in der Nähe von Herford und bei dem anderen um Vanessa Brode, sechs Jahre alt, verschwunden am 19. August im Freibad Stapelskotten in Münster. Als wir sie gefunden haben, saßen sie apathisch in Decken gehüllt auf einem Sofa. Aber wir gehen davon aus, dass sie vorher in dem Keller der Werkstatt in Käfigen eingesperrt gewesen waren und der Täter sie befreit haben muss. Wir können jetzt schon mit Gewissheit sagen, dass sie nicht die ersten Kinder gewesen sind, die dort in den Käfigen gefangen gehalten wurden. Alle Anzeichen deuten darauf hin, dass der Keller als ein Durchgangslager für Kinder benutzt wurde. Wir haben verschiedene Indizien für unsere Theorie gefunden, Jungen- und Mädchenkleidung, Schuhe usw. Es ist einfach grässlich, sich vorstellen zu müssen, dass die armen Kleinen wie Tiere in Käfigen gehalten wurden.«

»Willkommen in unserer Welt«, antwortete Reuter sarkastisch. »Wo sind die Mädchen jetzt?«

»Die Mädchen sind beide ins Kinderkrankenhaus der Stadt zur Untersuchung und weiterer Behandlung gebracht worden. Die Eltern sind verständigt und wir müssen mit der Befragung der Kinder auf ihr Eintreffen warten. Das ist alles, was ich Ihnen im Moment erzählen kann, Kollegen. Wir hoffen, dass, wenn die Spurensicherung und die Obduktion der Leichen abgeschlossen sind, wir mehr über den Fall wissen.«

»Danke, Herr Kollege, das ist schon ziemlich umfangreich in so kurzer Zeit«, sagte Schüler anerkennend. »Ich glaube, wir haben es hier mit einem sehr professionellen Kinderhändlerring zu tun, aber irgendetwas ist arg schiefgelaufen. Die Leichen sprechen da für sich. Ich hoffe auf gute Zusammenarbeit und wir schauen mal in unseren Datenbanken, was wir über die Toten herausfinden können. Wenn wir was haben, bin ich gerne bereit, Ihnen alles mitzuteilen, damit Sie Ihren Täter finden. Wir kümmern uns aber jetzt erst einmal um die Mädchen.«

Andresen war klar, dass der Fall nicht mehr allein in seiner Zuständigkeit lag. Er war in irgendeiner Weise froh darüber, dass Schüler und sein Kollege ihm die schmutzige Arbeit in den Abgründen des Verbrechens an Kinder abnehmen würden.

»Ich beneide euch nicht um euren Job«, sagte er zu den beiden. »Meldet euch, wenn ihr was braucht«, fügte er hinzu und meinte es auch so.

»Machen wir«, versprach Schüler und stieg zu Reuter ins Fahrzeug.

Kapitel 17

Bad Zwischenahn, 2019, Freitag, 23. August

Meine Augen öffneten sich langsam und ich bewunderte die Stuckarbeiten an der Decke eines mir fremden Raumes. Es war schon gegen Mittag und ich hatte ein paar Stunden geschlafen. Erwacht und körperlich erholt, doch seelisch ausgelaugt, blickte ich mich in meinem neuen Hotelzimmer um. Ein Blick auf meine Uhr sagte mir, es war mittlerweile Mittagszeit und im gleichen Augenblick wurde mir bewusst, dass schon fünf Tage seit dem Verschwinden Ashas vergangen waren. Bisher war ich immer einen Schritt zu langsam gewesen, das musste sich ändern. Ich hatte keine andere Wahl, als schneller Fortschritte zu machen. Mir war klar, wenn ich Asha nicht bald fand, bevor es zu spät war, würde sie für ewig in den Fängen der Kinderhändler unauffindbar bleiben. Wer weiß, was diese Unmenschen ihr schon angetan hatten? Mir wurde schlecht wieder daran denken zu müssen. Eine erneute, animalisch ureigene Wut stieg in mir auf, nahm Besitz von meinen Gedanken. Ich wollte laut schreien und meinen Seelenschmerz hinausbrüllen, aber es durfte nicht sein, ich musste einen kühlen Kopf bewahren. Mit ein paar meditativen Atemübungen brachte ich mich wieder runter und besann mich darauf, warum ich nach Bad Zwischenahn gekommen war. Ich wollte der Klinik einen Besuch abstatten und der Spur der in der Werkstatt gefundenen Ampulle des Sedativs folgen.

Mein Geruchssinn sagte mir, dass ich vorher aber dringend eine Dusche und auch saubere Kleidung benötigte. Nachdem ich mich frisch gemacht hatte, stellte sich automatisch mein Hungergefühl ein und ich bestellte über den Zimmerservice etwas zu essen sowie eine große Kanne Kaffee. Während ich auf meinen Hamburger und den Kaffee wartete, schaltete ich den Fernseher an, um herauszufinden, ob meine nächtliche Aktion schon den Weg in die Nachrichten gefunden hatte. Wenig überraschend für mich war sogar die Meldung des Tages. Auf allen Kanälen überschlugen sich die Reporter mit wilden Vermutungen. Es war alles beinhaltet, was man von einem solchen Medienspektakel erwartete. Da war die Sprache von einem Bandenstreit, einem blutigen Massaker, einem drohenden Drogenkrieg, ausbeutendem Menschenhandel und sogar von Terroristen war die Rede, doch niemand wusste etwas Genaues zu berichten. Die Polizei hatte ihrerseits eine einstweilige Informationssperre verhängt. Eine von der Mordkommission offizielle Pressekonferenz war für dreizehn Uhr angesetzt. Das war genau in sieben Minuten. Es blieb mir genügend Zeit, um meinen Burger zu genießen und meinen Koffeinpegel in Balance zu bringen.

Pünktlich auf die Minute begann dann die Pressekonferenz im Polizeipräsidium und am Podium fing ein Beamter der Polizei an, eine vorgefertigte Meldung zu verlesen. Ich war gespannt darauf, was sie rauslassen würden und was nicht.

Ein Mann im mittleren Alter trat an das Podium, räusperte sich kurz und begann sich vorzustellen: »Guten Tag, meine Damen und Herren. Mein Name ist Hauptkommissar Andresen von der Oldenburger Mordkommission. Ich bin der leitende Beamte in diesem Fall.«

Dann begann er von einem mitgebrachten Blatt vorzulesen.

»Heute in den frühen Morgenstunden des 23. August hat die Polizei durch den Hinweis eines anonymen Anrufers die Leichen von drei gewaltsam getöteten Männern in einer Autowerkstatt im Oldenburger Industriegebiet Tweelbäke gefunden. Die Toten wurden identifiziert, und es handelt sich um die seit Jahren polizeilich gesuchten bulgarischen Brüder Milan und Anton Zankov. Der dritte Tote wurde als der Deutsche Erwin Kottchek, der Besitzer der Werkstatt, erkannt. Im Keller der besagten Autowerkstatt konnten die Beamten zwei vor einiger Zeit entführte Kinder befreien. Bei den von der Polizei geretteten Mädchen handelt es sich um die am 18. August verschwundene

Anja K. aus Herford und die am 19. August verschwundene Vanessa B. aus Münster. Es geht den Mädchen den Umständen entsprechend gut. Zum jetzigen Zeitpunkt befinden sie sich in ärztlicher Versorgung und werden in einer Klinik angemessen psychologisch betreut. Die Eltern wurden sofort informiert und sind auf dem Weg zu ihren Kindern. Alles deutet zum jetzigen Zeitpunkt darauf hin, dass es sich bei den getöteten Männern um die mutmaßlichen Entführer der Mädchen handelt. Herauszufinden, was sich genau in der letzten Nacht in der Werkstatt in Oldenburg abgespielt hat, ist Gegenstand der laufenden Ermittlungen und die Polizei arbeitet mit Hochdruck daran. Fragen werden zu diesem Zeitpunkt nicht beantwortet. Sobald weitere konkrete Ergebnisse zum Fall vorliegen, werden Sie, meine Damen und Herren, von der Presse umgehend drüber informiert. Ich bedanke mich bei Ihnen.«

Das war alles und es half mir bei meiner Suche nach Asha auch nicht weiter. Unter lautem Protest der Presse verließ Hauptkommissar Andresen die öffentliche Bühne. Als er vom Podium trat, sprach er kurz mit einem anderen Mann, den ich sofort wiedererkannte. Es war dieser Hauptkommissar vom LKA, Schüler oder so, der vor einigen Wochen im Fernsehen gewesen war. Der Mann, der die ganze Nation mit seinen detaillierten Informationen über den kürzlich zerschlagenen Kinderpornoring wachgerüttelt hatte. Seine Anwesenheit hatte nichts Gutes zu bedeuten. Meine Sorge um Asha stieg sofort ins Uferlose. Am Ende der Nachrichten wurde noch die Telefonnummer der Mordkommission Oldenburg und die des LKA in Hannover eingeblendet. Falls man Hinweise zum Fall hatte, konnte man diese Nummern anrufen. Ich speicherte die Telefonnummer des LKA in meinem Handy ein.

Dann holte ich mein Tablet raus und begann im Internet zu surfen. Ich wollte alles über die Klinik Aphrodite und ihre Besitzer herausfinden. Aphrodite, Göttin der Schönheit, welch passender Name für eine Schönheitsfarm, dachte ich bei mir. Ich wurde schnell fündig und fand heraus, dass die Klinik seit 2003 bestand. Sie hatte insgesamt zwölf

Mitarbeiter, aber nur einen einzigen Besitzer, einen Dr. Oswald Gratov, der gleichzeitig als Chefarzt fungierte. Die Klinik besaß, wenn man der Webseite Glauben schenken konnte, einen sehr guten Ruf. Patienten kamen sogar weit aus dem Ausland nach Bad Zwischenahn, um sich von Dr. Gratov nach ihren Vorstellungen verschönern zu lassen. Auf den ersten Blick schien alles auf eine heile Welt hinzudeuten, keine aufsehenerregenden Ereignisse, nichts aus dem Rahmen Fallendes. Auf der Suche nach zusätzlichen Informationen über Gratov, den Doktor, stieß ich dann aber auf einen weit zurückliegenden Skandal aus dem Jahre 1987. In einer Kinderklinik in Konstanz am Bodensee war er von einem Elternehepaar beschuldigt worden, sich an ihrer siebenjährigen Tochter sexuell vergangen zu haben. Die Angelegenheit wurde von der damaligen politisch sehr einflussreichen Klinikleitung unter den Tisch gekehrt. Es gab keine Anklage, Gratov nahm seinen Abschied und verschwand von der Bildfläche, bis er im Jahre 2003 die Schönheitsklinik Aphrodite im hohen Norden der Republik eröffnete. Habe ich dich, war mein sofortiger Gedanke, als ich mir ein Foto von ihm betrachtete. Es war das unscheinbare Gesicht eines älteren, grau melierten, hohlwangigen Mannes, der lächelnd in die Kamera des Fotografen blickte. Doch es waren seine Augen, die zu dem aufgesetzten Lächeln nicht passten. Sie hatten einen kalten, gefühllosen Ausdruck. Warum, konnte ich mir nicht erklären, aber es manifestierte sich für mich in dem Augenblick, dass er Dreck am Stecken hatte. Wie hatte sich Hauptkommissar Schüler in seinem Fernsehauftritt ausgedrückt? Es gibt eine Kinderschänder-Hydra in Deutschland und über die Grenzen hinaus. Die Hydra hätte viele Köpfe und es galt sie alle abzuschlagen. Ich hatte schon angefangen, meinen Teil beizutragen, und war noch lange nicht bereit, damit aufzuhören.

»Es werden weitere Köpfe rollen, so lange, bis ich Asha gefunden habe«, sprach ich entschlossen zu mir selbst.

Weiter konnte ich im Internet lesen, das Gratov in einer herrschaftlichen alten Villa in einem privaten entlegenen Waldstück außerhalb des Ortes wohnte. Mit Google Earth tat ich einen virtuellen Erkundungsbesuch und prägte mir die Umgebung sowie die Lage des Gebäudes ein. Dann machte ich mich auf den Weg zur Schönheitsfarm.

Mein Rover schlängelte sich durch den Park die Auffahrt zur Klinik entlang und vor dem Eingang stellte ich meinen Wagen auf einem der Besucherparkplätze ab. Der pompöse Eingangsbereich, mit Chrom und moderner Kunst nur so protzend, passte zur Architektur des Gebäudes. Ein heller Marmorfußboden, weiße Ledersitzgruppen mit Glastischen und übergroße Fotos schöner Frauen an den Wänden sollten für Wohlgefühl sorgen. Hinter einer weißen, mit ausladenden Chromelementen nur so blitzenden Rezeption saß die Dame, die ich überzeugen musste, mich zu ihrem Chef zu lassen. Ich hatte mir dafür eine Geschichte zurechtgelegt und hoffte, sie war überzeugend genug.

»Guten Tag, der Herr, womit kann ich Ihnen dienen«, grüßte mich die junge, rothaarige Rezeptionistin und zeigte mir dabei ihr schönstes Lächeln.

»Einen Wunderschönen«, lächelte ich zurück und lehnte mich lässig auf den Tresen. »Mein Name ist Sebastian Kluge, Journalist für New Beauty und ich würde gerne den Herrn Dr. Gratov sprechen.«

Bei den Worten Journalist und New Beauty horchte die junge Dame merklich auf und wie ich mir gedacht hatte, erhielt ich ihre ungeteilte Aufmerksamkeit.

»Haben Sie einen Termin, Herr Kluge?«, fragte sie mit strahlend weißen Zähnen und gekonntem Augenaufschlag.

»Nein, mein hübscher Engel, ich war gerade nur zufällig in der Gegend«, spielte ich meine Rolle als flirtender Journalist einer Modezeitschrift. »Ich dachte mir, da ich schon im Lande bin, könnte ich doch diese Gelegenheit nutzen und für unsere neue Ausgabe noch ein Interview mit dem Guru der Schönheit einpflegen«, schmalzte ich mit meinem besten Ausdruck von Unschuld zurück.

Das brach das Eis und sie schaute mir tief in die Augen und sagte: »Ich will mal sehen, was ich für Sie tun kann, normalerweise empfängt unser Chef niemanden ohne einen Termin, aber vielleicht macht er ja bei Ihnen eine Ausnahme.«

Lächelnd schwang sie sich hinter ihrer Rezeption hervor und stöckelte auf ihren High Heels die Eingangshalle entlang, nicht ohne zu vergessen, ihren sexy Hüftschwung dabei richtig zur Geltung zu bringen. Sie wusste ihre Reize einzusetzen und ihre kurvige Figur konnte sich durchaus sehen lassen. So weit funktionierte mein Plan und ich hoffte auf die Eitelkeit sowie die Neugier des Dr. Gratov, mich zu empfangen. Ich dachte, ich improvisiere und wie wir es in der Legion gehalten haben, nahm ich mir vor auf einen direkten Konfrontationskurs zu gehen. Es dauerte auch nur einen kurzen Augenblick, da kam die Rezeptionistin mit einem strahlenden Lächeln schon wieder zurück.

»Bitte gehen Sie durch den Korridor entlang zum Ende des Flurs. Dr. Gratov wird Sie dort in Empfang nehmen«, hauchte sie und ließ mit einem leichten Kopfschwung ihre rote Mähne gekonnt zur Seite gleiten.

»Danke, mein Engel«, antwortete ich weiter flirtend und verschwand schnurstracks in die angewiesene Richtung.

Mein Adrenalinspiegel stieg und ich war angespannt wie vor einem Feuergefecht, in dem ich einen Gegner nicht direkt ausmachen konnte. Ich wusste, er war da, fühlte seine Bedrohung, jedoch blieb er unsichtbar, wie im Dunkeln ohne Gesicht. Die Gefahr, den Feind nicht identifizieren zu können, ihn nur erahnen zu können, sich auf seinen eigenen Instinkt verlassen zu müssen, war eine große Herausforderung, der ich mich nur zu oft hatte stellen müssen. Warum also auch nicht hier und jetzt? Diesmal jedoch ging es nicht um mein Leben, sondern um das der kleinen Asha und wer weiß wie vieler anderer Kinder sonst noch. Ich war zu allem entschlossen, mein Gefühl sagte mir, ich war auf dem richtigen Weg. Meine Nachforschungen über den Doktor im Internet ließen einige Rückschlüsse zu. Mein konkreter Verdacht war jedoch noch lange kein Beweis, aber für mich reichte es. Den einzigen handfesten Nachweis für eine Verwicklung von Gratov oder seiner

Klinik in der Entführung der kleinen Asha war eine Ampulle eines Sedativs. Falls der gute Herr Doktor also etwas mit dem Kidnapping zu tun hatte, würde ich es bemerken, denn ich wusste, ich konnte mich immer auf meinen untrüglichen Instinkt verlassen.

»Guten Tag, Herr Kluge, folgen Sie mir doch bitte in mein Büro«, empfang mich ein schlanker, hochgewachsener Mann in einem weißen Arztkittel am Ende des Korridors.

Ich erkannte ihn sofort von den Fotos aus dem Internet wieder. Er war in Wirklichkeit jedoch älter als auf den Bildern, hatte wesentlich mehr graue Haare und auch die Gesichtszüge wirkten nicht mehr ganz so frisch. Vielleicht sollte er sich einmal selbst behandeln und sich ein Facelift verpassen, schoss es mir durch den Kopf. Was mir aber sofort als Erstes auffiel, war dieser arrogante stechende Blick aus stahlgrauen, kalten Augen, die mich abwertend musterten.

»Guten Tag, Herr Dr. Gratov«, antwortete ich höflich und ließ mich von ihm in sein Büro führen.

Er zeigte mit einer Handbewegung auf eine Sitzgruppe und sagte: »Bitte nehmen Sie doch Platz, Herr Kluge. Darf ich Ihnen etwas anbieten, eventuell einen Kaffee, Tee oder Wasser?«

Ich lehnte dankend ab und nahm Platz. Er setzte sich mir gegenüber und wartete darauf, dass ich mit dem Interview beginnen würde. Anstatt etwas zu sagen, legte ich die Ampulle mit dem Sedativ auf den Tisch und beobachtete seine Reaktion. Er reagierte anders, als ich erwartet hatte. Einen kurzen Moment lang wirkte er perplex, fasste sich aber sofort wieder und seine Augen verengten sich zu schmalen Schlitzen.

Er fragte lauernd: »Wer sind Sie und was wollen Sie?«

»Wie Sie sich denken können, bin ich kein Reporter und was ich will, kann ich Ihnen genau sagen. Ich möchte von Ihnen wissen, wie Ihre Sedative in die Hände einer Bande von Kindesentführern kommen?«

Damit war die Bombe gezündet und alles Weitere hing jetzt von seiner Antwort ab. Ich war auf Frontalangriff gegangen, wie ich es bei der

Legion gelernt hatte. Gib dem Feind keine Möglichkeit auszuweichen, stelle ihn zum Kampf und eliminiere den Gegner.

»Ich weiß zwar nicht, was Sie berechtigt, sich hier unter falschen Angaben Ihrer Absicht bei mir einzuschleichen und mir abstruse Fragen zu stellen, aber um Ihre impertinente Frage dennoch zu beantworten, in unserer Klinik wurde vor drei Monaten eingebrochen und verschiedene Medikamente wurden entwendet. So und jetzt verlassen Sie bitte sofort mein Büro, sonst rufe ich die Polizei!«

Das war klar und eindeutig und ich wusste, er würde keine Sekunde zögern, es zu tun. Doch sein Verhalten zeigte mir, er hatte etwas zu verbergen und dass ich auf der richtigen Fährte war. Ich stand auf, steckte die Ampulle ein und verließ wortlos sein Büro. Beim Hinausgehen fragte ich die hübsche Rezeptionistin noch ködernd, ob es schon Neuigkeiten über den Einbruch vor drei Monaten gab. Diese schaute mich nur ganz verdutzt an und antwortete: »Was für ein Einbruch, hier hat es noch nie einen Einbruch gegeben.«

Mit einem Lächeln verließ ich die Klinik.

Kapitel 18

Bad Zwischenahn, 2019, Freitag, 23. August

Von meinem Wagen aus hatte ich einen guten Blick auf die Ein- und Ausfahrt der Klinik. Nachdem ich dieser den Rücken gekehrt hatte, saß ich geduldig auf einem Parkplatz außerhalb der Klinik und wartete auf die Reaktion des Doktors. Ich hoffte, er würde auf meine direkte Anschuldigung reagieren und meine Vermutung, dass er die Klinik eiligst nach meinem Besuch verlassen würde, bestätigte sich nach wenigen Minuten. Ein dunkelroter Mercedes mit Gratov am Steuer fuhr die Auffahrt entlang, bog nach der Ausfahrt in östlicher Richtung auf die Landstraße nach Elmendorf ab. In angemessenem Abstand folgte ich dem Wagen und sah, dass er nach wenigen Kilometern in ein Waldstück einschwenkte. Langsam näherte ich mich der Stelle in dem Wald, wo ich den roten Mercedes hatte abbiegen sehen. Aus meinem Wagen las ich ein Schild am Rand der Einfahrt »Privatweg Unbefugten ist das Betreten und das Befahren verboten«. Das deckte sich mit meiner Google-Earth-Suche vom Mittag. Aus der Bodenperspektive sah alles zwar anders aus, doch ich erkannte die Einfahrt zur Villa des Doktors sofort wieder. Ich wusste, der Zufahrtsweg führte einige Hundert Meter durch den Wald zu einer riesigen Lichtung, auf dem das private Anwesen des Arztes stand. Durch meine Recherche hatte ich Kenntnis, dass sich in einiger Entfernung etwas südlich von mir auf der gegenüberliegenden Seite des Waldweges ein öffentlicher großer Parkplatz für Waldspaziergänger befand. Dort parkte ich meinen Land Rover und überlegte, wie ich weiter vorgehen sollte. Ich musste an die kleine Asha denken, die Zeit drängte. Einen richtigen Plan hatte ich in Wirklichkeit nicht, ich gehorchte mehr meinem Antrieb. Auf diesen untrüglichen Instinkt konnte ich mich jedoch fast immer verlassen. Er drängte mich unverzüglich in die Villa einzudringen,

Gratov in die Mangel zu nehmen und alles, was er verheimlichte, aus ihm herauszupressen.

Zum Glück war der Parkplatz zu dieser Zeit leer und es gab kaum Verkehr auf der vorbeiführenden Straße. Ich öffnete die Heckklappe meines Land Rovers und machte mich für mein gewagtes Vorhaben fertig. Ich zog mir schwarze Kleidung und meine festen Kampfstiefel an. Dann überprüfte ich meine Waffen, das Messer, die Beretta mit Schalldämpfer. Sofort fühlte ich mich wohler oder besser gesagt sicherer. Es war ein Vertrauen bestärkendes Gefühl der unnahbaren Sicherheit, ein eingespieltes Ritual der Kampfbereitschaft. Zufrieden mit meiner zur Mütze hochgerollten Balaklava, ließ ich den Wagen zurück, überquerte in einem geeigneten Moment die Straße und verschwand im Wald. Es war nach meinem Geschmack noch etwas zu hell für mein Vorhaben. Die Gefahr, von ein paar harmlosen Spaziergängern gesehen zu werden, war groß. Leichtsinn wird schnell bestraft, wusste ich aus Erfahrung, ich musste mich ganz auf mein Glück verlassen, nicht gesichtet zu werden. Die schützende Dämmerung würde erst in ungefähr einer Stunde einsetzen, doch ich wollte mich schon in Position bringen, keine weitere unnötige Zeit verlieren.

Der Wald gab mir ausreichend Deckung, er war dicht und naturbelassen. Büsche und hochgewachsene Farne wuchsen reichlich zwischen den nah stehenden Bäumen. Ich nutzte das natürliche Unterholz, um ungesehen mein Ziel zu erreichen. Nach knapp zehn Minuten war ich am Zaun des herrschaftlichen Hauses, der das Grundstück vom Wald abgrenzte. Die dreistöckige Villa, im Stil der alten Bäderkultur und von zwei Türmen begrenzt, war ein imposantes Gebäude. Weiße Marmorsäulen flankierten eine eichene, mit verzierenden Messingornamenten beschlagene Eingangstür. Eine protzige, vorgelagerte Marmorterrasse führte, umrahmt von mehreren Steinstufen, hinab auf einen großzügig angelegten, kiesbeladenen Vorplatz, in dessen Mitte ein Brunnen seine verspielten Wasserfontänen springen ließ. Ein Garagengebäude lag weiter rechts abseits vom Haupthaus. Vor dem Garagentor stand der dunkelrote Mercedes des Doktors. Das ganze Anwesen umgab eine parkähnliche Rasenfläche, die wenig Deckung für eine ungesehene Annäherung erlaubte. Ich schlich mich durch den Wald zur hinteren Seite des Gebäudes und hoffte dort auf etwas mehr Deckung, um ungesehen zum Haus zu gelangen. Zu meinem Leidwesen musste ich feststellen, dass es auch hier keine Bäume, Sträucher oder Blumenbeete gab, die mir Cover vor Entdeckung hätten bieten können. Mir blieben jetzt nur zwei Möglichkeiten, entweder bis zur Dunkelheit abzuwarten und dann hoffentlich ungesehen ins Gebäude einzudringen oder noch im Tageslicht es zu riskieren. Die zweite Alternative barg ein größeres Risiko, auf meinem Weg zum Haus entdeckt zu werden. Außerdem sichtete ich aus meinem Versteck im Wald Videokameras an der hinteren Fassade der Villa. Ich hätte sie fast übersehen, denn sie waren extrem gut getarnt in die Beleuchtungskörper über der bodentiefen Fensterfront eingebaut. Ich entschied mich zu warten, bis es dunkel war, denn es war niemandem gedient, und schon gar nicht Asha, wenn meine Absicht durch Unachtsamkeit und Ungeduld vorzeitig scheitern würde. Vorsicht und Abwägung eines Risikos war, was uns Legionäre im Krieg am Leben hielt, Draufgängertum und Ungestüm konnten leicht den Tod bedeuten.

Von meinem Versteck im Wald konnte ich sehen, wie eine ältere Frau die hinteren Verandatüren öffnete und zwei Dobermänner in den Park hinausließ. Das änderte plötzlich drastisch die Lage, denn ich hatte nicht mit Wachhunden gerechnet. Warum hielt sich ein Schönheitschirurg, wenn er nichts zu verbergen hatte, scharfe Hunde, fragte ich mich. Vielleicht war er nur ein Hundeliebhaber, doch diese simple Erklärung passte nicht zur Rasse.

Wir hatten einige Dobermänner in der Legion gehabt und ich hatte immer höchsten Respekt vor den Tieren. Mit ihnen war nicht zu spaßen, vor allen Dingen nicht, wenn sie trainierte Wachhunde waren. Ich wusste, dass Dobermänner für ihre ausgezeichneten Fähigkeiten als Aufpasser sowie ihr mutiges Wesen bekannt waren. Sie zählten zu den intelligentesten Hunderassen der Welt und verfügten über einen großen Lerneifer und eine gute Auffassungsgabe. Ich wusste auch, diese kräftigen und muskulös gebauten Hunde besaßen eine niedrige bis mittlere Reizschwelle und waren Fremden gegenüber stets misstrauisch. Ich hatte kein Bedürfnis, mit ihren kräftigen Zähnen Bekanntschaft zu machen. Das alles registrierte ich in meinem Kopf in dem kurzen Augenblick, als ich die majestätischen Tiere erblickte. Mein Plan, in der Dunkelheit einfach zum Haus zu laufen, war damit auch über den Haufen geworfen. Ich musste umdenken und mir schnell etwas einfallen lassen. Ich konnte zurück zum Wagen laufen und die Armbrust holen, aber das widersprach meiner Natur, denn ich wollte diese schönen, unschuldigen Tiere nicht sinnlos töten.

Ohne weitere Zeit zu verschwenden, verließ ich mein Versteck und rannte, so schnell es ging, in umgekehrter Richtung zu meinem Rover. Ich wusste, was ich zu tun hatte. Der Blick auf meine Uhr sagte mir, es blieb nur noch wenig Zeit, bis die örtlichen Geschäfte schließen würden. Ich startete den Land Rover und fuhr so schnell wie erlaubt und vielleicht etwas schneller in die nächste Ortschaft. Zum Glück erreichte ich noch kurz vor Ladenschluss einen Supermarkt. Meine Waffen ließ ich im Wagen und kaufte in der Fleischerei zwei große Steaks. Die Verkäuferinnen am Fleischstand und auch die Kassiererin an der Kasse musterten mich argwöhnisch in meinem schwarzen Aufzug. Es war mir in dem Augenblick so egal wie irgendwas. Ich hatte das, was ich brauchte, und fuhr zurück in den Wald.

Als ich die Einfahrt zur Gratov-Villa passierte, sah ich die ältere Haushälterin auf einem Fahrrad den Waldweg in Richtung Ortschaft verlassen. Gut, dachte ich mir, dann ist der Herr Doktor jetzt allein im Haus.

Auf dem Parkplatz injizierte ich mit einer Spritze aus meinem Verbandskasten in jedes der Steaks jeweils eine halbe Ampulle des Sedativs aus der Gratov-Klinik. Mit den präparierten Ködern schlich ich mich dann zurück zu meinem geschützten Beobachtungsposten im Wald.

Es war mittlerweile dunkel geworden und ich konnte die schattenhaften Umrisse der beiden Hunde, die über den Rasen verspielt ihre Patrouille liefen, gut ausmachen. Mit Schwung warf ich die präparierten Fleischstücke über den Zaun und sah, wie die Dobermänner auf das Geräusch der gelandeten Köder reagierten. Sie horchten mit aufgestellten Ohren in die Richtung und setzten sich mit rasender Geschwindigkeit in Bewegung. Sie schnupperten an den präparierten Steaks und jetzt hing alles davon ab, ob ihre Gier nach dem Fleisch oder ihr angeborenes Misstrauen siegte. Vorsichtig leckte der erste der Dobermänner am Leckerbissen und dann gab es kein Halten mehr. Gierig verschlang er das Stück Fleisch und der andere tat es ihm, ohne zu zögern, gleich. Jetzt brauchte ich nur noch zu abzuwarten. Nach wenigen Minuten sah ich, wie die Hunde, erst der eine und dann der zweite, sich hinlegten und bewegungslos liegen blieben. Ich zog die Balaklava über mein Gesicht, vergewisserte mich, dass im Haus alles ruhig verblieben war und schaute ein letztes Mal auf meine Uhr. Es war fast zehn Uhr abends. Volle vier Tage waren seit der Entführung der kleinen Asha vergangen. Ich hoffte, es würde keinen fünften benötigen, bevor ich sie befreit hatte.

Mit wenigen geübten Handgriffen schnitt ich mit meinem Messer ein manngroßes Loch in den Zaun und lief im Eiltempo zur rückwärtigen Hausfassade des Hauses. Ich arbeitete mich weiter vorsichtig an der Wand entlang bis zur hinteren Terrassentür. Dabei versuchte ich, so gut wie es ging, dem Blickwinkel der Videokameras auszuweichen, konnte aber keine Garantie dafür übernehmen, dass sie mich doch erfassten. Ich hoffte auf mein Glück und dass der Besitzer sich voll und ganz auf die Wachsamkeit seiner Hunde verlassen würde. Vorsichtig drückte ich die Türklinke der Terrassentür hinunter und stellte erfreut fest, dass diese nicht verschlossen war und sich leicht öffnen ließ. Lautlos glitt ich durch die Tür in einen geräumigen Wohnraum. Durch eine halb geöffnete Schiebetür, die zum angrenzenden Arbeitszimmer führte, konnte ich Lichtschein ausmachen. Ich horchte in die Stille des

Raumes und ohne ein Geräusch zu verursachen, war ich mit wenigen Schritten an der offenen Tür. Wachsam spähte ich in das Arbeitszimmer des Doktors. An einem reich verzierten Mahagoni-Schreibtisch in der Mitte des Raums residierte Gratov in einem zum Möbelstück passenden ledernen Stuhl. Er saß in vorgebeugter Haltung und schien in irgendwelche Unterlagen vertieft zu sein. Ein Computerbildschirm, diverse Ablagefächer und zahlreiche Fachzeitschriften füllten den Rest des Schreibtisches. Der Raum war zweistöckig hoch und hatte mehr den Anschein einer Bibliothek als den eines normalen Arbeitszimmers. Es gab eine Wendeltreppe auf der einen Seite, die zu einem an drei Wänden umlaufenden Balkon führte. Dicke alte, in Leder gebundene Bücher füllten dort die Regale. An den unteren Wänden hingen pompöse Gemälde, zahlreiche Urkunden und Auszeichnungen in kunstvolle Rahmen gefasst.

»Guten Abend, Herr Doktor«, sagte ich, als ich den Raum betrat und meine Waffe auf ihn richtete.

»Guten Abend, Herr Kluge, oder wie immer Sie heißen mögen. Ich habe Sie schon erwartet«, antwortete Gratov, ohne aufzuschauen. »Einen kleinen Moment noch, ich bin gleich für Sie da. Ich muss nur noch diesen einen Absatz zu Ende lesen und dann können wir uns unterhalten.«

Diese Kaltschnäuzigkeit hätte mir zu denken geben sollen, aber ich war mit Adrenalin so vollgepumpt, dass ich die Vorzeichen falsch deutete.

»Lassen Sie die Spielchen und schauen Sie mich gefälligst an, Gratov. Ich bin kein geduldiger Mann und ich bin nicht hier, um mich mit Ihnen zu unterhalten, sondern um einige Fragen wegen eines entführten Mädchens beantwortet zu bekommen.«

Er legte die Unterlagen behutsam zur Seite und hob langsam seinen Kopf. Seine Ruhe und Gelassenheit zeigten weder Anzeichen von Panik noch Angst. Auch die auf ihn gerichtete Waffe schien den Mann in keiner Weise zu beeindrucken. Es bestärkte nur meine Theorie, dass ich es mit einem eiskalten Verbrecher zu tun hatte. Warum war der Mann so seelenruhig, wieso war er sich seiner sicher und zeigte keinerlei Verwunderung über mein plötzliches Auftauchen? Dann räusperte sich Gratov kurz und antwortete mit einer unerwarteten Schärfe. Bei der Härte in der Stimme sowie seinem amüsierten Blick sträubten sich meine Nackenhaare:

»Sagen Sie mir lieber, was Sie mit meinen Hunden gemacht haben. Ich hoffe für Sie, dass sie noch am Leben sind.«

Auf eine solche Antwort war ich nicht vorbereitet gewesen. Wie konnte der Mann jetzt an seine beiden Dobermänner denken, wenn er in den Mündungslauf einer tödlichen, schallgedämpften Beretta schaute, und obendrein mir drohen? Irgendetwas hatte ich übersehen.

»Ihren Hunden geht es gut, aber das tut jetzt nichts zur Sache«, setzte ich an, aber weiter kam ich nicht mehr. Aus dem Augenwinkel vernahm ich eine seitliche Bewegung, dann fühlte ich eine schmerzhafte Explosion in meinem Kopf, die mich den Satz nicht mehr beenden ließ. Mir wurde plötzlich schwarz vor den Augen und danach fiel ich in ein tiefes, bodenloses Nichts.

Kapitel 19

Bad Zwischenahn, 2019, Samstag, 24. August

Mit Kabelbinder an Händen und Füßen auf einem Stuhl festgebunden, erwachte ich in einem dunklen Kellergewölbe. Eins wurde mir sofort klar, es musste sich eine weitere Person im Haus aufgehalten haben. Ein dumpfer, dröhnender Kopfschmerz machte mir bewusst, dass dieses andere Individuum mich im Arbeitszimmer von hinten niedergeschlagen hatte. Ich hatte keinerlei Ahnung, wie lange ich hier schon ohne Bewusstsein gefangen gehalten worden war oder wer mich zu Boden geschlagen hatte. Es war kalt im Keller und mich fröstelte. Das war auch kein Wunder, denn man hatte mich bis auf die Unterhose ausgezogen. Ich versuchte mich zu bewegen, aber es ging nicht, die Kabelbinder waren zu stramm gezogen und schnitten mir tief ins Fleisch. Ich ärgerte mich über mich selbst, dass ich nicht vorsichtiger gehandelt hatte. Mit einem weiteren Gegner im Haus hatte ich nicht gerechnet. Wie hatte mir dieser grobe Fehler nur unterlaufen können? Nachlässiges Auskundschaften einer feindlichen Stellung führt automatisch zu Verlusten, eventuell zum Misserfolg einer Aktion. Das war uns immer wieder bei der Legion eingebläut worden und ich hatte in meinem Übereifer durch meine Ungeduld dagegen verstoßen und zahlte jetzt den Preis dafür. Ich hatte verdammt noch mal nicht gedacht, dass der Doktor auf meinen Besuch vorbereitet gewesen war. Für diesen Fehler würde ich jetzt bezahlen müssen. Es war aber nicht die Zeit für Selbstvorwürfe. Sich darüber Gedanken zu machen brachte jetzt nichts, ich musste zusehen, lebend aus dieser Situation wieder herauszukommen. Es galt, einen kühlen Kopf zu bewahren, herauszufinden, wie ich mich aus dieser Lage befreien konnte. Dass ich noch am Leben war, verdankte ich nur Gratovs Neugier. Mir war klar, ich konnte es einzig und allein auf diesen Umstand zurückführen. Er wollte Informationen über meinen Wissensstand um seine verbrecherische Organisation haben. Diesen Trumpf musste ich bis zum Ende ausspielen, dachte ich mir, als ich hörte, wie sich überraschend Schritte der Kellertür näherten.

Ein Schlüssel drehte sich im Schloss der eisernen Tür, ein Lichtschalter wurde umgedreht und plötzlich blendete mich ein gleißendes Deckenlicht. Ich musste mehrfach blinzeln, bevor sich meine Augen an das helle Licht gewöhnt hatten. In der Tür zu einem großen Kellergewölbe standen Gratov und ein weiterer Mann, der mich niedergeschlagen haben musste. Nach seinem durch die sichtliche Einnahme von Steroiden aufgepumpten Körperbau wirkte er wie ein überdimensionierter menschlicher Gorilla. Er hatte auch die dazu passenden Gesichtszüge sowie riesige Hände, die er knochenknackend in sich verschränkte. Seine kleinen Schweineaugen starrten mich an und auf ein Zeichen seines Masters ging er mit raschen Schritten auf mich zu. Dann schlug er wortlos, hart und erbarmungslos auf mich ein. Der Schlag fühlte sich an, als ob ich einen frontalen Zusammenstoß mit einem Frachtzug hatte. Mein Kopf flog von der Wucht des Aufpralls herum, meine Lippe platzte auf und ich spuckte Blut auf den Kellerboden. Mit der Zunge leckte ich über meine Zähne. Ich stellte zu meiner Zufriedenheit fest, dass sie sich noch alle in meinem Mund befanden, wobei die Betonung auf noch lag.

»Herr Kluge, oder soll ich Sie lieber Sven Aarhus nennen«, begann Gratov mit einem zynischen Lächeln und hielt mir meinen Ausweis vor die Nase. »Ich gehe stark davon aus, dass Sie kein Polizist sind, sonst wären Ihre lieben Kollegen schon lange hier gewesen. Sie arbeiten allein und ich will wissen, warum Sie wirklich hier sind. Sie haben sich hier auf ein sehr gefährliches Spiel eingelassen, Herr Aarhus, von dessen Dimensionen Sie sich nicht im Geringsten eine Vorstellung machen können.«

»Das liegt in meiner neugierigen ostfriesischen Natur, dafür spielen andere lieber mit kleinen Kindern«, antwortete ich sarkastisch immer noch Blut spuckend und musste sofort für meine zynische Bemerkung den Preis in Form eines weiteren wuchtigen und äußerst schmerzhaften Faustschlages seines Gorillas zahlen. Diesmal platzte dabei meine Augenbraue auf und Blut lief mir die linke Wange runter.

»Das ist genug, Viktor, ich glaube, Herr Aarhus hat erst einmal genug und verstanden, dass er mit seinen schlechten Witzen nicht sehr weit kommt«, wies Gratov seinen Muskelmann an, ihn von einem weiteren Faustschlag abhaltend.

»Ich möchte, dass Sie mir genau erzählen, was Sie mit den gestrigen Ereignissen in Oldenburg und Sahlenburg zu tun haben. Wie sind Sie an die Ampulle gekommen und was wissen Sie über mich und meine Aktivitäten? Es gibt keine Verbindung zu mir, also wie ist es möglich, dass Sie hier sind? Und glauben Sie mir, Sie werden mir alles, was Sie über mich in Erfahrung gebracht haben, erzählen. Viktor hat da so seine eigenen Methoden«, fügte er mit einem grausamen Lächeln hinzu.

Als Gratov von den gestrigen Ereignissen sprach, wurde mir klar, dass ich mindestens für zehn bis zwölf Stunden ausgeschaltet gewesen sein musste und es mittlerweile schon Samstag war. Er musste aus den Nachrichten von den Geschehnissen in Oldenburg und Sahlenburg erfahren haben. Aus seiner Frage konnte ich rückschließen, dass die Polizei sogar schon eine Verbindung zwischen den Fällen hergestellt hatte. Das war zu erwarten gewesen, aber ich wunderte mich dennoch, dass es schneller geschehen war, als ich gedacht hatte. Ich musste Zeit gewinnen und durfte ihm nichts von meiner Verwicklung erzählen.

»Ich weiß nicht, wovon Sie reden. Die Ampulle habe ich aus der Diebesbeute des Einbruchs bei Ihnen gekauft«, grinste ich Gratov mit blutverschmiertem Gesicht an, was mir sofort einen dritten schmerzhaften Faustschlag einbrachte.

»Sie werden früher oder später reden, das verspreche ich Ihnen. Ich habe viel Zeit und hier im Keller wird Sie niemand hören. Leider habe ich einige Vorbereitungen für einen großen Empfang am Abend zu treffen. Schade, dass ich mich im Moment nicht weiter mit Ihnen beschäftigen kann, aber Viktor wird Ihnen bestimmt gerne noch etwas Gesellschaft leisten. Er ist in tiefer Trauer, müssen Sie wissen, und unbändig neugierig herauszufinden, wer seine beiden Brüder auf dem Gewissen hat.«

Bei diesen Worten nickte der Gorilla zustimmend und sein Gesichtsausdruck verzog sich zu einer boshaften Fratze. Mir war klar, wenn Viktor erfahren würde, dass ich es war, der seine Brüder auf dem Gewissen hatte, würde ich es nicht lange überleben. Ich musste schnell einen Ausweg finden, doch das war einfacher gedacht als getan.

»Unterhalte dich ein wenig mit unserem Gast. Lass ihn aber am Leben«, sagte Gratov zu Viktor, bevor er mit einem zynischen Grinsen in meine Richtung den Kellerraum verließ.

»Ja, Boss«, antwortete der Gorilla brav und schlug wieder zu. »Ich werde dich totschlagen, wenn du etwas mit dem Tod meiner Brüder zu tun hast«, richtete er sich an mich. »Du wirst mir alles erzählen, was du weißt, und den Tag deiner Geburt verfluchen, bevor ich mit dir fertig bin.«

Dann holte er aus und erneut traf mich seine Faust im Gesicht. Mir wurde schwarz vor Augen und ich hatte große Mühe, aus meinem linken fast zugeschwollenen Auge noch etwas zu sehen.

»Wenn du weiter so zuschlägst, werde ich bald überhaupt nichts mehr erzählen können«, keuchte ich stoßweise hervor. »Du hast doch gehört, was dein Boss dir befohlen hat, du sollst mich am Leben lassen.«

Das schien in sein kleines Gorillagehirn vorgedrungen zu sein, und er ließ von mir ab. Er nahm sogar eine Wasserflasche und goss den Inhalt über meinen Kopf, was mir zu etwas Erfrischung verhalf. Ich konnte aber immer noch nicht klar denken, mir war richtiggehend schlecht. Die brutalen Schläge verfehlten nicht ihre Wirkung. Wenn ich aber gedacht hatte, Viktor würde ganz von mir ablassen, hatte ich mich grundlegend getäuscht. Er ging zu einer Werkbank in der Ecke des Raumes und kam zurück mit einem Hammer in der Hand.

Sein Blick fiel auf meine nackten Füße und mir wurde übel bei dem Gedanken, was ich zu erwarten hatte.

Viktor kniete vor mir und zischte mit unverhohlener Grausamkeit: »Am Leben lassen ja, aber er hat nichts davon gesagt, dass du noch laufen können musst.«

Mit diesen Worten holte er aus und schlug den Hammer auf den kleinen Zeh meines rechten Fußes. Der Schmerz war unaushaltbar und mir schwanden die Sinne. Dann schlug er den Hammer auf den linken kleinen Zeh und ich verlor die Besinnung. Der Schock des Schmerzes schaltete mein Bewusstsein aus und ich war dankbar dafür. Als ich wieder zu mir kam, war Viktor verschwunden, aber er hatte vergessen, das Licht auszuschalten. Vielleicht hatte er es mit Absicht angelassen, damit ich meine zerquetschten, bläulich angelaufenen Zehen sehen konnte. Es war mir egal, warum das Licht an war, es gab mir Hoffnung, mir ein besseres Bild über meine Situation machen zu können. Ich war in einem fürchterlichen Zustand. Mein linkes Auge war komplett zugeschwollen, meine beiden kleinen Zehen hatten fast die doppelte Größe angenommen. Sie waren dunkelblau angelaufen und mein Gesicht sowie der Rest meines Körpers fühlten sich an, als ob ich unter einem Lkw gelandet war. Dennoch sagte mir mein eiserner Wille zum Überleben, dass ich mich zusammenraufen musste, die Schmerzen ignorieren. Denk nach, lass dir was einfallen, feuerte ich mich innerlich an. Dann merkte ich, wie der Metallstuhl, auf dem ich festgebunden und der mit ein paar Schrauben im Boden verankert war, sich leicht vor- und zurückbewegen ließ. Sofort konzentrierte ich mich darauf, diese Bewegung weiter zu forcieren. Alsbald bemerkte ich, dass meine Bemühungen, die Schrauben aus dem Boden zu lösen, mit Erfolg gekrönt wurden. Sie wurden lockerer und es benötigte nur noch den finalen Pusch und der Stuhl würde sich aus der Verankerung komplett herausreißen. Das bedeutete aber gleichzeitig, ich würde mit dem Teil umkippen, hart auf dem Boden aufschlagen, doch das war mir in dem Augenblick egal. Mit letzter Kraftanstrengung riss ich den

Stuhl aus seiner Verankerung und landete krachend mit ihm auf dem zementierten Kellergrund. Für einen kurzen Moment schwanden mir erneut die Sinne. Keuchend lag ich auf dem Boden, darauf wartend, dass die Kellertür sich öffnen und ein wütender Viktor hereinstürmen würde. Zu meinem Glück aber blieb die Tür verschlossen, ich schöpfte Hoffnung. Am Boden liegend inspizierte ich mein Werk. Drei der Befestigungsschrauben waren mit dem Sitzmöbel herausgebrochen. Eine vierte Schraube jedoch steckte noch im Fußboden und gab mir mit ihrem spitzen Ende die Möglichkeit, mich von meinen Fesseln zu befreien. Ich musste mich nur noch samt dem Stuhl drehen und an den Gewindestift herankommen. Nach wenigen Minuten war die erste Fessel gelöst und der Rest folgte. Vorsichtig stellte ich mich auf meine Füße und machte ein paar leichte Gehversuche. Es ging besser, als ich vermutet hatte und der Schmerz war fast erträglich. In der Ecke des Raumes sah ich meine Kleidung herumliegen und ich begann mich anzuziehen. Auf der Werkbank lag ein Rolle Isolierband und damit tapte ich meine zwei gequetschten mit den gesunden Zehen zusammen. Bei dem Versuch, den ersten meiner Stiefel anzuziehen, wurde mir vor Schmerz leicht unwohl, aber ich hatte keine Wahl. Ich biss die Zähne zusammen und schlüpfte langsam hinein. Die Kampfstiefel gaben meinen geschundenen und vermutlich gebrochenen Zehen jedoch einen zusätzlichen Halt. Schon nach kurzer Zeit konnte ich mit halbwegs erträglichen Schmerzen auftreten. Meine Kleidung war vollständig, sogar meine kleine Brieftasche mit meinem Ausweis und den Kreditkarten lag auf der Werkbank, wo der Doktor sie abgelegt hatte. Eine nicht wiedergutzumachende Leichtsinnigkeit, sie mitzunehmen. Ich hätte sie im Auto lassen sollen, jetzt wusste der Doktor meinen richtigen Namen und meine Adresse. Schluss mit den Selbstvorwürfen, ich war schließlich nur ein einfacher Soldat und kein professioneller Spion oder so was, redete ich mir ein. Hinterher ist man immer schlauer. Jetzt kommt es darauf an, keinen weiteren Fehler zu begehen und meine Situation richtig einzuschätzen, eine genaue Inspektion meiner Möglichkeiten durchzuführen. Bis auf meine Waffen und die Handys, die sie mir abgenommen hatten, war alles da. Gut, Punkt abgehakt. Neben der Tür entdeckte ich eine Kiste mit Mineralwasser, also verdursten würde ich auch nicht. Gierig nahm ich daraufhin eine der Flaschen und trank sie in einem Zug leer. Dann inspizierte ich den Rest meines Gefängnisses, machte mich auf die Suche nach Gegenständen, die ich als mögliche Waffen verwenden konnte. Der Raum maß vier mal sechs Meter und außer der Werkbank und dem Stuhl gab es kein anderes Mobiliar. In der offenen Schublade der Bank fand ich den Hammer, dem meine Zehen zum Opfer gefallen waren, einen Schraubenzieher und ein Paketmesser. Sehr gut, somit war ich im Besitz von Waffen. In der Schublade entdeckte ich auch noch eine kleine Spiegelscherbe und hielt sie mir vor mein halbwegs gesundes Auge. Als Nächstes versuchte ich durch Abtasten meines Gesichts festzustellen, ob etwas gebrochen war. Wangenknochen, Nase und Kieferknochen schienen in Takt zu sein, was mich einigermaßen aufatmen ließ. Was die Spiegelscherbe sonst so reflektierte, machte aber nicht gerade einen vertrauenerweckenden Eindruck. Ich riss mir ein Stück Stoff aus dem T-Shirt und tränkte es mit Mineralwasser. Mit dem wassergetränkten Stofffetzen wusch ich mir behutsam das Blut aus dem Gesicht und befühlte fürsorglich mein zugeschwollenes Augenlid. Mein Sichtfeld war stark eingeschränkt, doch für einen bevorstehenden Kampf benötigte ich dringend volle Sicht. Es wäre reiner Selbstmord, mit dem zugeschwollenen Auge eine Konfrontation mit Viktor zu wagen. Es blieb mir nichts anderes übrig, als einen Cut, wie es manchmal die Trainer bei einem Boxkampf praktizieren, zu versuchen. Ich hoffte, ein Schnitt im Augenlid würde den Druck aus der Schwellung des Augenlids nehmen. Mit dem Paketmesser näherte ich mich unsicher der am stärksten geschwollenen Stelle. Meine Hand zitterte und ich musste zweimal absetzen, weil mich im letzten Augenblick der Mut verließ. Doch ich hatte keine andere Wahl. Mit meinem eingeschränkten Sehvermögen aus nur einem Auge standen meine Chancen schlecht, dem Kellerraum je lebend zu entkommen. Beim dritten Versuch gelang mir dann ein winziger Schnitt in die Schwellung und eine kleine Blutfontäne spritzte. Anschließend lief Blut am linken Auge hinunter, zeigte mir, dass mein dilettantischer chirurgischer Eingriff erfolgreich gewesen war. Die Schmerzen waren erträglich gewesen, ich hatte Schlimmeres erwartet. Sofort wusch ich mit Wasser die Wunde aus und hielt das kalte Metall des Schraubenziehers auf das malträtierte Lid. Das stillte die Blutung und nach wenigen Minuten versuchte ich vorsichtig das Auge zu öffnen. Glücklich konnte ich zwar zuerst nur schemenhaft, aber dann immer klarer die Umrisse des Raumes wahrnehmen. Mein Blick fiel auf eine kleine, fast leere Tube mit Motorenfett am Boden neben der Bank. Ich nahm sie auf, presste den letzten Rest der gelblichen Schmiere heraus und verteilte diesen wie Vaseline auf meinem geschundenen Augenlid. Es brannte höllisch und ich hoffte, die Wunde würde sich dadurch nicht entzünden, aber das sollte im Moment meine kleinste Sorge sein.

Wie viel Zeit vergangen war, seitdem ich in Gefangenschaft geraten oder mein Folterknecht Viktor den Raum verlassen hatte, konnte ich nicht richtig abschätzen. Den abklingenden Schmerzen nach zu urteilen, musste es einige Stunden her sein. Der Keller war mit einer robusten Stahltür verschlossen, die unmöglich von innen zu öffnen war. Frustriert gab ich es nach einigen erfolglosen Versuchen auf. Ich hätte für die Tür Sprengstoff, einen Vorschlaghammer oder ganz einfach den passenden Schlüssel für das Sicherheitsschloss gebraucht. Wann würden Gratov und sein Gorilla zurückkehren und wie sollte ich ihnen begegnen, fragte ich mich im Stillen. Viktor war mir körperlich überlegen und ich hatte durch seine erbarmungslosen Schläge, dessen Nachwirkungen mich noch stark beeinträchtigten, ihm nicht allzu viel entgegenzusetzen. Ich wusste nur eins, es musste schnell gehen und überraschend für sie sein. In einem langen Kampf, einer gegen zwei, waren meine Aussichten, sie zu überwältigen, gleich null.

Ich schaltete das Licht aus, positionierte mich mit dem Hammer in der einen, das Paketmesser in der anderen Hand neben der verschlossenen Kellertür und wartete im Dunkeln. Tausend Gedanken kreisten in dem Moment durch mein Hirn. Es war eine lebensbedrohende Falle, in der ich saß. Ich war eingeschlossen vom Feind, es gab keinen Ausweg, nur den entschlossenen Kampf ums nackte Überleben.

Genauso mussten sich die Palästinenser damals in Beirut gefühlt haben, durchzog es meine Gedanken.

Kapitel 20

Beirut, 1982, 18. August, Operation Epaulard

Das Leben in der Legion bestand aus Training, Training und nochmals Training. Immer wieder übten wir für den Ernstfall. Die Legion war zu jeder Tages- und Nachtzeit dreihundertfünfundsechzigTage im Jahr einsatzbereit. Das war unsere Stärke und unsere Reputation. Ich hatte meine erste Feuertaufe beim erbitterten Kampf in Kolwesi, Kongo, mit Bravour überstanden. Ich war kampferprobt und hatte mit Stolz für meine Tapferkeit den Kolwesi-Orden verliehen bekommen. Die ganze Welt war sich einig, die Operation Leopard war eine militärische Glanzleistung gewesen. Der Teufel marschierte mit ihnen, hieß es für die Helden.

In den darauffolgenden Jahren fanden immer wieder kurze Einsätze statt. Einmal kämpften wir in Schwarzafrika, ein anderes Mal in der Sahara-Zone. Man hatte mich in der Zwischenzeit zum Obergefreiten befördert und wie alle meine Kameraden fieberte ich dem nächsten größeren Einsatz entgegen. Der sollte nicht lange auf sich warten lassen.

Vor meiner Zeit in der Legion im Jahr 1975 begann der zweite Bürgerkrieg zwischen christlichen Milizen und Moslems im Libanon. Durch militärisches Eingreifen Syriens wurde eine Niederlage der christlichen Milizen verhindert. Der Ausbruch offener, schwerer Kämpfe war aber in erster Linie das Resultat der vertriebenen Kräfte der PLO (Palästinensische Befreiungsorganisation) aus Jordanien, der sogenannten Schwarzer-September-Fraktion. Diese errichteten mit Billigung anderer muslimischer Gruppen im Libanon einen bewaffneten Staat im Staat. In den folgenden Jahren wurden die Region sowie auch Europa von zahllosen Terroranschlägen überzogen und Beirut, die ehemalige Perle des Orients, in den Folgen zerstört. Am 6. Juni 1982 marschierte der Staat Israel mit seiner Armee für das Gemetzel an Zivilisten unter dem Decknamen »Operation Frieden für Galiläa« in den Libanon ein. Sie belagerten Beirut. Vierzehntausend Libanesen und Palästinenser wurden während der Invasion Israels getötet. Die syrischen Truppen beobachteten das zerstörerische Treiben teilnahmslos. Schon nach wenigen Tagen glich die Region um die Beiruter Palästinenserlager einem Trümmerfeld. Die verheerenden Luft- und Artillerieangriffe der Israelis forderten Tausende Opfer in der Zivilbevölkerung. In dieser Situation entschloss sich die US-Regierung zu einem völlig unerwarteten Schritt. Sie drängte den Palästinenserchef Jassir Arafat in zahlreichen Verhandlungen das Feld zu räumen. Eine internationale Schutztruppe sollte den Abzug der PLO aus Beirut kontrollieren. Arafat misstraute den Amerikanern und forderte, dass die Franzosen die Kämpfer der Palästinenser evakuierten.

Ich erhielt am 18. August 1982 meinen Einsatzbefehl. Dreihundertsiebenundvierzig Legionäre der ersten und dritten Kompanie der 2 REP in Calvi auf Korsika standen Gewehr bei Fuß. Der Auftrag wurde als höchst delikat bezeichnet, einen Irrtum oder Fehler durften wir Soldaten uns nicht leisten. Wir Paras hatten den Befehl erhalten, dafür zu sorgen, dass die Palästinenser aus Beirut abziehen konnten, ohne dass ihnen dabei etwas zustieß. Das war leichter gesagt als getan, dachte ich mir und bekam ein mulmiges Gefühl in der Magengegend. Aus den täglichen Nachrichten und Horrorszenarien der Presse kannte ich die Situation des zerstörerischen Bürgerkriegs im Libanon nur zu gut. Ich wusste, Beirut war ein unübersichtliches, riesiges Pulverfass mit vielen kämpfenden Parteien, die sich alle gegenseitig den Tod geschworen hatten. Alle waren sie da, Israelis, Palästinenser, Drusen, maronitische Christen, schiitische Amal-Milizen und sunnitische Al-Mourabitoum-Kämpfer. Bewaffnet bis an die Zähne belauerten sie sich und brachten sich tagtäglich gegenseitig ohne Gnade um.

Das 2 REP der Paras sollte als das Vorauskommando einer zweitausend Mann starken multinationalen Truppe dienen, die endgültigen Frieden für Beirut sichern sollte.

»Das kann ja richtig heiter werden«, sagte ich zu Jean Pierre, der zusammen mit mir abkommandiert worden war. »Beirut wird kein Zuckerschlecken«, brachte ich meine gemischten Gefühle zum Ausdruck. Ich war auf alles vorbereitet.

»Non Problem, mon Ami«, erwiderte Jean Pierre in seiner stoischen Art. »Rein nach Beirut, die Kameltreiber einladen und wieder raus. Falls die anderen Schwierigkeiten machen«, und damit meinte er die Israelis, »bekommen sie es mit uns Legionären zu tun.«

Ich bewunderte meinen Kameraden Jean Pierre für seine unumstößliche Zuversicht. Man konnte es fast als kindliche Einfalt bezeichnen. Er strahlte immer eine positive Aura aus, für ihn war alles ein Spiel.

Mit dem Flugzeug ging es für uns erst nach Zypern und von dort mit Schiffen am 21. August weiter in Richtung Beirut. Der Flug auf die Insel im östlichen Mittelmeer war ruhig verlaufen, wir Paras in der Maschine sangen wie immer vor einem Einsatz unsere altbekannten Legionärslieder und viele von uns freuten sich auf das kommende Abenteuer. Ich entdeckte einige bekannte Gesichter unter den Legionären, alte Kameraden aus Kolwesi. Sie nickten mir zu und grinsten mich an, es gab mir Vertrauen, mich in guter Gesellschaft zu befinden. Die weitere Überfahrt mit dem Truppentransporter war äußerst unbequem und die Spannung stieg. Keiner wusste, ob wir in Beirut einfach so anlegen konnten oder ob wir uns den Weg am Strand freikämpfen mussten. Dann hörten wir über den Lautsprecher, dass der Hafen sicher war, mir fiel ein Stein vom Herzen. Auf ein Landungsszenario wie in der Normandie hatte ich keine große Lust gehabt.

»Fertigmachen, Legionäre, in zwanzig Minuten ist es so weit«, schallte es übers Deck durch die Lautsprecheranlage. Langsam fuhr unser Truppentransporter in den Hafen von Beirut ein. Wir hatten alle Pläne für den Hafen. Das moderne Hafengelände Beiruts war im 19. Jahrhundert erbaut worden und lange Zeit in französischer Hand gewesen.

Nachdem der Truppentransporter an den Kaianlagen angelegt hatte, begann das Warten. Beim ersten Anzeichen der Sonnenstrahlen verließen wir Soldaten mit unserem grünen Barett auf dem Kopf das Schiff. Eine zu allem entschlossene Truppe, bis an die Zähne schwer bewaffnet. Über und über mit Munition beladen betraten wir die Kaianlagen. Die Paras waren gelandet und strahlten eine professionelle Ruhe und Zuversicht aus, auch wenn dem einen oder anderen der Arsch auf Grundeis ging. Die Luft am Hafen erschien mir wie elektrisiert. Es fiel kein Wort am Pier Nummer eins, die Stadt schien ihren Atem anzuhalten. Rechts standen alte, rostige Container und ein hohes Getreidesilo. Capitaine Puga war unser Kommandant. Der erste Befehl lautete, die französische Flagge auf dem Silo zu hissen. Im Laufschritt rannten zwei Legionäre des ersten Zuges zum Turm, erklommen diesen gekonnt in Windeseile und hissten die Trikolore, die Nationalflagge Frankreichs. Darunter war deutlich der grün-rote Wimpel der Legion zu sehen. Er sollte allen kriegerischen Parteien in Beirut zeigen, wer hier gelandet war. Gleichzeitig war es eine Mahnung für diejenigen, die bisher noch nicht wussten, mit wem sie es zu tun bekämen, falls sie einen Zwischenfall inszenieren würden. Es war eine Machtdemonstration mit einem unerwarteten Resultat.

Wir sicherten die Hafenanlage nach allen Seiten ab, als ich plötzlich glaubte, meinen Ohren nicht zu trauen, das Geräusch von Tausenden abgefeuerten Handfeuerwaffen über der Stadt ertönte. Der Lärm steigerte sich frenetisch von Minute zu Minute. Eine Begrüßung für uns Legionäre der besonderen Art. Kurz darauf erschien dann eine Fahrzeugkolonne der Palästinenser am Hafen. Ich bekam mit meinem Zug von Legionären den Befehl, die Kolonne sofort zu stoppen. Keiner, der hier nichts zu suchen hatte, sollte die Hafenanlagen betreten können. Mit geübter Routine und Präzision wurden von uns Checkpoints errichtet sowie strikte Regeln für das Betreten des Hafens erlassen. Dann konnte die geregelte Evakuierung der palästinensischen Kämpfer beginnen.

Die meisten Palästinenser passierten die Checkpoints in den ersten

Tagen nach dem Eintreffen der Legion in Beirut. Sie waren aufgefordert worden, sich am Hafen für den Abtransport einzufinden. Es war ein tragisches Bild, eins, das ich nie vergessen werde. Ich blickte in die Antlitze hagerer, von den auszehrenden Häuserkämpfen gezeichneter Männer, die in ihrer Niederlage versuchten, ihren letzten Stolz zu bewahren. Mit kalten, fast leblosen Augen, die dem Tod Hunderte Male ins Gesicht gesehen hatten, musterten sie uns mit unsicheren Blicken. In der einen Hand trugen die Kämpfer der PLO ihren Koffer, in der anderen ihre Handfeuerwaffe, hauptsächlich russische Kalaschnikows, tschechische Skorpiones oder US Ingrams. Schwere Waffen durften sie laut Vereinbarung nicht mitnehmen. Es war die Aufgabe von uns Legionären, dafür zu sorgen, dass diese Abmachung auch strikt eingehalten wurde. Die Frauen und Kinder der Palästinenser durften über das Geleit der Schutztruppe den Libanon nicht verlassen.

Fünf Tage später, am 25. August, traf dann ein Vorauskommando der US-Armee, die Ledernacken, ein. Sie übernahmen unsere ausgebauten Stellungen am Hafen, denn meine Kameraden der Paras und ich sollten jetzt in die Stadt vorrücken. Die fast zwanglose Zeit am Hafen war damit zu Ende, nun begann der richtig gefährliche Teil unserer Mission. Wir drangen vorsichtig durch die Ruinen der Stadt bis zum berühmten Beyhum-Platz vor, wo die Demarkationslinie die Israelis von den Palästinensern trennte. Der Ort, wo die Kämpfe am heftigsten waren, war unser erstes Ziel. Wir waren immer wieder eindringlich von den uns begleitenden Libanesen gewarnt worden, sehr vorsichtig vorzugehen, denn überall lauerten Scharfschützen. Würden die kämpferischen Parteien uns respektieren oder auch auf uns schießen? Wir wussten es nicht, wir konnten nur hoffen. Ich konnte die eine oder andere verborgene Panzerkanone in den Mauerresten ausmachen. Jeden Moment konnte die Hölle über uns zusammenbrechen. Es war ein gewagtes Spiel und man konnte nichts sagen, dass wir die besten Karten hatten. Mit sehr viel Selbstbewusstsein gingen wir mit erhobenen Häuptern durch die Ruinen. In der Hoffnung, dass Sniper es sich zweimal überlegen würden, einem Legionär den Kopf wegzuschießen.

Der Krieg hatte im Stadtkern von Beirut seine vollständige hässliche Fratze gezeigt, ganze Straßenzüge lagen in Schutt und Asche, zerstörte Gebäude, wohin das Auge blickte. Was für ein grauenvoller Anblick, dachte ich mir, als ich über zerbombte Treppen und durch unterirdische Gänge zu den Kampfposten der Palästinenser gelangte. Libanesische Führer brachten uns Paras immer gruppenweise zu den Stellungen der PLO. Unsere taktische Aufgabe war dafür zu sorgen, dass sich die Kämpfer vom Feind lösten und wir kurzfristig übernahmen. Innerhalb von wenigen Stunden wurden auf diese Weise über vierhundert palästinensische Männer aus den Ruinenstellungen herausgelöst. In allen Stadtteilen geschah, während immer wieder heftige Gefechte zwischen den verfeindeten Fraktionen aufflammten, dasselbe. Die Palästinenser kooperierten, aber die Frage stellte sich, würden auch die Syrer und die anderen Parteien ihre Stellungen aufgeben, das Kampfgebiet endgültig verlassen?

In den Gärten der französischen Botschaft bezogen wir, die Legion, unser Quartier und errichteten mit Feuertonnen überwachte Straßensperren. Am nächsten Morgen wurde ich mit meinem Zug auf Patrouille gesandt. Mein Begleiter Aaran, der arabischer Abstammung war, zeigte mir auf dem Patrouillengang die Israelis, die Palästinenser, die Drusen, die maronitischen Christen, die schiitischen Amal-Milizen, die sunnitischen Al-Mourabitoum-Kämpfer, die sich alle plötzlich eingefunden hatten. Er lachte in ihre Richtungen und erklärte mir, sie wären alle neugierig, weil sie die Helden von Kolwesi sehen wollten. Unser Ruf als eisenharte Eliteeinheit eilte uns auch hier voraus. Ich hoffte, es war genug, um sie abzuschrecken und uns nicht in unserer Mission zu behindern.

Bis zum Ende der Evakuierung lieferten sich die Israelis und Palästinenser bittere Gefechte. Es kam nicht selten vor, dass eine Granate, Rakete oder Gewehrkugeln gefährlich nahe bei uns einschlugen. Unbeirrt der ständigen Gefahr trotzend, patrouillierten wir Paras tagtäglich die Straßen, sicherten die großen Kreuzungen und schufen ein Klima der Zuversicht. Dann kehrte die libanesische Armee zurück und die Zivilbevölkerung schöpfte neue Hoffnung. Am 26. August trafen auch weitere französische Einheiten ein. Am 30. desselben Monats verließ Arafat unter dem Geleit der Paras an Bord des Schiffes Atlantis Beirut. Fast fünfzehntausend seiner getreuen Gefolgsleute waren vorher evakuiert worden.

Meine Kameraden und ich verließen Beirut erst am 13. September. Wir wurden von Transporthubschraubern auf den französischen Flugzeugträger Foch, der vor der libanesischen Küste vor Anker lag, geflogen. Unser Auftrag war beendet, ich war froh, dass alles, ohne einen einzigen Schuss abgefeuert zu haben, so glimpflich abgegangen war.

Wenn ich aber daran dachte, was jedoch danach geschah, dreht sich mir bis heute noch der Magen um.

Am 14. September wurde Bachir Gemayel, der Chef der christlich-maronitischen Milizen, in Beirut bei einem Sprengstoffattentat getötet. Die Israelis drangen in West-Beirut vor, das vorher von uns Legionären bewacht und gesichert worden war. Durch die verschobenen Machtverhältnisse und unkontrollierten Territorien in Beirut kam es zu schrecklichen Massakern. Für ihren ermordeten Anführer nach Rache dürstende christliche Freischärler richteten in den Quartieren Sabra und Chatila unter der Zivilbevölkerung ein grausames Blutbad an. Unter den Augen der Israelis, die, wenn sie es gewollt hätten, einzugreifen, es hätten verhindern können, ermordeten sie wahllos viele palästinensische alte Männer, Frauen und Kinder. Sie plünderten und vergewaltigten in einer nie da gewesenen bestialischen Weise.

Als meine Kameraden und ich, die wir uns immer noch auf dem Flugzeugträger Foch befanden, davon hörten, wollten wir sofort zurück. Wir hätten das nie geduldet, alle wollten wieder nach Beirut. Doch wir waren zur Untätigkeit verdammt und saßen voller Empörung an Deck. Ich hörte viele harte Männer fluchen und den einen oder anderen Kameraden auch weinen. Wir schämten uns. Einer sprach aus, was wir alle dachten, diese feigen Mörder sollten sich mit richtigen Männern messen.

Leider kam der Befehl nicht, den Gräueltaten in Beirut ein Ende zu bereiten. Bis zum heutigen Tag, konnte ich diese Entscheidung unseres Befehlshabers nicht begreifen und werde sie auch nie verstehen. Die gelungene Operation Epaulard mag in den Geschichtsbüchen der Legion als voller Erfolg gelten, aber für mich war das Nichteingreifen der Legionäre bei den Massakern an den Alten, Frauen und Kindern der Palästinenser im Nachhinein keine Ruhmestat, sondern ein feiges Wegsehen.

Kapitel 21

Oldenburg, 2019, Samstag, 24. August

Die Hauptkommissare Schüler und Reuter erreichten am Vormittag ein weiteres Mal nach dem Vortag die Kinderklinik in Oldenburg und parkten ihr Dienstfahrzeug. Nachdem sie ihre Dienstausweise vorgezeigt hatten, brachte sie eine der Kinderschwestern in einen freundlichen, hell ausgestatteten Raum. Überall an den Wänden hingen Bilder, die von Kindern auf der Station gemalt worden waren. Sie sollten eine heile kindliche Welt vorspiegeln. Das war gut so, denn diese Vorstellung musste in den unschuldigen Kinderherzen weiterleben, auch wenn es sie unabhängig davon nicht mehr gab. Hauptkommissar Schüler, dem der typische Krankenhausgeruch nach Raumspray und Desinfektionsmittel in die Nase zog, wusste aus seiner eigenen Erfahrung, dass es eine Illusion war. Kinder wurden heutzutage immer öfter die Opfer häuslicher Gewalt oder die Beute rücksichtsloser, kranker, menschlicher Raubtiere. Ihre Unschuld wurde mit Füßen getreten. Was früher tief im Verborgenen verabscheut und verachtet geschah, war in unserer heutigen Internetwelt auf diversen Plattformen öffentlich zugänglich. Krimineller Abschaum der Gesellschaft kommerzialisierte die abartigen sexuellen Veranlagungen von Individuen und scherte sich einen Scheißdreck um das Seelenheil der Kinder, die anschließend ein Leben lang unter ihrem Trauma litten. Es waren für ihn nicht allein die schuldig, die diese abscheulichen Verbrechen begingen, sondern auch die, die sich diesen Dreck im Internet ansahen. Wohin waren wir nur gekommen und wo sollte das alles noch enden, fragte er sich immer wieder.

Schüler war am Vortag darüber informiert worden, dass beide Kinder von einem Ärzteteam ausgiebig untersucht werden. Reuter und er mussten unverrichteter Dinge wieder abziehen, denn zu dem Zeitpunkt war keins der Mädchen vernehmungsfähig. Zu ihrer Erleichterung wurde ihnen heute mitgeteilt, dass es außer kleineren Blessuren keine Anzeichen von körperlichen Misshandlungen oder einer Vergewaltigung gab. Die Mädchen waren in einem den Umständen entsprechenden guten physischen Zustand. In ihrem Blut jedoch waren nicht unerhebliche Rückstände von verabreichten Sedativen festgestellt worden. Obwohl die Mädchen keine physischen Beeinträchtigungen davongetragen hatten, würden die psychischen Schäden der Entführung unter Umständen ein Leben lang anhalten. Unter Vorbehalt hatten die Eltern dann einer Befragung ihrer Töchter zugestimmt. Sie wollten selbstverständlich, dass die Täter gefasst werden, die ihren Kindern dies angetan hatten. Anja und Vanessa wirkten zwar immer noch leicht verstört, aber durch die Nähe ihrer Eltern fühlten sie die notwendige Geborgenheit und waren bereit.

Die Tür wurde geöffnet und ein kleines, verschüchtert wirkendes Mädchen betrat mit ihrem Elternpaar den Raum. Ein begleitender Arzt zeigte an, dass ihnen nur dreißig Minuten Befragungszeit gewährt wurden. Die Eltern wirkten glücklich, ihre Tochter wiederzuhaben, und nahmen verständlicherweise eine beschützende Haltung ein. Sie fühlten ein Unbehagen, dass ihre Anja so kurz nach ihrem Martyrium befragt werden sollte. Schüler und Reuter stellten sich vor und versicherten den Eltern die Befragung behutsam und mit Nachsicht durchzuführen. Sie wiesen aber auch darauf hin, dass es unbedingt notwendig wäre, so schnell wie möglich die Kinder zu befragen. Solange die Erinnerungen noch frisch waren und nicht durch einen kindlichen Schutzinstinkt verdrängt wurden.

Schüler lächelte das Mädchen, das zwischen ihren Eltern auf einem Sofa saß, freundlich an.

»Hallo, Anja, es ist schön, dass du wieder bei deiner Mami und deinem Papi bist. Ich freue mich für dich. Ich bin ein Polizist und möchte die Bösewichte fangen, die dich deiner Mami und deinem Papi weggenommen haben, verstehst du das?«, fragte er.

»Natürlich«, kam die Antwort wie aus der Pistole geschossen, »ich bin ja kein kleines Kind mehr«, fügte sie mit einem erhobenen Kopf hinzu.

»Nein, das bist du nicht, du bist schon richtig groß und sehr tapfer, Anja. Kannst du dich an den Tag erinnern, als man dich mitgenommen hat? Was waren das für Leute gewesen?«, setzte er fort.

Das Mädchen schaute bei der Frage ihre Eltern an und ihr Vater sagte: »Erzähl dem Herrn Kommissar alles, was du weißt, Anja.«

»Mama hat immer gesagt, ich soll nicht mit Fremden gehen. Ich wollte auch nicht, aber das Ehepaar war so nett und hatte mich nur gefragt, ob ich einen kurzen Moment auf ihren Hund aufpassen könnte. Ich konnte aber keinen Hund sehen und als ich fragte, wo er denn sei, sagten sie in ihrem Wohnmobil. Ich bräuchte nur hineinzuschauen. Das tat ich auch und dann weiß ich nichts mehr. Ich wollte doch nur helfen«, fügte sie entschuldigend hinzu.

»Ist schon gut, Anja, das war sehr freundlich von dir. Deine Mama hat recht damit, niemals mit Fremden mitzugehen. Dich trifft aber keine Schuld, sie haben dich ausgetrickst. Das waren sehr böse Leute, die haben deine Hilfsbereitschaft ausgenutzt. Wir werden sie fangen und dafür bestrafen, dass sie dich mitgenommen haben, das verspreche ich dir«, versicherte Schüler.

Anja schien mit der Antwort zufrieden zu sein, dass sie nicht gegen ein Verbot ihrer Eltern verstoßen hatte. Ihre Mutter drückte sie und ihr Vater lächelte aufmunternd.

Schüler fuhr fort mit der Befragung. »Weißt du noch, wie das Ehepaar ausgesehen hat oder ist dir etwas Besonderes aufgefallen?«

»Nicht so richtig, der Mann war groß wie Papi und die Frau auch. Sie hatten beide so blaue Trainingsanzüge an und so bunte Baseballkappen auf den Kopf. Mehr weiß ich nicht, danach ging alles so schnell.«

»Gut, sehr schön. Wir haben Zeichner, die können Zeichnungen machen, die wie richtige Fotos aussehen. Später, wenn du Lust hast, kannst du ja mit ihnen ein paar Bilder malen, das bereitet dir bestimmt viel Spaß.«

»Oh ja, Mami, darf ich?«, fragte Anja in kindlicher Begeisterung.

»Natürlich darfst du, mein Engel«, erwiderte ihre Mutter und schien zufrieden zu sein, wie Hauptkommissar Schüler die Befragung durchführte.

»Du machst alles ganz prima, Anja. Jetzt lass uns mal sehen, was du uns über den Keller sowie die Männer, die dich und das andere Mädchen gefangen gehalten haben, erzählen kannst.«

»Wir sind erst am Vorabend dort hingebracht worden. Da waren immer wieder neue Männer. Sie haben kaum mit uns gesprochen, sondern uns nur Essen gebracht und Wasser zum Trinken gegeben. Wenn wir zur Toilette mussten, haben sie uns in einen anderen Raum geführt. Die meiste Zeit aber habe ich geschlafen, ich war immer so müde.«

»Kannst du uns vielleicht sagen, wie der Mann aussah, der euch befreit hat. Weißt du, wie groß er war? Welche Haarfarbe er hatte oder andere Dinge, die dir an ihm aufgefallen sind?«

»Nein, es war alles so dunkel in dem Keller. Ich weiß nur, er hat uns aus den Käfigen geholt, uns zu trinken und eine Decke gegeben.«

»Hat er irgendwas zu euch gesagt?«, fragte Schüler in einem beruhigenden Tonfall, etwas enttäuscht nicht mehr über den Mann zu erfahren. »Lass dir ruhig Zeit bei deinen Antworten. Versuche dich genau zu erinnern, auch Kleinigkeiten können wichtig sein.«

»Er war sehr freundlich und sagte etwas von Asche oder so und dass bald Hilfe kommen würde. Mehr weiß ich nicht und jetzt bin ich auch müde und habe keine Lust mehr«, machte die Kleine dicht. Man konnte ihr gut anmerken, sie war mit ihrer Energie am Ende.

»Ich danke dir, Anja, du hast uns sehr geholfen. Ich wünsche dir alles Gute und viel Spaß mit den Zeichnern. Falls dir doch noch etwas einfällt, dein Papa weiß, wie du uns erreichen kannst«, beendete Schüler das Gespräch.

In der später anschließenden Befragung von dem Mädchen Vanessa bekamen er und Reuter, wie schon zuvor von Anja, fast die gleichen

Antworten. Sie konnten sich beide kaum an ihre Entführung erinnern. Bei Vanessa benutzten sie denselben Trick mit dem Hund. Nach der groben Beschreibung zu urteilen handelte es sich um ein und dieselben Entführer. Auch Vanessa konnte sich nicht an das Aussehen des Mannes erinnern, der sie aus den Käfigen befreite. Sie wusste nur zu erzählen, dass er sehr freundlich gewesen war, ihnen Wasser zu trinken gegeben hatte und gesagt hatte, dass sie gerettet seien. Er hätte ein schwarzes Gesicht gehabt, konnte Vanessa noch berichten. Auch sie konnte sich an die Äußerung über Asche erinnern, wusste aber nicht, was das zu bedeuten hatte.

Auf die Frage, wie lange sie schon in dem Käfig im Keller eingesperrt gewesen war, hatte Vanessa geantwortet, dass sie erst spät am Vorabend dorthin gebracht worden war. Beide Kinder mussten also vorher tagelang an einem anderen Ort gefangen gehalten worden sein, aber wo, das konnte die Kleine nicht sagen.

Die Befragungen der Mädchen waren weniger durch neue Erkenntnisse als durch weitere zusätzlich unbekannte Faktoren, die auf einen Zusammenhang mit den Entführern wiesen, geprägt. Warum keine Lösegelder verlangt worden waren, stand nicht zur Debatte. Doch wer steckte hinter diesen Entführungen und welchem Zweck dienten sie? Die drei getöteten Männer in Oldenburg hatten keine pädophile Vergangenheit und waren auch niemals in irgendeiner Weise mit Kinderpornografie in Verbindung gebracht worden. Es war klar, dass die Kinder in dem Keller der Autowerkstatt nur zeitlich begrenzt gefangen gehalten wurden. Die These wurde untermauert durch die Beweise, dass auch weitere Kleidungsstücke von anderen Kindern dort gefunden worden waren. Es war definitiv nur ein Transitort, doch wo wurden sie anschließend hingebracht? Was geschah mit ihnen, nachdem sie weitergereicht wurden? Dass sie einer großen Sache auf der Spur waren, bedurfte keiner Frage, doch es ging Schüler enorm gegen den Strich, dass er im Dunkeln tappte.

»Was passiert hier gerade? Wir haben drei Leichen und zwei entführte Mädchen, die ein Unbekannter befreit hat. Wer ist dieser omi-nöse Fremde, der eiskalt drei Männer tötet, zwei kleine Mädchen be-freit, in Ruhe die Polizei informiert und dann einfach verschwindet?«, fragte er kopfschüttelnd seinen Kollegen Reuter, als sie zurück zum Oldenburger Polizeipräsidium fuhren.

»Die Frage kann ich nicht beantworten, Chef, aber ich möchte ihm einen Orden dafür verleihen, auch wenn unsere Gesetze das anders sehen«, antwortete Reuter.

»Ich auch, Reuter, glaube mir, aber dennoch können wir nicht diesen Selbstjustiz übenden Mann frei herumlaufen lassen. Wo kommen wir denn hin, wenn jeder das Gesetz in seine eigene Hand nimmt und Leute umbringt. Dabei spielt es keine Rolle, ob sie es verdient haben oder nicht. Gibt es denn schon irgendwelche Neuigkeiten von Andre-sen und seinem Team?«

»Ja, ich habe gerade mit ihm gesprochen. Sie verfolgen eine Spur zu zwei weiteren Toten auf einem Campingplatz bei Sahlenburg. Es han-delt sich um ein Ehepaar Meier aus Gummersbach. Die beiden wurden gestern Abend tot in ihrem Wohnmobil entdeckt. Die Frau hatte ein gebrochenes Genick und der Mann ist an seinen Schussverletzungen gestorben. Zwei Schüsse, ein Schuss in die Brust und ein weiterer im Hinrichtungsstil genau zwischen die Augen. Jetzt aber kommt der Hammer. Die Ballistiker haben beim Vergleich der Projektile heraus-gefunden, dass sie aus derselben Waffe stammen, mit denen auch unser Mann in Oldenburg erschossen wurde.«

Schüler pfiff bei der Nachricht leise durch die Zähne. »Unser großer Unbekannter ist ganz schön geschäftig. Wir müssen rausfinden, was ihn antreibt, Reuter. Wieso bringt er all diese Menschen so gnadenlos um? Welchen Zweck verfolgt er mit seinen Taten? Warum benutzt er das Wort Asche in dem Zusammenhang. Was verbindet das tote Ehepaar mit den drei Toten in Oldenburg?«

»Das Wohnmobil«, warf Reuter ein. »Die Kinder werden von Paaren mit Wohnmobilen entführt, das ist die Verbindung. Nur so macht alles einen Sinn. Ich glaube, speziell angeheuerte Camper entführen die Kinder und die Oldenburger Zelle ist der Abnehmer. Und unser großer Unbekannter ist meiner Annahme nach auf der Suche nach einem Kind mit dem Namen Asche oder so ähnlich. Wir müssen unbedingt herausfinden, ob sich das tote Ehepaar aus Sahlenburg zu den Tatzeiten auch in der Nähe unserer Entführungsopfer befunden hat.«

Kapitel 22

Bad Zwischenahn, 2019, Samstag, 24. August

Schritte näherten sich der Tür, das Warten hatte ein Ende und es war »Showtime«. Ich hörte, wie der Schlüssel herumgedreht wurde und sich langsam die Türklinke nach unten bewegte. Meine Anspannung wuchs in dem Moment, als die Kellertür sich öffnete, ins Grenzenlose. Mein Blick verengte sich, mein Fokus wurde so intensiv, bis ich nichts anderes mehr wahrnahm als den pulsierenden Herzschlag in meiner Brust und den Schatten, der den Raum betrat. In meinen rasenden Gedanken sah ich den Ablauf des folgenden Moments voraus. Viktors linke Hand griff automatisch zum Lichtschalter, ohne sich weiter zu wundern, warum das Licht ausgeschaltet war. Ich schlug mit voller Wucht mit dem Hammer auf seine ausgestreckte Handfläche. Ein lautes Geräusch von gebrochenen Knochen und Viktors Aufheulen gaben mir die Gewissheit, dass ich gut getroffen haben musste. Viktor stürzte laut brüllend in den Raum und aus seinen Augen blitzte reine Mordlust.

»Das wirst du mir büßen«, grunzte er mit schmerzverzerrtem Atem hervor. »Ich werde dich dafür umbringen, du kleine Ratte.«

Was ich in dem Moment fühlte, war keine Furcht, es war keine Panik oder Lähmung durch Angst, sondern nur schiere Wut. Mein Zorn gipfelte in dem Augenblick in einer geballten Ladung Energie, die meinem geschundenen Körper neue Reserven zuführte. Wir hatten Nahkampftraining und geschulte Ausbilder in der Legion gehabt. Das war jedoch lange her und ich war in den langen Jahren um einiges älter geworden. Meine Reflexe waren nicht mehr so agil wie in meiner Zeit in der Legion. Außerdem war ich von Viktors brutaler Tortur geschwächt und angeschlagen.

Einen Vorteil für mich sah ich jedoch darin, dass Viktor sich mit schmerzverzerrtem Gesicht die linke, zusehends schwellende Hand hielt. Er blieb, mich langsam lauernd umkreisend, vorsichtig auf Abstand. Viktor sah, dass ich in meiner rechten Hand den Hammer und in der linken das Paketmesser hatte. Dann kam blitzschnell, ohne Ansatz, seine rechte Faust mit Schwung in meine Richtung und traf mich am linken Oberarm. Die Kraft des Schlages war so enorm, dass ich rückwärts gegen die Werkbank flog. Meine Hand kollidierte mit der Kante und das Messer fiel klackernd auf den Boden. Dass Viktor ein geübter Kämpfer war und nicht das erste Mal einem Gegner in einem Kampf auf Leben oder Tod gegenüberstand, war mir von vornherein klar gewesen. Trotzdem, diese Schnelligkeit hatte ich so nicht von ihm erwartet und den Preis dafür zahlen müssen. »Jetzt habe ich dich, mach dich auf dein Ende gefasst«, stieß er triumphierend hervor.

Seine Augen blitzten mordlustig. Grinsend kam er wie eine aus Kontrolle geratene Dampfwalze auf mich zu. Ich täuschte einen Angriff mit dem Hammer auf seinen Kopf vor. Dann ließ ich mich aber im letzten Moment fallen und schlug das Werkzeug mit voller Wucht gegen sein rechtes Knie. Seine Kniescheibe zersplitterte hörbar und Viktor fiel seitlich mit einem Schmerzensschrei zu Boden. Trotz seiner gebrochenen Finger und eines zerstörten Knies gelang es ihm, mich mit seiner gesunden Rechten zu fassen und sich auf mich zu wälzen. Im gleichen Moment schloss sich seine gesunde Hand wie ein Schraubstock um meinen Hals und begann mir die Luft abzudrücken. Verzweifelt versuchte ich mich aus der Umklammerung zu befreien und schlug mit dem Hammer auf seinen Arm mit der kaputten Flosse. Doch ich konnte aus meiner liegenden Position keine Wucht in den Schlag bringen. Viktor lachte nur verächtlich, lehnte sich mit dem Ellbogen auf meinen Arm, in dem ich den Hammer hielt, und fixierte ihn somit auf dem Boden. Mit meiner anderen freien Hand suchte ich Viktors Gesicht und stieß meinen Daumen in sein linkes Auge, presste das Organ mit aller Kraft zurück in seinen Schädel. Viktor drückte daraufhin seine riesige Pranke um meinem Hals nur noch härter zu, versuchte, bevor er die Oberhand verlor, den Kampf schnell zu entscheiden. Mein Kopf fing an zu schmerzen und mein Lebenssaft begann zu pulsieren, als ob tausend Nadeln in meinem Hirn eindringen würden. Ich merkte, wie Blut aus meiner Nase zu rinnen begann. Trotzdem drückte ich meinen Daumen tiefer und härter, aus purem Reflex, ohne noch nachdenken zu können, in Viktors Auge. Dann fühlte ich plötzlich eine weiche und nasse Flüssigkeit an meinen Fingern runterlaufen und hörte Viktors animalischen Aufschrei. Er ließ von seiner tödlichen Umklammerung um meinen Hals ab und griff sich mit beiden Händen an sein Gesicht. Verzweifelt und vergeblich versuchte er die klebrige Flüssigkeit, die aus seiner ruinierten Augenhöhle rann, zurückzuhalten. Den Augenblick der Befreiung nutzend schlug ich mit meinem hammerführenden Arm und aller Kraft, die noch in mir steckte, blind nach Viktor und traf ihn seitlich am Kopf. Er sackte augenblicklich wie ein gefällter Baum zur Seite. Ich sah dies alles aber nur noch wie durch einen dichten Nebel. Erst langsam, als sich meine Lungenflügel hungrig mit Sauerstoff füllten, kam ich wieder zu Sinnen.

Durch meine tränenden Augen sah ich meinen Gegner still neben mir auf dem Boden liegen und sich nicht mehr rühren. Langsam, hustend, immer noch stark benommen, stand ich auf. Mit innerer Genugtuung stellte ich fest, dass mein letzter gewaltiger Schlag mit dem Hammer Viktors Schläfe getroffen und ihn getötet hatte.

Erleichtert, den Kampf fast unbeschadet überstanden zu haben, nahm ich eine Flasche Mineralwasser. Ich trank ein paar Schlucke und wusch mir mit dem Rest Viktors Blut und anderes von den Händen. Dann untersuchte ich seine Taschen. Außer seinem Ausweis, ein paar alten Fotos von ihm und seinen Brüdern sowie ein paar Geldscheinen trug er nichts weiter bei sich. Ich nahm ihm die Armbanduhr ab, die, wie ich feststellen musste, meine eigene war. Sie zeigte acht Uhr an und nach meinem Zeitgefühl, wenn ich denn noch eins hatte, zu urteilen, musste es abends sein.

Achtsam verließ ich den Kellerraum und fand mich in einem länglichen Korridor eines Kellergewölbes wieder. Rechts und links des Gangs gab es mehrere Türen. Aus dem Obergeschoss drang, wie durch einen Wattebausch gedämmt, klassische Musik in das Gewölbe. Mozart, falls ich mich nicht irrte. Ich konnte auch eine Vielzahl verschiedener dumpfer Stimmen und Gelächter ausmachen. Hatte Gratov nicht eine Bemerkung von einem großen Empfang am Abend gemacht, fiel mir ein.

Meine Erinnerung bestätigte sich als richtig, nachdem ich im gegenüberliegenden Kellerraum meines Gefängnisses eine moderne Videoüberwachungsanlage entdeckt hatte. Auf den verschiedenen Monitoren der komplexen Anlage konnte ich den Außenbereich der Villa sehen. Ich registrierte, dass der Parkplatz vor dem Hause mit einer Anzahl von schweren teuren Limousinen zugestellt war. Auf einem anderen Bildschirm sah ich die komplette Eingangshalle der Villa und auf einem weiteren einen bescheidenen Festsaal mit einer Bühne samt Vorhang. Zahlreiche Männer in maßgeschneiderten Tuxedo sowie ein paar Frauen in teuren Cocktailkleidern standen in kleinen Gruppen zusammen, tranken Champagner und unterhielten sich angeregt. Was mir aber besonders ins Auge stach, war, dass die illustre Gesellschaft ausnahmslos mit goldfarbenen, das ganze Gesicht bedeckenden Masken herumlief. Den Hausherrn Gratov, obwohl er auch eine dieser goldenen Gesichtsbedeckungen trug, erkannte ich dennoch in dem Getümmel sofort wieder. Er stand neben der Bühne und blickte mehrfach nervös auf seine Uhr. Ich konnte nur vermuten, dass er sich wunderte, wo sein Viktor abgeblieben war.

Neugierig betrachtete ich das Schauspiel auf den Monitoren. Was ging hier vor und wer waren all die Leute mit den goldenen Masken? Ich konnte mir keinen Reim auf das surreale Schauspiel machen. Egal was es war, es konnte nichts Gutes bedeuten. Gratov war eindeutig der Initiator der Gastgeber der unheimlichen Gesellschaft. Ich vermutete, dass die Szenen, die sich vor meinen Augen abspielten, auf irgendeine

Weise mit den entführten Kindern im Zusammenhang stehen mussten. Meine Neugier wuchs von Minute zu Minute. Wozu das aufwendige Drama, quälte mich ein Unheil ahnend, die Ungewissheit. Einzig der Gedanke, dass Gratov schon bald alle meine Fragen beantworten musste, ich ihn für seine Verbrechen zur Verantwortung ziehen würde, beruhigte meine Ungeduld ein wenig.

Ich riss meinen Blick von den Monitoren und durchsuchte den Kontrollraum. Zuerst musste ich Asha finden, das war meine oberste Priorität. Zu meinem Glück entdeckte ich in einer Schublade des Tisches, auf dem die Monitore standen, meine Beretta und mein Messer. In derselben Lade lagen auch meine zwei mitgebrachten Handys, die Balaklava und meine Handschuhe. Ich überprüfte zuerst das Magazin der Beretta, und nachdem ich festgestellt hatte, dass die Waffe geladen war, fühlte ich mich schon gleich besser. Jetzt konnte ich mich jeder Konfrontation stellen. Doch erst musste ich noch die anderen Kellerräume inspizieren. Ich öffnete die nächstliegende Tür auf dem Gang und fand dort diverse Putzmittel. Nach kurzer Überlegung nahm ich alle Behälter, die auch nur annähernd nach Bleichmittel aussahen oder rochen, mit. Dann goss ich deren sämtlichen Inhalt über den toten Viktor, den Stuhl, die Werkbank kontrolliert über alles in meinem ehemaligen Gefängnisraum. Den Hammer, den Schraubenzieher, die Tube mit Fett, das Paketmesser und die Spiegelscherbe wischte ich vorher extra noch mit einem Tuch sorgfältig ab. Ich musste meine Fingerabdrücke und alle meine DNA-Spuren, die in dem Raum überall verteilt waren, für die polizeilichen Forensiker unbrauchbar machen.

Zufrieden mit meinem Werk untersuchte ich im Anschluss drei weitere Kellerräume in dem Gewölbe. Ein Raum beherbergte einen gut bestückten Weinkeller mit etlichen Weinregalen und ein anderer einen Vorratskeller mit Lebensmitteln. Als ich die Tür des letzten Kellerraumes öffnete, verschlug es mir fast den Atem. In einem sorgfältig schallgedämpften Raum standen vier doppelstöckige Kinderbetten. Im hinteren Bereich waren ein kleines Badezimmer und eine Toilette installiert. Etliche Spiele und Kinderbücher lagen auf dem Boden und in einer Ecke machte ich zahlreiche Kinderkleidung aus. Bei näherer Inspektion der Sachen fiel mein Blick auf ein mit Schmetterlingen bedrucktes T-Shirt.

»Asha ist hier«, sagte ich fast laut zu mir selbst. Ich hatte sie gefunden. In einer ersten Reaktion wollte ich sofort nach oben stürzen und den Doktor zur Rede stellen, aber dann besann ich mich eines Besseren. Ich ging zurück in den Überwachungsraum und beobachtete ein weiteres Mal das Geschehen im Festsaal. Dort hatten sich mittlerweile die meisten der Gäste dem vorderen Bühnenbereich zugewandt und Gratov schien eine Rede halten zu wollen. Auf einem Bildschirm sah ich, dass die Eingangshalle sich geleert hatte und die letzten Anwesenden sich in den Festsaal begaben.

»Es wird Zeit, mich den Partygästen vorzustellen«, murmelte ich grimmig.

Mit eiligen Schritten ging ich die Kellertreppe hinauf und öffnete vorsichtig die Tür, die zur Eingangshalle führte. Diese war, wie ich es erwartet hatte, leer. Es war kein Mensch mehr zu sehen. Sie mussten sich jetzt alle in dem Festsaal befinden. Gerade als ich in den Saal stürmen wollte, hörte ich die Schritte eines Nachzüglers, der von draußen hereinkam. Ich rief ihn zur Kellertür und arglos kam der Mann heran. Dann zielte ich mit meiner Waffe auf ihn und er zog vor Verwunderung scharf die Luft ein. Ich befahl ihm, sich zum Kellereingang zu drehen, nahm ihm seine Maske und das Jackett ab. Anschließend schlug ich ihm mit dem Knauf meiner Pistole hart in den Nacken. Bewusstlos rollte der Mann die Stufen der Treppe hinunter. Mir war es völlig egal, ob er sich dabei das Genick brechen würde oder nicht. Ich zog mir sein Dinner-Jackett an, stülpte mir die goldene Maske über meine Balaklava und ging in Richtung des Festsaales. Ich hoffte meine Maskerade würde für eine kurze Zeit ausreichen und nicht sofort auffallen. Als ich durch die geöffneten Flügeltüren den Festsaal betrat, waren zu meinem Glück alle Augen auf den Hausherrn fixiert und niemand nahm meine Anwesenheit wahr. Den großen Raum sondierend, zog ich mich in eine der hinteren Ecken des Saales zurück.

Im gleichen Augenblick räusperte sich Gratov und klatschte dabei zweimal laut in seine Hände. Dann begann er mit seiner Ansprache: »Ich bedanke mich recht herzlich bei euch, liebe Freunde, dass ihr alle so zahlreich zu unserer diesjährigen Sommerauktion gekommen seid. Ich hatte euch für unsere heutige Auktion acht unberührte Engel versprochen. Leider müssen wir wegen unvorhergesehener widriger Umstände bei unserem Event heute auf drei verzichten. Ich möchte euch, liebe Freunde, um Nachsicht bitten. Euren Eintrittsbeitrag für diesen Auktionsabend habt ihr, wie ich gesehen habe, in dem Koffer vor der Bühne deponiert. Wie üblich werden die Gebote in Zehntausenderschritten gemacht und ich hoffe, ihr habt alle wieder prall gefüllte Brieftaschen mitgebracht. Ich bin mir sicher, unsere Auktion wird wie jedes Jahr wieder ein voller Erfolg werden, darum lasst uns ohne Umschweife beginnen.«

Nach diesen Worten zog Gratov an einer Schnur und der Vorhang der Bühne öffnete sich. Es war ein grotesker Anblick, fünf kleine Kinder, zwei Jungen und drei Mädchen in blütenweißen Nachtanzügen, saßen verängstigt nebeneinander auf Stühlen. Sie waren flankiert von einem untersetzten Mann und einer schlanken Frau. Die anwesenden Gäste applaudierten und ich hörte den einen oder anderen verzückten Ausruf. Wie krank konnten diese Menschen nur sein, fragte ich mich. Ich erkannte Asha sofort als die Zweite von rechts. Sie blickte apathisch in den Festsaal, wusste nicht, was mit ihr geschah. Sie war offensichtlich wie die anderen Kinder auch unter dem Einfluss von Drogen.

Das war genug, jetzt gab es absolut kein Halten mehr für mich. Unter dem Protest einiger Maskenträger bahnte ich mir einen Weg durch die herumstehende Menge. Ich hielt meine Beretta in der einen Hand und mein Handy, auf Videoaufnahme geschaltet, in der anderen. Auf meinem Weg zur Bühne riss ich denen, die mich behinderten, ihre Masken herunter und filmte ihre demaskierten Fratzen mit dem

Handy. Einem übereifrigen Mann, der mich in dem entstehenden Tumult aufhalten wollte, schlug ich kurzerhand den Lauf meiner Waffe ins Gesicht. Ein lauter werdendes empörtes Geschrei ging bei dem Durcheinander durch die Gesellschaft. Keiner von ihnen wusste so recht, was sich in dem Moment abspielte. Erst als ich mit einem gewagten Sprung auf dem Podium neben den Kindern stand und die dort stehende Frau kurzerhand von der Bühne in die Menge warf, wurde ihnen klar, dass ihre Party ein jähes Ende genommen hatte. Der verbliebene Mann auf der Bühne wollte das gleiche Schicksal vermeiden und beging den Fehler, in seine Jacke zu greifen und eine Glock-Pistole hervorzuziehen. Der Schalldämpfer meiner Beretta ploppte nur einmal kurz und ein rötlicher Fleck breitete sich auf der Brust seines weißen Hemdes aus. Ungläubig starrte er mich an, bevor er lautlos vornüber von der Bühne fiel. In dem Moment brach richtige Panik unter den Goldmaskenträgern aus. In einer heillosen Flucht stürmte die komplette Gesellschaft aus dem Raum.

»Die Auktion ist hiermit beendet«, rief ich ihnen in den sich schnell leerenden Saal hinterher.

Ich konnte sehen, wie auch Gratov in dem Durcheinander durch eine Seitentür aus dem Gebäude floh. Er warf mir beim Hinauseilen noch einen hasserfüllten letzten Blick zu, doch das war mir in diesem Augenblick unwichtig. Er war nicht mehr mein Problem. Sollten die Behörden sich weiter um das Schwein kümmern. Doktor Gratov war ein für alle Mal fertig, dafür hatte ich gesorgt. Die Polizei würde ihn mit Sicherheit schon bald aufgreifen. Er hatte alles verloren und würde ohne Frage für eine lange Zeit ins Gefängnis wandern.

Ich hatte, was ich wollte, Asha befand sich beschützt in meiner Obhut. Niemand würde ihr mehr etwas antun können. Behutsam nahm ich Asha auf den Arm und sagte zu ihr und den anderen Kindern:

»Ihr braucht jetzt keine Angst mehr zu haben, bleibt ruhig sitzen, es wird alles gut.«

Dann wählte ich mit dem Oldenburger Handy Schülers Nummer im LKA Hannover und hinterließ eine Nachricht. In meiner Sprachnachricht wies ich ihn an, sofort mit der kompletten Kavallerie zur privaten Villa des Schönheitschirurgen Doktor Gratov in Bad Zwischenahn zu kommen. Es würden dort weitere Kinder auf ihn warten. Mit der Bluetooth-Funktion überspielte ich anschließend von meinem Mobiltelefon zusätzlich noch das aufgenommene Video auf das Oldenburger Handy und gab das Telefon eins der Kinder auf der Bühne. Nachdem ich vorher etwaige Fingerabdrücke abgewischt hatte, bat ich das Kind, es dem Hauptkommissar Schüler zu übergeben. Ich forderte die Kinder auf, auf ihren Stühlen zu warten, und versicherte ihnen, dass bald Hilfe kommen würde. Dann überlegte ich noch kurz, ob ich die Videoaufnahmen im Kontrollraum im Keller löschen sollte, aber entschied mich dagegen. Mir war klar, dass die Aufnahmen im Keller Ashas Gesicht und meine Aktion zeigen würden. Die Polizei würde Asha mit Sicherheit identifizieren können, aber nicht mich. Trotzdem war der Umstand, dass sie damit unweigerlich eine Spur nach Greetsiel hatten, nicht gerade von Vorteil. Es blieb mir aber nicht mehr genügend Zeit, bevor die Polizei eintreffen würde und ich wollte mit Asha so schnell wie möglich den Ort verlassen. Ich musste, ob ich wollte oder nicht, notgedrungen das Risiko eingehen. Insgeheim hoffte ich darauf, alle meine anderen Spuren restlos vernichtet zu haben.

Mein Blick fiel auf den Geldkoffer und mir kam eine Idee. Ich hob ihn auf und verschwand mit Asha auf dem Arm in aller Eile aus der Villa. Der Kiesparkplatz vor dem Haus wirkte jetzt einsam und verlassen, die Limousinen waren abgefahren. Mit Asha auf dem Arm rannte ich, so schnell es ging, durch den Wald und nach wenigen Minuten erreichte ich meinen Land Rover. Er stand, wie ich ihn am Vortag verlassen hatte, auf dem Rastplatz am Waldrand. Erst als ich im Wagen saß und Asha behutsam auf den Rücksitz gelegt hatte, nahm ich die Balaklava und die goldene Maske ab.

»Hey, mein kleiner Schmetterling, ich bin es, Onkel Sven«, flüsterte ich ihr ins Ohr. »Du bist jetzt sicher, ich bringe dich zurück zu deiner Mami.«

Asha schaute mich für einen kurzen Moment an und ich wusste nicht, ob sie mich erkannte, aber sie antwortete:

»Wo ist meine Mama?«, hauchte sie leise und schloss von der immer noch anhaltenden Wirkung der Drogen müde ihre Augen.

Kapitel 23

Greetsiel, 2019, Samstag, 24. August

Die Fahrt von Bad Zwischenahn bis nach Greetsiel schaffte ich ohne Zwischenfall in weniger als einer Stunde. Immer wieder spielten sich die Szenen von der Aktion in Gratovs Haus in meinem Gedächtnis ab. War es ein grober Fehler gewesen, die Videoaufnahmen in der Villa nicht zu löschen oder war ich einfach nur paranoid? Auf keiner der Aufnahmen war mein Gesicht zu sehen und alle DNA-Spuren hatte ich vernichtet. Am Kellereingang gab es keine Kamera und ich hatte außerdem meine Handschuhe getragen. Die Polizei wusste nichts über meine Verwicklung in dem Fall, hatte nichts gegen mich in der Hand und würde mir schwer etwas beweisen können. Die ganze Fahrt über lauschte ich den Nachrichten im Radio, aber für Meldungen über die Geschehnisse in Bad Zwischenahn war es zu früh. Sie hatten die Stationen noch nicht erreicht. Um elf Uhr parkte ich meinen Wagen vor Samiras Haus in Greetsiel. Im gleichen Augenblick, als ich den Motor abschaltete, fiel auch der letzte Rest der Anspannung der vergangenen Tage von mir ab. Ich nahm Asha, die schlafend auf der Rücksitzbank lag, auf den Arm und klingelte an Samiras Wohnungstür.

Der Hausflur war dunkel und erst nach mehrfachem Klingeln ging das Licht an und Samira öffnete. Als sie mich mit dem kleinen Bündel auf dem Arm, der ihre Tochter war, sah, erhellte sich augenblicklich ihr Gesicht.

»Asha, meine süße Asha, mein Schmetterling, du bist wieder da«, rief Samira mit Freudentränen auf ihren Wangen, als sie ihr geliebtes Kind umarmte.

»Mama, Mama«, antwortete die kleine Asha leise immer wiederholend, sich an ihre Mutter klammernd.

»Samira, geh du schon mal mit der Kleinen voran ins Haus. Ich muss noch etwas aus dem Wagen holen«, sagte ich zu ihr und wischte mir meine eigenen Tränen aus den Augen.

Ich holte den Koffer mit dem Geld und meine Tasche mit sauberen Sachen aus dem Wagen, dann ging ich zurück ins Haus. Samira hatte ihre Tochter schon in ihr Bett gelegt und saß auf dem Bettrand und beobachtete das Mädchen mit sorgenvollen Augen. Asha schlief friedlich mit einem Lächeln im Gesicht. Ich hoffte, sie würde die ganze leidige Geschichte bald vergessen können und keinen weiteren psychischen Schaden davontragen. Der schreckliche Krieg in Syrien, der Verlust ihres Vaters und ihrer Brüder waren schon traumatisch genug für das Seelenheil des kleinen Mädchens gewesen. Ich legte Samira meine Hand auf die Schulter und wir verließen das Kinderzimmer, ließen aber die Tür einen Spalt geöffnet. Erst jetzt wurde ihr mein nicht allzu schöner Anblick richtig bewusst. Sie überschlug sich förmlich mit Fürsorge und Fragen hagelten auf mich ein.

»Oh Sven, wie siehst du nur aus? Was haben sie mit dir gemacht? Wie kann ich dir nur jemals danken? Wo hast du Asha gefunden, wer …?«

Weiter ließ ich sie nicht kommen und unterbrach sie mitten im Satz. Ich legte ihr meinen Finger auf die Lippen.

»Pscht, ganz ruhig«, sagte ich. »Mach dir keine Gedanken, du brauchst mir nicht zu danken. Ich bin ein Legionär. Du hast mir einen Befehl gegeben und den habe ich ausgeführt. Es ist alles gut. Es ist Asha nichts geschehen, außer dass sie einige Tage eingesperrt war und man ihr Drogen verabreicht hat, um sie ruhigzustellen.«

Weinend nahm mich Samira liebevoll in den Arm und hielt mich lange ohne Worte an sich gepresst. Dann sagte sie mit resoluter Stimme:

»Setz dich, Sven, und zieh dich aus. Ich werde erst mal deine Wunden versorgen«, sagte sie dann und verschwand ins Badezimmer. Nach wenigen Minuten kam sie zurück. In der Hand hielt sie einen professionellen Verbandskasten. Ich hatte in der Zwischenzeit mein T-Shirt ausgezogen und mich auf einen Stuhl gesetzt. Samira betrachtete meine purpurnen und blauen Flecken am Oberkörper und an den

Armen und schüttelte immer wieder den Kopf. Ich bat sie, mit einer Schere meine Kampfstiefel aufzuschneiden und die Socken auszuziehen. Beim Anblick meiner schwarzblau angelaufenen Zehen schrie sie entsetzt auf. Es war zum Glück nichts gebrochen, aber durch die brutalen Schläge mit dem Hammer waren sie stark gequetscht. Die geringfügige Schwellung der Zehen führte ich auf den strammen Einschluss in den Kampfstiefeln zurück.

»Mein Gott, was haben sie mit dir gemacht, Sven?«, hörte ich Samira vor Schreck die Luft einziehend sagen, als sie all meine Verletzungen sah.

»Mach dir keine Sorgen, das ist halb so schlimm, wie es aussieht. Das verheilt alles sehr schnell«, antwortete ich ihr tapfer in eigener Schönfärberei.

Geflissentlich begann sie alle meine Wunden zu reinigen und zu versorgen. Sie trug eine übel riechende Paste auf meine Prellungen sowie Quetschungen auf und bat mich, diese erst am nächsten Tag abzuwaschen. So viel zu einer heißen Dusche in meinem Haus, fiel mir dazu nur ein.

Nachdem sie mich verarztet hatte und ich einen losen Trainingsanzug übergezogen hatte, übergab ich ihr den Koffer voller Geldscheine.

»Nimm das Geld als Entschädigung für die Schrecken der vergangenen Woche und für Ashas Zukunft«, bat ich sie, doch sie wollte absolut nichts davon hören.

»Es sind fast fünfhunderttausend Euro in dem Koffer. Ich nehme mir hunderttausend für meine Unkosten und als Schmerzensgeld heraus. Das Geld vermisst keiner und niemand weiß davon. Es ist außerdem nur recht, nachdem was du und Asha durchgemacht habt, dass du es nimmst.«

Am Ende gab sie nach und schloss das Geld im Schrank ihres Schlafzimmers ein. Als Bedingung dafür bestand sie aber darauf, dass ich ihr alles erzählen musste, was vorgefallen war. Wie ich es angestellt hatte, Asha zu finden und zu befreien. Ich akzeptierte unseren Deal und stimmte zu, ihr alles zu erzählen. Sie brühte uns einen kräftigen Tee und wir saßen uns in ihrer Küche gegenüber.

Ich begann mit meiner vollständigen Geschichte, wie ich Asha gesucht und gefunden hatte, beschönigte dabei nichts. Ich ließ nichts aus, auch nicht die Toten, die ich dabei zurückgelassen hatte.

Als ich mit meiner Story fertig war, blickte Samira mir lange in die Augen. Dann sagte sie mit ernster Stimme: »Du hast recht gehandelt, sie haben den Tod verdient, Sven. Du hättest sie alle töten sollen. Keiner dieser Verbrecher hat es verdient, am Leben zu bleiben.«

Ich nickte ihr nur zu und bat sie, den Fernseher anzuschalten. Es interessierte mich brennend, die Nachrichten zu sehen. Was die Medien über den Vorfall in Bad Zwischenahn zu berichten wussten.

Wir brauchten nicht lange zu warten, die Nachrichtsender überschlugen sich jetzt mit ihren Meldungen. Befreiung vier entführter Kinder und Tote in Villa des bekannten Schönheitschirurgen Dr. Gratov am Zwischenahner Meer, hieß es auf einem Sender. Pädophilenring in Bad Zwischenahn ausgehoben auf einem anderen. Die Bilder, die über den Bildschirm liefen, zeigten die Villa nur aus der Distanz, beleuchtet durch das unendlich rotierende Blaulicht unzähliger Einsatzfahrzeuge der Polizei und Rettungssanitäter vor Ort. Ein paar alte Luftaufnahmen, die irgendein Reporter auf die Schnelle ausgegraben hatte, veranschaulichte das herrschaftliche Gebäude aus der Vogelperspektive.

»Zum jetzigen Zeitpunkt hält sich die Einsatzleitung der Polizei mit Informationen bedeckt. Aus sicherer Quelle wissen wir aber, dass der Hinweis auf die Villa wiederum von einem anonymen Anrufer stammt. Genau wie vor zwei Tagen im Fall der befreiten Kinder in Oldenburg. Ob es sich hierbei um denselben anonymen Anrufer handelt, ist uns zum jetzigen Zeitpunkt nicht bekannt«, sprach ein Fernsehreporter in eine laufende Kamera.

»Unsere Quelle besagt weiter, bei der Villa handelt es sich um die des bekannten Arztes Dr. Oswald Gratov, der in Bad Zwischenahn die Schönheitsklinik Aphrodite betreibt. Im Haus des Arztes soll die Polizei vier Kinder im Alter zwischen vier und acht Jahren befreit haben. Nach einem fünften Kind, einem Mädchen, wird noch gesucht. In der Villa sollen auch zwei tote Männer und ein weiterer verletzter Mann gefunden worden sein. Der schwer verletzte Mann ist nach unseren Kenntnissen nicht vernehmungsfähig und wurde in ein Krankenhaus gebracht. Über das Drama, das sich hinter der Fassade dieses Hauses in den frühen Abendstunden abgespielt hat, lässt sich zum jetzigen Zeitpunkt nur spekulieren. Um die genauen Fakten zu erfahren, müssen wir die von der Kriminalpolizei für morgen Vormittag angesagte Pressekonferenz abwarten.«

Ich schaltete den Fernseher aus und überlegte die nächsten Schritte. Samira sah mich während der Sendung hilfesuchend an. Ich musste mir für sie eine plausible Story einfallen lassen, die sie der Polizei erzählen konnte, wenn sie vor ihrer Tür stehen würde. Dass Kriminalbeamte kommen würden, um Samira und auch Asha zu befragen, war unausweichlich. Es war nur eine Frage der Zeit. Sie würden auf den Videoaufnahmen aus der Villa Ashas Gesicht als das des fünften Mädchens auf der Bühne erkennen. Durch die Vermisstenmeldung in Greetsiel hatten sie ihr Foto in ihren Computern. Ich rechnete damit, dass die Polizei allerspätestens morgen Nachmittag bei Samira auftauchen würde.

»Samira, du weißt, die Polizei wird bald kommen, um dich und Asha zu befragen. Wir müssen uns genau überlegen, was du den Beamten erzählst«, sagte ich mit einem eindringlichen Tonfall.

»Ja, Sven, sag mir, was zu tun ist, und ich werde es genauso machen, wie du es willst. Mach dir keine Sorgen, sie werden nichts aus mir herausbekommen, das schöre ich dir. Auch meine Asha wird kein Wort sagen«, fügte sie mit Nachdruck hinzu.

»Okay, als Erstes musst du morgen früh sofort die offizielle Vermisstenmeldung bei der Behörde zurückziehen. Den Beamten musst du erzählen, dass Asha letzte Nacht plötzlich und unerwartet wieder zu dir zurückgekehrt ist. Es hat gegen elf Uhr an der Tür geklingelt und Asha hatte verstört vor der Tür gestanden, sagst du den Beamten. Nicht mehr und nicht weniger. Asha musst du einschärfen, sie kann niemandem erzählen, wer sie nach Hause gebracht hat. Sage ihr, es ist unser großes Geheimnis oder was auch immer. Auf keinen Fall darf ihre Rückkehr mit mir in Verbindung gebracht werden. Ich war nie hier und du hast mich seit einer Woche nicht gesehen. Morgen fahre ich für ein paar Tage zu einem Freund nach Hamburg und bin in zwei Wochen wieder zurück. Meine Wunden müssen ausheilen.«

Samira war nicht dumm und wusste genau, was von der Befragung durch die Polizei abhängt. Sie reagierte fast beleidigt, als ich sie daran erinnerte, und schwor mir, dass weder Asha noch sie jemals meinen Namen nennen würden. Ich bräuchte mir keine Sorgen zu machen.

Ich entschuldigte mich bei ihr und erklärte, ich sei einfach zu erschöpft, um noch klar zu denken. Sie lächelte mich an, strich mir zustimmend über den Kopf und sagte:

»Geh heim, Sven, schlaf dich aus und erhole dich in Hamburg. Überlass die Polizei ruhig mir.«

Ich wusste, ich konnte mich auf Samira verlassen, und verabschiedete mich. Es war eine sehr anstrengende Woche gewesen, ich war müde und erschlagen, wollte nur noch in mein Bett und schlafen.

Kapitel 24

Bad Zwischenahn, 2019, Samstag, 24. August

Die Hauptkommissare Schüler und Reuter saßen in der ruhigen Bar des Altera-Hotels in Oldenburg und ließen bei einem kühlen Bier den langen Tag Revue passieren. Sie hatten sich dort für die Nacht ein Zimmer gemietet und planten erst am nächsten Morgen zurück nach Hannover zu fahren. Schüler wollte gerade nach dem anstrengenden Tag in seine Räumlichkeit gehen, als plötzlich sein Handy klingelte. Die Rufumleitung seines hannoverschen Dienststellentelefons schaltete sich ein und er hörte die Nachricht ab, die ihm ein Unbekannter hinterlassen hatte. Ihm fiel fast die Kinnlade herunter und sein Kollege Reuter merkte sofort, dass etwas nicht stimmte.

»Wir haben wieder befreite Kinder und Tote, diesmal in einer privaten Villa in Bad Zwischenahn«, sagte Schüler mit ernstem Gesichtsausdruck.

In Windeseile setzte er alle notwendigen Hebel in Bewegung. Er informierte die örtlichen Dienststellen in Bad Zwischenahn sowie den zuständigen Hauptkommissar Andresen. Nachdem Reuter und er ihre Dienstwaffen aus ihren Zimmern geholt hatten, fuhren sie, so schnell sie konnten, ins Ammerland zum wohlbekannten Kurort. Sie trafen kurz nach den Beamten der Kriminaltechnik am Tatort ein. Vor dem Eingang der Villa parkten sie ihren Dienstwagen zwischen den schon vor ihnen eingetroffenen Fahrzeugen der Polizei. Hauptkommissar Andresen nahm die beiden Kollegen mit einer düsteren Miene in Empfang. Ein Heer von Uniformierten errichtete eiligst Absperrungen, andere begannen mit Schutzhunden die nähere Umgebung abzusuchen. Es herrschte ein auf den ersten Blick unübersichtliches Chaos, doch es war ein von der Einsatzleitung gut orchestrierter Ablauf. Nichts blieb dem Zufall überlassen, ein jeder wusste, was er zu tun hatte.

Nach einer kurzen Begrüßung kam Schüler ohne lange Vorrede auf den Punkt.

»Wie ist die Lage, Herr Kollege, was haben wir vorgefunden?«

Hauptkommissar Andresen, der sichtlich geschockt wirkte, blätterte durch sein schwarzes Notizbuch und begann seinen Kurzbericht.

»Im Moment haben wir noch nicht sehr viel. Der Besitzer der Villa ist ein gewisser Dr. Oswald Gratov, der in Bad Zwischenahn die Schönheitsklinik Aphrodite betreibt. Die Fahndung nach ihm läuft bereits auf Hochtouren. Die zuerst eintreffenden Beamten haben am Tatort fast das gleiche Szenario wie in Oldenburg vorgefunden. Mit dem Unterschied, diesmal haben wir nur zwei tote Männer, dafür einen Schwerverletzten und wieder vermutlich entführte kleine Kinder. Bei den Kindern handelt es sich um zwei Jungen und zwei Mädchen. Sie sind stark verängstigt und stehen noch unter dem Einfluss von sedativen Drogen. Wir haben sie auf Stühlen sitzend in einem Festsaal auf einer Bühne vorgefunden. Die medizinische Ambulanz hat sie sofort auf direktem Weg zur Kinderklinik in Oldenburg gebracht. Die Kollegen arbeiten mit Hochdruck an ihrer Identifizierung.«

»Großer Gott«, stieß Reuter hervor. »Das nimmt ja immer extremere Auswüchse an. Wissen wir schon was über die Toten?«

Andresen schaute wieder auf seine Notizen und fuhr mit seinem Bericht fort:

»Ja, bei dem einen Toten handelt es sich um Viktor Zankov, ein weiterer Bruder der beiden getöteten Zankov-Brüder aus Oldenburg. Seine Leiche wurde im Keller des Hauses entdeckt. Eine äußerst grausame, brutale Angelegenheit, kann ich euch sagen. Sein linkes Auge wurde zerstört, vermutlich herausgequetscht, anschließend wurde ihm mit einem Hammer der Schädel eingeschlagen. Sieht alles so aus, als ob dort ein Kampf auf Leben und Tod stattgefunden hat. Verwertbare Spuren werden wir aber keine finden. Der ganze Raum, inklusive der Leiche des Getöteten, wurde sorgsam mit Bleich- und Reinigungsmittel übergossen. Der zweite Tote, Gunther Wegemann, ist ein uns bekannter, mehrfach vorbestrafter Krimineller. Wegemann war unter anderem einmal wegen illegaler Verbreitung von Kinderpornografie angeklagt. Man hat ihm aber nie etwas beweisen können und er wurde vom Gericht jedes Mal freigesprochen. Seine Leiche haben wir im oberen Bereich, im Festsaal der Villa, wo sich auch die Kinder befanden, lokalisiert. Er wurde mit einem glatten Herzschuss getötet.«

»Diesmal hat ein anderer Richter ihn nicht laufen lassen«, bemerkte Reuter zynisch.

Andresen ließ die Bemerkung unbeantwortet. Er schaute auf Schüler und der gab ihm ein Zeichen, mit seinen Informationen fortzufahren.

»Der dritte Mann, den wir am unteren Treppenbereich des Kellereingangs gefunden haben, ist schwer verletzt, wird aber überleben. Wahrscheinlich ist er durch einen heftigen Schlag auf den Kopf die Kellertreppe hinuntergestürzt. Sein Name ist Wolfgang Beerenborn, ein sehr bekannter Unternehmer aus der Region Ammerland. Aufgrund einer schweren Schädelfraktur, die er sich beim Sturz zugezogen haben muss, ist er vorläufig nicht vernehmungsfähig. Auch er befindet sich schon auf dem Weg ins nahe gelegene Krankenhaus.«

»Für mich sieht es so aus, als ob unser unbekannter Freund aus Oldenburg wieder einmal ganze Arbeit geleistet hat«, warf Reuter diesmal dazwischen.

»Da könnten Sie recht haben, Herr Kollege, aber das Beste kommt noch, in einem weiteren Kellerraum haben wir den großen Jackpot entdeckt. Der Keller ist mit einer supermodernen Videoüberwachungsanlage ausgestattet. Die Kameras zeigen den gesamten oberen Außen- sowie Innenbereich der Villa. Zusätzlich verfügt die Anlage über eine 24-Stunden-Aufzeichnungsfunktion und wir können uns den kompletten Tatablauf zumindest im oberen Bereich des Hauses ansehen. Ich habe dafür extra auf Sie gewartet. Ach ja, noch was, einer der Jungen hielt dieses Handy in der Hand und sagte, es sei für Sie, Schüler«, schloss Andresen seinen Bericht und hielt dabei das Handy, verpackt in einem Beweismittelbeutel, hoch.

Hauptkommissar Schüler nahm das Telefon und wusste nicht recht, was er davon halten sollte. Er zog sich ein paar blaue forensische Gummihandschuhe über und entnahm dem Beutel das Handy. Im Display erschien nach dem Anschalten des Handys eine Video-App und er drückte auf die Playtaste. Neugierig verfolgten die drei Polizisten die Aufnahmen von dem Geschehen aus dem Festsaal. Sie konnten die Kinder auf ihren Stühlen sitzend auf einer Bühne erkennen und wie ein Mann mit einer goldenen Maske zu einer ebenso goldmaskierten Gruppe von Anwesenden sprach. Es war eine Begrüßungsrede und eine Aufforderung zu einer Auktion der Jungen und Mädchen an die Höchstbietenden. Dann sahen sie, wie die Videoaufnahme sich der Bühne näherte, eine in Handschuhen bewaffnete Hand, Männern sowie einigen Frauen die Masken herunterriss und ihre verblüfften Gesichter dabei filmte. Plötzlich zeigte die Aufnahme, wie eine maskierte Frau von der Bühne herab in die Menge flog. Die nächsten Bilder bezeugten das anschließende tumultartige Geschehen im Festsaal. Die drei Polizisten konnten verfolgen, wie ein Mann versuchte, eine Waffe zu ziehen und auf den Filmenden zu richten, aber schlagartig tödlich getroffen vornüber von dem Podium kippte. Darauffolgend sahen sie, wie die Maskierten alle in Panik aus dem Saal stürmten und die Aufnahme endete.

»Ich kann es nicht glauben, die wollten die Kinder versteigern, diese Verbrecher. Was sind das nur für Menschen, ich könnte kotzen«, stieß Hauptkommissar Andresen angewidert hervor und schaute seine beiden Kollegen fragend an.

»Auf der Bühne saßen fünf Kinder, nicht vier«, war Schülers einziger Kommentar. Er wusste aus eigener Erfahrung, wie Andresen sich jetzt fühlte, und dabei hatte der Mann noch nicht einmal eine vage Vorstellung davon, zu welchen Grausamkeiten diese Unmenschen wirklich fähig waren.

»Wir müssen unbedingt herausfinden, wo das fünfte Kind abgeblieben ist. Ich habe eine Ahnung, das Kind ist der Schlüssel zu den

Ereignissen der letzten Tage. Es kann das Rätsel um unseren großen Unbekannten lösen. Wir sollten uns jetzt die Aufzeichnungen der Überwachungsanlage anschauen, dann erfahren wir hoffentlich mehr«, resümierte Reuter.

»Dann lassen Sie uns mal in das Hexenhaus gehen, dann können Sie sich ein Bild vom Tatort machen, bevor wir uns die Videoshow dann gemeinsam ansehen«, antwortete Andresen in Anspielung auf das Märchen der Gebrüder Grimm von der bösen Hexe, die kleine Kinder in ihr Haus lockt, um sie zu fressen.

Kapitel 25

Greetsiel, 2019, Sonntag, 25. August

In meinem vom heißen Wasserdampf beschlagenen Badezimmerspiegel konnte ich feststellen, dass meine Blessuren im Gesicht bereits abzuschwellen begannen. Ich trug etwas von Samiras heilender Salbe auf, die sie mir zur weiteren Behandlung mitgegeben hatte. Ich ignorierte den üblen Geruch und verteilte sie großzügig auf meinen Wunden. Nachdem ich mir frische Kleidung angezogen hatte, fühlte ich mich fast wie ein neuer Mensch. Mein unbändiges Hungergefühl, das sich durch ein lautes Knurren meines Magens bemerkbar machte, bestätigte mir, dass ich auf dem Weg der Besserung war. Ich konnte mich kaum noch daran erinnern, wann ich das letzte Mal etwas zu mir genommen hatte. Es fühlte sich an, als ob seit meiner letzten Mahlzeit Tage vergangen waren, wobei ich mit meiner Annahme auch nicht ganz so falschlag. In meiner Küche bereitete ich mir ein üppiges Frühstück. Nachdem ich mir eine Pfanne gebratene Eier mit Speck, Toast und eine große Kanne Kaffee einverleibt hatte, sah die Welt schon wieder besser aus. Jetzt musste ich nur noch meine Neugier über den polizeilichen Ermittlungsstand befriedigen. Meine Aktivitäten der letzten Woche hatten für großes Aufsehen gesorgt. Ich schaltete den Fernseher ein.

Die Nachrichtensender brachten wenig Neuigkeiten zum Fall in Bad Zwischenahn, Oldenburg oder Sahlenburg. Auch die am Morgen von der Polizei abgehaltene Pressekonferenz bot keine neuen interessanten Details über den Ermittlungsstand. Zumindest erfuhr ich die Identität der beiden toten Männer, ein Viktor Zankov und ein Gunther Wegemann. Der Name des Schwerverletzten wurde aufgrund laufender Ermittlungen aber noch geheim gehalten. Die Befreiung der vier entführten Kinder feierte man als großen Erfolg polizeilicher Nachforschungen. Obwohl die Polizei genau wusste, dass sie in keiner Weise etwas dazu beigetragen hatte, verkauften sie es der Presse als ihre Errungenschaft. Mir sollte es recht sein, je weniger sie mich, den großen Unbekannten, ins Spiel brachten, umso sicherer war ich vor Entdeckung. Die Namen der befreiten Kinder, Beatrice G., Denise H., Frank J. und Sacha P., verlas anschließend die Pressesprecherin der Polizei. Sie befänden sich unter ärztlicher Obacht in einem den Umständen entsprechenden guten Zustand. Sie bat dabei die anwesenden Reporter eindringlich um Rücksichtnahme auf die Familien, sich zurückzuhalten und ihre Privatsphäre zu respektieren. Doch das war genauso nutzlos, als ob sie eine Katze anflehen würde keine Mäuse zu fressen. Die Hyänen der Presse werden jeden einzelnen Stein umdrehen, jede legale oder auch illegale Möglichkeit nutzen, um die Sensationslust ihrer Leser und Seher zu befriedigen. Das war die Welt, in der wir lebten und meines Erachtens keine schöne. Der gesamte Verlauf der Pressekonferenz glich einer gut inszenierten Farce. Die angetretene Polizeiführung redete sich mit den üblichen und gängigen Floskeln heraus. Die Standardausreden waren zum Beispiel, dass zum jetzigen Zeitpunkt aus ermittlungstechnischen Gründen keine näheren Details bekannt gemacht werden konnten. Oder die genauen Umstände, die zu den mysteriösen Ereignissen in der Villa geführt hatten, den ermittelnden Beamten weiterhin Rätsel aufgaben. Die Aussage, dass von Dr. Oswald Gratov, dem verschwundenen Besitzer des Anwesens, bisher jegliche Spur fehlte, war für mich am unbefriedigendsten. Empörend, dass es noch nicht erwiesen war, ob und in welchem Umfang er in den Fall verwickelt war. Skandalös, dass mit keinem Wort eine Auktion von Kindern verhindert wurde.

Das war so nicht akzeptabel. Ich wurde nicht schlau aus der Situation und machte mir meine Gedanken über die Beweggründe der Polizei. Es erschien mir fast so, als ob sie die Medien und somit die Bevölkerung wissentlich im Dunkeln hielten. Ich konnte auf keinem Sender genauere Informationen finden, über das, was wirklich in der

Villa stattgefunden hatte, kein Wort über die Videoaufnahmen der Überwachungskameras des Hauses oder die Aufnahmen meines Handyvideos für Hauptkommissar Schüler. Nichts über eine als venezianische Maskenparty getarnte Versteigerung von entführten Kindern. Keine Bilder der von mir demaskierten Männer und Frauen. Absolut kein einziger Hinweis auf einen pädophilen Kinderhändlerring, der seine Opfer durch falsche kriminelle Camper in seine Gewalt brachte. Ein Ring, der Bestellungen über Alter und Geschlecht per Telefon an ihre Zubringerschergen sendete.

Was ging hier vor, fragte ich mich. Warum machten die Behörden die gewonnenen Erkenntnisse nicht öffentlich? Mit dem, was sie seit den Vorfällen in Sahlenburg, Oldenburg und jetzt Bad Zwischenahn wussten, war es ein Leichtes eins und eins zusammenzuzählen. Was hatten sie zu verbergen?

Der Sender schaltete zu einer Nachricht aus dem hannoverschen Landtagsgebäude. Ich wollte gerade die Austaste des Fernsehers drücken, als ein Regierungsdirektor Lüders vor den laufenden Kameras erschien und öffentlich seinen Rücktritt aus gesundheitlichen Gründen bekannt gab. Ich musste zweimal hinschauen, doch ich erkannte den Mann sofort wieder und mir stockte der Atem. Lüders war einer der Typen gewesen, denen ich am Abend zuvor seine goldene Maske vom Gesicht gerissen hatte. Ich konnte und wollte es nicht glauben, aber jetzt wusste ich, was die Polizei zu verbergen hatte, dass schmutzige, politische Motive hinter der verhängten Nachrichtensperre steckten. Es machte sonst alles keinen Sinn, dass nichts an die Öffentlichkeit drang. Für die Frage, warum der Mann nicht einfach von der Polizei verhaftet wurde, gab es nur eine einzige logische Erklärung für mich. Man wollte einen riesigen politischen Skandal für die Regierung verhindern. Ich sah die Schlagzeilen schon direkt vor mir:

»Regierungsdirektor auf Auktion von Kindern enttarnt« oder »Regierungsdirektor als pädophiler Kinderschänder entlarvt«.

Dass einflussreiche Mächte involviert waren und ihre schmutzigen

Finger im Spiel hatten, stand für mich dadurch fest. Damit nahm die Sache eine andere Dimension an, eine weitaus sehr gefährlichere als die, in die ich ohnehin schon verwickelt war. Zum Glück hatte ich eine Kopie des Videos. Ich überlegte, ob ich den Film anonym einem Reporter zuschicken sollte. Nach kurzer Abwägung der Lage entschied ich mich aber dagegen. Ich speicherte das Video auf einem USB-Stick, denn der Kurzfilm war im Moment auch so etwas wie eine Art Lebensversicherung für mich. Ich wollte abwarten, sehen, welche Überraschungen die nächsten vierundzwanzig Stunden noch bringen würden.

Eigentlich hatte ich vorgehabt, meine Beretta für immer zu entsorgen, aber jetzt wusste ich, es würde besser sein, sie erst für absehbare Zeit an einem sicheren Ort zu verstecken. Wer weiß, wann ich sie noch einmal bräuchte. Ich ging zu meiner Bootsbaustelle im Garten und stellte mit Freuden fest, dass mein Freund Heinrich während meiner Abwesenheit schon einige weitere Arbeiten vorgenommen hatte. Er war ein richtiger Teufelskerl. Das vordere Deck war anderthalb Meter angehoben und rundum mit schönen Fenstern versehen. Es sah fantastisch aus. Ich kletterte an Bord und versteckte meine Waffen und den USB-Stick in einem Hohlraum unter Deck. Hier würde sie so schnell niemand finden und wenn ich sie benötigen würde und irgendwie hatte ich das trügerische Gefühl, wenn der Zeitpunkt kommen würde, konnte ich sie mir jederzeit wieder hervorholen.

Ich stieg in meinen Wagen und fuhr nach Hamburg. Kurz vorher hatte ich mit einem alten Kameraden aus der Legion telefoniert. Wir hatten schon lange vorgehabt, uns zu treffen und er war sehr erfreut von mir zu hören. Er hatte mich mehrfach auf seinen Bauernhof außerhalb von Hamburg eingeladen und Gunter würde mir, falls benötigt, immer ein Alibi geben. Ich machte die Reise als reine Vorsichtsmaßnahme. Auf dem Vermisstenprotokoll von Asha war auch mein Name vermerkt und es war sicherlich obendrein festgehalten worden, dass ich bei der Suche anfänglich maßgeblich beteiligt war. Es würde nicht gut aussehen, der Polizei, falls sie mich eventuell befragen wollte, in meinem jetzigen Zustand unter die Augen zu treten. Meine Verletzungen mussten erst abheilen und ich brauchte ein Alibi für die letzte Woche. Gunter würde jeden Meineid für mich schwören, wenn ich ihm die Story erzählte. Er war selbst ein liebender Familienvater mit vier Kindern aus seiner ersten Ehe und zwei weiteren aus seiner jetzigen. Wenn es um seine Blagen ging, verstand Gunter keinen Spaß. Ich freute mich auf das Wiedersehen.

Kapitel 26

Greetsiel, 2019, Sonntag, 25. August

Die Hauptkommissare Schüler und Reuter hatten sich selbst die Mühe gemacht, nach Greetsiel zu fahren, um die Befragung persönlich vorzunehmen. Wie von mir vorhergesehen, erschienen sie am Nachmittag des darauffolgenden Tages an Samiras Haustür.

Samira empfing die beiden Beamten und stellte sich ihren Fragen. Sie erzählte den Polizisten, dass es am Vorabend um circa elf Uhr an ihrer Tür geklingelt hatte. Als sie öffnete, stand ihre Tochter wie durch ein Wunder vor ihr. Wer sie bei ihr abgeliefert hatte, konnte sie nicht beantworten, nur dass sie unendlich glücklich war, ihr Kind zurückbekommen zu haben. Sie blieb standhaft bei ihrer Aussage, auch als Schüler fragte, warum gerade Asha von dem großen Unbekannten nach Hause gebracht worden war. Das konnte sie sich auch nicht erklären, sagte sie aus. Es wäre ihr ohnehin egal, nur dass ihre Tochter wieder zu Hause war, zählte für sie.

Asha blieb bei den Fragen nach dem Mann genauso verschlossen wie ihre Mutter. Sie erzählte den Polizisten, sie sei von einem Paar in Greetsiel in ein Wohnmobil gelockt worden. Danach hatte sie die nächsten Tage nur noch wie durch einen Nebel wahrgenommen. Als Reuter ihr ein Foto von dem Ehepaar Meier zeigte, nickte sie mit dem Kopf. Ja, sagte sie, identifizierte die Frau und den Mann, die sie in Greetsiel entführt hatten. Nein, andere Personen hätte sie während ihrer Odyssee nicht gesehen. Sie hätte die meiste Zeit nur geschlafen. Reuter zeigte Asha Passfotos der toten Männer aus Oldenburg und aus Bad Zwischenahn, aber sie schüttelte immer wieder den Kopf. Des Weiteren wusste sie aber noch zu erzählen, wie sie mit anderen Kindern von einer Frau in einen großen Raum gebracht worden sei. Alle dort hätten goldene Gesichter gehabt. Einer der Männer mit einer goldfarbenen Fratze hätte sie dann nach Hause zu ihrer Mutter gebracht. Ob er die goldene Maske einmal abgenommen hätte, wie er ausgesehen hatte, was für ein Auto er benutzt hatte, wusste sie nicht zu beantworten. Sie hätte die ganze Zeit geschlafen, antwortete sie brav.

Hauptkommissar Schüler fragte noch nach Sven Aarhus und in welcher Beziehung Samira zu dem Mann stand. Er war auf dem polizeilichen Vermisstenprotokoll namentlich vermerkt und ob es möglich wäre, dass er mit dem plötzlichen Auftauchen von Asha etwas zu tun haben könnte.

Sie hatte auf die Frage gewartet und sich eine Antwort zurechtgelegt. Sie sagte den Polizisten, das sei unmöglich. Sie würde für Sven Aarhus putzen und am Tag von Ashas Entführung hatte sie ihn gebeten, ihr mit den behördlichen Dingen zu helfen. Er hatte ihr beigestanden, so gut es ging, sei aber schon am nächsten Morgen in einen lange geplanten Urlaub gefahren. Nach ihrem Kenntnisstand würde er erst in zwei Wochen wieder zurückkehren. Er wird sehr froh sein, falls er anruft, zu hören, dass Asha heil zurück ist, fügte sie abschließend hinzu.

Die anschließende Frage von Schüler, ob sie wüsste, wohin ihr Arbeitgeber verreist sei, konnte sie nicht beantworten. Sie wusste nur so viel, er wollte für drei Wochen einen alten Freund besuchen. Schüler bat Samira, dass, falls Sven anrufen sollte, sie ihm bestellen möchte, dass die Polizei ein paar Fragen an ihn habe und er sich unter der Nummer auf seiner Visitenkarte melden könnte. Sie nahm die Karte entgegen und versprach es auszurichten.

Mehr war von ihr nicht in Erfahrung zu bringen. Schüler und Reuter, die die ganze Befragung aufgenommen hatten, verabschiedeten sich. Vorher rieten sie ihr noch, ihre Tochter dringend ärztlich untersuchen zu lassen, psychologische Betreuung in Anspruch zu nehmen und sich für eventuelle weitere Fragen zur Verfügung zu halten.

Auf dem Rückweg nach Hannover besprachen die Kommissare das Interview mit Samira.

»Was hältst du von ihrer Geschichte über das unerwartete, plötzliche

Auftauchen ihrer Tochter? Glaubst du ihr?«, fragte Reuter nachdenklich.

»Nein, sie hat uns nicht die volle Wahrheit erzählt, aber wir werden es ihr nicht beweisen können. Unser großer Unbekannter hat die ganze Zeit nach dem Mädchen Asha gesucht, so viel ist klar. Er kennt die Kleine, ansonsten macht das alles überhaupt keinen Sinn. Ich bin mir sicher, unser Vigilant stammt aus dem näheren Umfeld des Mädchens. Dieser Sven Aarhus, der zufällig plötzlich verreist ist, könnte unser Mann sein. Lass uns mal sehen, was wir über ihn in Erfahrung bringen können. Es bleibt aber vorläufig unter uns. Sind wir uns da einig?«, fragte Schüler seinen Kollegen ernsthaft und wissentlich, dass er gerade vorschlug, Ermittlungen zu verschleiern, die ihnen den Job kosten konnten.

»Falls es Sven Aarhus sein sollte, können wir ihm dankbar dafür sein, dass er sie gefunden hat und dabei diesen Ring von pädophilen Elementen zerstört hat. Die verbrecherischen Schweine, die er dabei umgelegt hat, haben es mehr als tausendfach verdient. Meiner Überzeugung nach hat er der Menschheit einen großen Dienst erwiesen«, erwiderte Reuter zustimmend und hielt Schüler die Hand hin.

»Wenn ich ehrlich bin, teile ich deine Meinung, auch wenn ich nichts von privaten Rachefeldzügen halte. In diesem Fall mache ich eine Ausnahme. Nicht nur wir schulden dem Mann einiges. Ohne ihn wären all die Kinder verloren gewesen und wer weiß, wie viele sonst noch einem grausamen Schicksal gefolgt wären. Ich glaube, den großen Unbekannten zu finden, wird unmöglich sein. Außerdem verspüre ich auch keinen besonderen Drang danach, den Mann zu suchen. Es ist außerdem nicht unsere Aufgabe, das fällt in Andresens Resort«, antwortete Schüler und schlug ein in ihren Pakt.

»Geht mir genauso, der einzige Grund zu wissen, wer der Unbekannte ist, ist der, um ihm die Hand zu schütteln«, stimmte Reuter ihm zu.

»Mal ganz davon abgesehen, dass wir von oberer Stelle mundtot gemacht worden sind und sie aus politischen Hintergründen Beweise unter den Tisch kehren«, antwortete Schüler bitter.

Kapitel 27

Hamburg, 2019, 5. September

Die knapp zwei Wochen bei meinem Freund Gunter in Hamburg waren wie im Fluge vergangen. Täglich hatte ich die Nachrichten im Fernsehen verfolgt und alles, was ich über die Angelegenheit in die Finger bekam, gelesen. Zu meiner Verwunderung drangen aber wenig neue Erkenntnisse über den Fall an die Öffentlichkeit. Das Interesse der Medien hatte somit auch allmählich nachgelassen. Dennoch erschienen ab und an wilde Spekulationen, die vornehmlich die Regenbogenpresse beherrschten. Die etwas seriösen Medien hielten sich mehr an die Fakten, von denen es aber zu wenige gab. Die Polizeiführung hatte die Angelegenheit kontrolliert und als Zerschlagung eines Kinderhändlerrings abgetan. Von der Versteigerung von Kindern in der Gratov-Villa war kein einziges Wort zu lesen. Dr. Oswald Gratov war und blieb wie vom Erdboden verschluckt. Es gab aber ein paar Meldungen über einige Verhaftungen. Dabei musste es sich um die von mir während der Auktion in der Villa demaskierten Personen handeln. Der ehemalige Regierungsdirektor Lüders schien jedoch mit seiner öffentlichen Abdankung davongekommen zu sein. Mit keinem Wort wurde er mit den polizeilichen Ermittlungen einer direkten Beteiligung an dem Verbrechen in Zusammenhang gebracht. Dieser Umstand und die offensichtliche Verschleierung des Falles gingen mir nicht aus dem Kopf. Wie war so etwas möglich? Welche Interessen steckten dahinter, Kinderschänder laufen zu lassen? Meine Geduld wurde auf eine Zerreißprobe gestellt und ich war mehrfach daran, einem Reporter eines bekannten Medienverlages mein selbst gemachtes Video zuzuspielen. Ich weiß nicht, was mich zurückhielt, aber ein Bauchgefühl sagte mir damit noch eine Zeit lang zu warten. Vielleicht lag es auch an dem Telefonat, das ich mit Hauptkommissar Schüler vor einigen Tagen geführt hatte. Seine Anspielungen und Bemerkungen hatten mir zu denken gegeben.

Nachdem ich Greetsiel den nächsten Morgen nach Ashas Rückkehr überstürzt verlassen hatte, wartete ich zwei Tage, bevor ich mit Samira telefonierte. Am dritten Tag rief ich sie an und sie erzählte mir ausführlich von dem Besuch der Polizisten Schüler und Reuter. Sie hatte mir auch die Nachricht von Hauptkommissar Schüler übermittelt und ich hatte ihn im Anschluss meines Gespräches mit Samira angerufen. Ich wusste, ich konnte dem Telefongespräch nicht ausweichen. Es würde mich nur verdächtig machen, nicht zurückzurufen. Nach dreimaligem Klingeln seines Telefons hob der Hauptkommissar ab. Eine tiefe, sonore Stimme meldete sich am anderen Ende der Leitung mit den Worten »Schüler, LKA Hannover«. Ich gab ihm meinen Namen und er wusste zu meiner Verwunderung sofort, wer am Apparat war. Er bedankte sich höflich für den Rückruf und sagte, ich müsste sehr froh darüber sein, dass die Tochter meiner Haushälterin wieder wohlbehalten bei ihrer Mutter war. Ich bejahte seine Frage und bestätigte ihm, dass ich natürlich glücklich über den Umstand war, dass Asha gesund und munter zurückgekehrt war. Dann fragte er zu meinem weiteren Erstaunen, ob es mir gut gehe und ob ich meinen Urlaub genieße. Auch diese Fragen beantwortete ich mit einem Ja und sagte ihm, es könnte mir nicht viel besser gehen. Das würde ihn sehr freuen, kam seine Antwort und er entschuldigte sich, mich belästigen zu müssen, aber er hätte ein paar Fragen zu der Entführung Ashas. Er bezeichnete die Ereignisse als eine schreckliche Angelegenheit und sagte, dass er sehr dankbar dafür war, dass ein so unmenschlicher Kinderhandel zerstört werden konnte. Er erklärte mir, dass sein Beruf es leider mit sich brächte, täglich mit dem Abschaum der Menschheit und den Tragödien von Kinderschicksalen zu tun zu haben. Allzu oft würden die Täter leider sich dem Gesetz entziehen und ihrer gerechten Strafe entgehen. Nachdem ich nichts dazu sagte, fuhr er fort, dass in diesem Fall nicht alle davongekommen waren und er es nur als gerecht empfand, was ihnen zugestoßen war. Völlig perplex über seine Worte, grübelte ich und wusste nicht so recht, was ich darauf antworten sollte. Ich äußerte mich dahingehend vorsichtig, dass nach meiner Sichtweise die wahren Verantwortlichen wie Gratov leider immer noch auf freiem Fuß waren. Schüler stimmte mir zu und erwiderte, dass am Ende keiner seiner gerechten Strafe entgehen würde. Eines Tages sich alle zu verantworten hätten, auch diejenigen, die aus politischem Interesse heute noch gedeckt werden. Mit seiner Aussage hatte er meinen gehegten Verdacht der politischen Intrige bestätigt. Ich fragte mich aber, warum erzählte er mir das alles? Bevor ich meine Gedanken zu Ende gedacht hatte, sprach der Mann weiter. Bei dem, was er als Nächstes sagte, begannen alle meine Alarmsysteme im Hirn Amok zu laufen. Schüler artikulierte sich dahingehend, dass außerdem die, die Selbstjustiz übten, sich eines Tages zu verantworten hätten. »Doch mehr vor einem höheren Gericht, meinen Sie nicht auch, Herr Aarhus?«, kam es mehr als ein Statement denn als eine Frage an mich gerichtet. Das war starker Tobak, das hatte ich von einem Hauptkommissar des LKA nicht erwartet. Ich hatte das untrügliche Gefühl, der Mann wusste, dass ich der Unbekannte war, der die Kinder befreit hatte. Aber woher sollte er das wissen? Vielleicht war der Kommissar nur auf Fischfang nach der Wahrheit und versuchte mir eine Falle zu stellen. Ich hatte plötzlich großen Respekt vor dem Mann und ließ die Bemerkung, ohne darauf zu antworten, so im Raum stehen. Zum Schluss unseres Gespräches fragte er nur kurz nach meinem Alibi und ich sagte ihm, dass ich die letzten drei Wochen bei einem Freund in Hamburg verbracht hatte. Daraufhin erwiderte Schüler, dass mein Kamerad aus der Legion mit Sicherheit meine Aussage, falls nötig, bestätigen könnte. Dann bedankte er sich nochmals für den Rückruf und legte auf. Wenn ich vorher schon alarmiert gewesen war, hat sein letzter Satz dafür gesorgt, meinen Alarmzustand ins Unendliche zu katapultieren. Woher wusste der Kommissar, dass ich in der Legion gedient hatte? Er musste Erkundigungen über mich durchgeführt haben. Seine Anspielungen waren gezielt und konkret gewesen. Er wollte mich wissen lassen, dass er wusste, ich war der große Unbekannte. Doch ich glaubte nicht, dass er hinter mir her war, sonst wäre ich schon lange in U-Haft. Ich hatte ein komisches Gefühl nach dem Gespräch und seinen Andeutungen. Der Kommissar hatte auch mit keinem Wort etwas von einer schriftlichen Aussage verlauten lassen, die meine Angaben bestätigen musste. Es erweckte mehr den Eindruck in mir, als ob die ihn gar nicht interessieren würde. Das Telefonat hatte einzig dem Zweck gedient, mir zu sagen, er wusste von meiner Beteiligung. Das hieß aber noch lange nicht, dass er es mir beweisen konnte oder überhaupt wollte.

Meine Wunden waren in den zwei Wochen meiner Abwesenheit gut verheilt, es ging mir blendend. Es war kaum noch etwas von Viktors Schlägen zu sehen, nur eine helle, frische Narbe an meiner linken Augenbraue zeugte weiterhin von meiner schmerzlichen Begegnung mit dem brutalen Gangster.

Gunter war ein hervorragender Gastgeber und wir hatten eine gute Zeit auf seinem Bauernhof. Ich hatte ihm die Story mit Ashas Entführung erzählt und er hatte sofort zugestimmt, mir ein Alibi für die Woche zu geben. Einen Abend hatte er weitere ehemalige Legionäre zusammengerufen und es wurde ein großes Gelage mit vielen altbekannten Geschichten aus der Legion und unseren Einsätzen überall auf der Welt. Nach zwei Wochen hieß es Abschied zu nehmen. Ich versprach Gunter, ihn und die Kinder, sobald ich meinen alten Kutter renoviert hatte, auf eine schöne Bootsfahrt auf die Nordsee einzuladen.

Zurück in meinem Haus in Greetsiel, traf ich Samira und Asha gleich am nächsten Tag. Der Kleinen ging es gut, sie war fast wieder das kleine verspielte, immerzu Fragen stellende Mädchen. Nichts an ihrem Verhalten erinnerte noch an die Woche der Gefangenschaft und die unfreiwillige Trennung von ihrer Mutter. Ich führte es darauf zurück, dass sie die meisten Tage sediert gewesen war und kaum etwas von ihrem Martyrium mitbekommen hatte. In einiger Zeit würde sie hoffentlich den Vorfall bald ganz vergessen haben. Ich hatte ihr die silberne Schmetterlingsspange zurückgegeben und sie konnte sich nicht einmal daran erinnern, wo sie sie verloren hatte. Auch dass ich es gewesen war, der sie aus der Villa befreit hatte, wusste sie nicht mehr und das war gut so. Ich wünschte für das Kind, dass es für die Zukunft dabeibleiben würde, denn manchmal kamen die Dinge erst viel später wieder hoch und führten zu psychischen Spätfolgen. Im Augenblick erschien es nur wichtig, dass Samira froh war, ihre Tochter gesund bei sich zu haben. Außerdem war sie glücklich darüber, dass meine Wunden äußerst gut verheilt waren.

Die Welt war so weit wieder in Ordnung, oder so dachte ich zumindest.

Kapitel 28

Greetsiel, 2019, 10. September

Heinrich und ich brachten den überholten Motor ein, während Samira uns in meiner Küche ein leckeres syrisches Gericht kochte. Mein Freund hatte nach Ashas Rückkehr keine großen Fragen gestellt und er war nur froh darüber, dass sie wieder heil und gesund bei ihrer Mutter war. Ich hatte ihm während der Tage unserer Zusammenarbeit am Boot von meiner Vergangenheit als Legionär erzählt und ich glaube, er dachte sich seinen Teil. Natürlich hatte Heinrich während der Zeit, als Asha verschwunden war, die Nachrichten im Fernsehen verfolgt. Er wusste von dem zerschlagenen Kinderhändlerring, den Toten und den befreiten Kindern. Für ihn stand es außer Frage, dass ich es gewesen war, der Asha zurück zu ihrer Mutter gebracht hatte, auch wenn Samira und ich darüber schwiegen. Ich verspürte die Hochachtung, die Heinrich mir entgegenbrachte, sah die tiefe Anerkennung in seinen Augen, als er mir bei unserem Wiedersehen einen kräftigen Handschlag gab und mich wortlos in den Arm nahm. Heinrich war eben ein durch und durch wortkarger Ostfriese mit sehr viel Herz.

Es war ein herrlicher sonniger Septembertag an der Küste Ostfrieslands und Asha spielte fröhlich in meinem Garten. Heinrich und ich arbeiteten den ganzen Tag am Boot und am Abend gingen wir auf ein Bier in den Hafen und spülten uns den Staub des langen Arbeitstages aus den Kehlen. Im Hafenkieker war um diese Abendstunde nicht viel los und Andrea war überglücklich, mich wieder einmal zu sehen. Heinrich verabschiedete sich früh mit den Worten, er verspüre die Müdigkeit der harten Arbeit und sei schließlich auch nicht mehr der Jüngste. Danach blieb ich auch nicht allzu lange sitzen und verließ die Kneipe zum Leidwesen von Andrea, die gerne mit mir noch etwas länger geklönt hätte. Auf meinem Rückweg zu meinem Haus nahm ich, um die frische Abendluft ein wenig mehr zu genießen, einen für mich ungewohnten Weg über den Deich. Es war eine Nacht mit einem wunderschönen Sternenhimmel. Greetsiel war zur Ruhe gekommen und es hing eine beruhigende Stille über dem Ort. Egal wo ich auf der Welt gewesen war, die wundervollsten Flecken dieses Planeten bereist hatte, nur hier fühlte ich mich richtig heimisch. Der Kreis schließt sich, heißt es so schön, und irgendwie ist etwas Wahres daran. Die Unberührtheit der Abgeschiedenheit an der Nordseeküste lässt Greetsiel wie eine Oase im hektischen Weltgeschehen erscheinen. Hier hat der Tag noch vierundzwanzig Stunden, die Stunde sechzig Minuten, die Leute haben Zeit füreinander. Es passiert nicht allzu viel in Ostfriesland, an diesem Ort ist die Welt stets in Ordnung. Aber ist sie das wirklich? Ich musste plötzlich an Gratov denken, dessen Verbrechen auch vor Greetsiel nicht Halt gemacht hatten, und fragte mich gleichzeitig, wo das Schwein sich im Augenblick versteckt hielt. Die Polizei wird ihn hoffentlich eines Tages finden. Die Idee, dass er ungestraft woanders weitermachen konnte, war für mich schwer erträglich. Er war aber nicht mehr mein Problem, dachte ich mir im Stillen. Doch war er das wirklich nicht mehr?

Ich war fast an der hinteren Seite meines Gartenzauns angekommen, als mir ein grauer Kombiwagen auffiel, der ein paar Meter seitlich vor meinem Haus am Straßenrand geparkt war. Im ersten Moment dachte ich mir nichts dabei, doch dann konnte ich im Inneren die Umrisse eines rauchenden Mannes ausmachen, der meinen privaten Zufahrtsweg beobachtete. Tausend Fragen auf einmal gingen mir durch den Kopf. Warum sitzt jemand vor meinem Haus und beobachtet meinen Zufahrtsweg aus einem Wagen heraus? Ist es die Polizei, hatte ich Hauptkommissar Schüler am Ende doch falsch eingeschätzt? Hatte ich irgendwo einen Fehler gemacht, der die Behörden auf meine Spur gebracht hatte? Doch wenn es die Polizei wäre, die hier auf mich wartete, würden zumindest zwei Beamte in dem Wagen sitzen, entsprang es meiner Logik. Ich konnte aber nur eine einzelne Person ausmachen und das gab mir zu denken. Gratov wusste, wer ich war, er hatte meinen Ausweis gesehen. Sollte er mir vielleicht aus Rache oder des Geldes wegen jemand geschickt haben, der mich umbringt? Die Summe war nicht unerheblich und es würde die Anwesenheit der Person erklären. Gleichgültig, wer es war, ich musste der Sache auf den Grund gehen. Unbewaffnet wollte ich aber keiner Konfrontation mit wem auch immer begegnen. Vorsichtig schlich ich mich zu meinem Boot und holte meine Beretta aus dem Versteck, in dem ich sie vor drei Wochen deponiert hatte. Ich überprüfte das Magazin und schraubte den Schalldämpfer auf. Die kühle, bläulich schimmernde Pistole fühlte sich vertraut an, sie gab mir das Gefühl von Sicherheit, einem Gegner entgegentreten zu können. Dass ein Feind draußen lauerte, war eine unausweichliche Tatsache, der ich mich stellen musste. Ich steckte mir die Waffe in den hinteren Hosenbund und vertraute meinem Instinkt, dass es nicht die Polizei war, die mir einen Besuch machen wollte. Außerdem widerstrebte mir der Gedanke, auf Polizisten schießen zu müssen.

Langsam stieg ich die Leiter am Boot hinunter und übersah dabei ein winziges Metallstück, das mit einem blechernen Geräusch auf eine am Boden liegende Stahlplatte fiel. Der Laut war in der Stille der Nacht nicht überhörbar gewesen und innerlich fluchte ich über meine Unvorsichtigkeit. Das Geräusch war noch nicht ganz verklungen, als ich hörte, wie sich eine Wagentür öffnete und ein Schatten sich dem Boot mit schnellen Schritten näherte. Bevor ich halbwegs reagieren konnte, vernahm ich den unverkennbaren ploppenden Ton einer schallgedämpften Pistole. Ein überhasteter Schuss schlug unmittelbar neben meinem Kopf in die Bordwand. Geistesgegenwärtig ließ ich mich zu Boden fallen und zog meine Beretta. An meinem Gartentor entdeckte ich einen Mann, der eine Waffe im Anschlag hielt und auf mich schoss. Ohne lange zu zögern, erwiderte ich das Feuer. Ein kurzer Aufschrei zeigte mir, dass ich getroffen hatte, die Gestalt fiel auf die Knie. Absichernd mich nach allen Seiten umschauend, lief ich zu der Stelle, wo der Mann zusammengebrochen war. Seine ins Nichts starrenden Augen sagten mir, dass ich ihn tödlich getroffen hatte. Eilig untersuchte ich den leblosen Körper und zog ihm dabei seine dunkle Ski-Maske vom Kopf. In seinem rechten Ohr konnte ich einen kabellosen Empfänger ausmachen und an seinem linken Jackenkragen hing das dazugehörige Mikrofon. Es waren mindestens zwei Gegner, wurde mir beim Anblick der Kommunikationstechnik schlagartig bewusst. Ich nahm die beiden Einheiten an mich, lauschte in die Nacht, ob jemand etwas von dem tödlichen Feuergefecht in meinem Garten mitbekommen hatte. Nach ein paar Sekunden gab ich mir Entwarnung, denn in der Nachbarschaft blieb es ruhig und außer ein entferntes Hundegebell fand ich nichts, was darauf hinzuweisen schien. Durch den warnungslosen Angriff und die schallgedämpfte Pistole war mir aber sofort klar geworden, ich hatte es nicht mit der Polizei zu tun. Sondern es waren eiskalte Profikiller, die auf mich angesetzt waren. Gratov war mein nächster Gedanke. Er hatte allen Grund, meinen Tod zu wünschen und sein Geld zurückzufordern. Mein Adrenalinspiegel stieg auf ein Level, das ich nur zu gut kannte und begrüßte. Ich war im Kampfmodus, meine Sinne bis aufs Äußerste geschärft, ein Elitesoldat. Für mich gab es jetzt keinen Rückzug, sondern es galt, den zweiten Mann auszumachen und zu eliminieren. Der Killer wusste nicht, mit wem er sich angelegt hatte, dass er vom Jäger plötzlich zum Gejagten geworden war.

Ich beobachtete intensiv mein Haus, das im Dunkeln lag. Es war eine logische Schlussfolgerung, dass er sich nur dort aufhalten konnte. Ich konnte aber von meinem jetzigen Standort nichts Ungewöhnliches ausmachen. Auf leisen Sohlen schlich ich mich zum hinteren Seitenfenster, schaute achtsam in die Dunkelheit der Räume. Es war niemand zu sehen, doch das sollte bei dem tödlichen Katz-und-Maus-Spiel nichts heißen. Wer sich zuerst bewegt, hat meistens verloren, es war ein nervenzerrendes Ringen mit der Geduld. Ich verharrte abwartend und zunächst blieb alles still, dann hörte ich ein leises Flüstern aus dem Kopfhörer.

»Marko, wo bist du? Hast du ihn erwischt?«, hisste es statisch aus dem kleinen Knopf.

Er wusste also, dass ich da war. Sein Kumpel musste ihn über sein Mikro informiert haben. Was er nicht wusste, war, dass Marko schon in der Hölle mit dem Teufel sein neues Dasein fristete. Ich musste den Mann unbedingt ins Freie locken und klickte auf den Antwortknopf des Mikrofons, das ich dem Toten abgenommen hatte.

»Okay, ich glaube, ich habe ihn angeschossen. Er versteckt sich draußen im Boot«, antwortete ich flüsternd. Dass er argwöhnisch werden würde wegen meiner Stimme, schloss ich aus. Ich wusste aus eigener Erfahrung, dass ein Tonfall über solche Kommunikationseinheiten immer verzerrt und entfremdet klang.

Wie ich es nicht anders erwartet hatte, sah ich einen Augenblick später, wie ein schwarz gekleideter Mann mit Balaklava in der hinteren Ecke des Wohnzimmers aufstand. Er bewegte sich langsam auf die Terrassentür zu und hielt dabei professionell seine Waffe mit beiden Händen im Anschlag. Es war eine Pistole mit einem langen Lauf, was auf einen Schalldämpfer rückschließen ließ. Die Terrassentür öffnete sich und er trat vorsichtig heraus.

»Ich bin jetzt draußen, wo ist er?«, vernahm ich seine Stimme wieder.

»Direkt hinter dir und wenn dir dein Leben lieb ist, lässt du jetzt die Waffe fallen und drehst dich ganz langsam um«, sagte ich so laut, dass er mich auch ohne Mikrofon hörte.

Natürlich tat er genau das Gegenteil und versuchte aus einer Drehung auf mich zu schießen. Meine erste Kugel traf ihn direkt in die Brust und eine zweite in den Kopf. Ich benötigte keine Bestätigung, wer sie geschickt hatte, war mir klar. Es bezeugte, dass mein Problem mit Dr. Oswald Gratov noch lange nicht zu Ende war.

Wieder horchte ich in die Nacht, aber es blieb alles ruhig und normal in der nahen Nachbarschaft. Ich untersuchte die Männer nach Papieren. Außer einem Handy bei dem einen fand ich nichts, was die beiden identifizieren konnte oder etwas über ihren Auftraggeber verriet. Auch wenn ihr Einsatz nicht den gewünschten Erfolg gebracht hatte und sie, anstatt ich jetzt tot in meinem Garten lag, schienen sie zumindest, was das anbelangte, echte Profis gewesen zu sein. Ich nahm das Telefon an mich und warf die Leichen in den Kofferraum ihres grauen Kombiwagens. Die Polizei konnte ich nicht informieren, es würde schwer erklärbar sein, wieso zwei Profikiller mir den Garaus machen wollten. Des Weiteren würden die Ballistiker schnell auf eine Übereinstimmung mit meinen Projektilen und denen aus den anderen Fällen stoßen. Es gab nur einen Ausweg, die Leichen durften nicht gefunden werden. Sie mussten auf Nimmerwiedersehen verschwinden. Ich überlegte, wie ich es anstellen sollte und mir kam eine Idee. Aus meinem Schuppen holte ich zwei alte Anker sowie einige Seile zur Befestigung und verstaute sie im Kombi. Heinrich hatte mir einmal bei einem Spaziergang sein seegängiges Motorboot gezeigt. Es lag am hinteren Ende des Jachthafens weit abseits der anderen Boote. Er hatte mir erzählt, die Schlüssel zur Maschine seien immer an Bord unter dem Steuerstand zu finden. Ich fuhr auf einem Umweg zum Hafen, der um diese Uhrzeit meistens menschenleer und verlassen war. Ich hatte Glück, weit und breit war keine Menschenseele zu sehen. Aus dem Wagen beobachtete ich die Umgebung für einen Zeitraum, um auch hundertprozentig sicher zu sein, dass mich bei meinem düsteren Vorhaben niemand bemerken würde. Ich verfrachtete die Leichen auf Heinrichs Kahn, löste die Leinen und fuhr hinaus auf die Nordsee. Es war ein sehr bedrückendes Gefühl, wieder auf dem Meer zu sein. Seit dem tragischen Unglück mit meinem Bruder damals war ich zum ersten Mal auf See. Die Luft roch wie in alten Tagen nach Salz und das Sternenlicht spiegelte sich auf der Meeresoberfläche. Wehmütig schaute ich auf das dunkle, schäumende Wasser vorm Bug und die Erinnerungen an die Nacht stürzten auf mich ein. Tränen liefen mir die Wangen hinunter. Die Trauer, die ich so lange in mir trug, verschwand aber nach kurzer Zeit wieder, ich hatte meinen endgültigen Frieden mit dem Meer gemacht.

Das kleine Boot bahnte sich unaufhaltsam seinen Weg durch die ruhige See und in der Ferne konnte ich die Lichter der Ostfriesischen Inseln ausmachen. An einer mir bekannten Untiefe im Meer versenkte ich die zwei Leichen mit jeweils einem Anker an den Beinen im Wasser. Ihre Waffen warf ich ihnen hinterher. Es war meine Art von Seebestattung, ohne offiziellen Status und Gebete. Einzig der Mond und die Sterne waren Zeugen, als sie das Meer verschlang. Ich wusste, die Killer würden nie gefunden werden, und machte mich auf die Rückfahrt.

Spät in der Nacht zurrte ich Heinrichs Boot wieder im Hafen an seinem Liegeplatz fest. Ein Blick auf meine Uhr sagte mir, dass die Aktion mich volle vier Stunden Zeit gekostet hatte. Den grauen Kombi fuhr ich anschließend auf ein verlassenes Feld außerhalb von Greetsiel. Dort schraubte ich die Nummernschilder ab, schmiss sie in einen angrenzenden Kanal und steckte den Wagen in Brand. Die Polizei würde denken, dass Autodiebe das Fahrzeug gestohlen und abgefackelt hatten. Wichtig für mich war, es gab keinen Bezug zum Entführungsfall. Eiligst machte ich mich zu Fuß auf meinen Heimweg.

Kurz vor Erreichen meines Hauses klingelte plötzlich das Handy des einen Killers. Ich drückte die Antworttaste und lauschte.

»Ist der Auftrag ausgeführt?«, fragte eine Stimme, die ich sofort wiedererkannte und die Gratov gehörte.

»Sorry«, antwortete ich. »Die beiden füttern die Fische und ich werde nicht eher ruhen, bis du ihnen Gesellschaft leistest. Ich werde dich finden, Gratov, es gibt keinen Ort auf der Welt, wo du dich verstecken kannst«, sprach ich mit Eis in der Stimme. Dann hörte ich nur noch einen Klick, als die Verbindung schlagartig abgebrochen wurde. Das Telefonat hatte mir den letzten Beweis geliefert, dass Gratov mir die Killer auf den Hals geschickt hatte. Es war ein großer Fehler gewesen, dafür würde er sterben, ich musste die Sache zu Ende bringen. Es blieb kein anderer Ausweg, sonst würde er mir weiterhin Männer schicken, die mich umbringen sollten. Ich hatte keine Wahl, entweder er oder ich.

Zurück in meinem Haus, setzte ich mich in mein Wohnzimmer und holte eine Flasche Whisky hervor. Mir war nach einem Drink und ich füllte mir großzügig ein Glas. Die Anspannung der vergangenen Stunden fiel von mir ab und ich fühlte mich, als ob jemand mir den letzten Funken Energie herausgepresst hatte. Es war wie immer nach einem Einsatz, dem Kampf mit dem Feind, der dir nach dem Leben trachtet. Erst steigt dein Adrenalinspiegel ins Unermessliche, die Energie, die du freisetzt, lässt dich übermenschlich fühlen, und plötzlich, wenn alles vorbei ist, kommt die große Leere, ein abgrundloses Nichts. Wie oft hatte ich dieses Gefühl durchlebt in all den Jahren in der Fremdenlegion. Ich dachte, ich hätte all das Kämpfen und Töten hinter mich gelassen, aber es hatte mich wieder eingeholt. Ich stürzte ein zweites Glas Whisky hinunter. Ich nahm ein Fotoalbum vom Regal und blätterte durch die Aufnahmen von meinen Kameraden und mir während der Jahre in der Legion. Viele waren bei den Einsätzen gefallen, andere hatten wie ich überlebt und lebten verstreut über ganz Europa ihr Rentner-Dasein vom Töten. Der Tod war unser ständiger Begleiter bei allen unseren Missionen gewesen. Wir spuckten ihm vor die Füße und fürchteten ihn nicht. Wir hatten sogar Legionäre, einige Nordmänner, wie wir sie nannten, die an ihre Aufnahme in Walhalla glaubten, wenn sie im Kampf sterben würden. Zwei, die diesem alten Glauben der Wikinger anhingen, lachten mich von einem Foto an. Die beiden Norweger Lars und Ole waren noch so fröhlich, als sie in die Kamera schauten. Zwei Stunden später waren sie tot gewesen, erschossen von Rebellen in Ruanda, Afrika. Ich musste daran denken, was Lars uns vor seinem Tod erzählt hatte, und stellte mir ihn und Ole in Walhalla vor. Ein drittes Glas Whisky rann durch meinen Rachen, weitere folgten, bis es endgültig meiner Hand entfiel und ich eingeschlafen war.

Kapitel 29

Ruanda, 1990, 4. Oktober, Operation Noirot

Die französische Operation Noirot startete im Oktober 1990 im Nordwesten Ruandas. Die Ruandische Patriotische Front, kurz RPF genannt, wollte militärisch die Rückkehr von Flüchtlingen aus Uganda erzwingen. Sie besetzte Teile des Nordens des Landes in Byumba und Mutara. In dem von ihnen eroberten Gebiet begann sie systematisch die Zivilbevölkerung, darunter viele Europäer, zu terrorisieren. Das konnte Frankreich nicht hinnehmen, denn es befanden sich unter den Europäern auch viele Franzosen in Ruanda. Die Legion bekam wieder einmal den Auftrag, die Kastanien aus dem Feuer zu holen, wie wir Legionäre eine Evakuierungsaktion unter uns bildlich gesprochen nannten. Befehle an die entsprechenden Einheiten folgten umgehend, Strategiepläne wurden in Windeseile ausgearbeitet und die Truppe wurde in Bewegung gesetzt. Insgesamt sechshundert französische Legionäre sollten die Rettung von europäischen Einwohnern gegen den Vormarsch der RPF sichern.

Ich war mit meiner Einheit gleich am 4. Oktober 1990 von der Zentralafrikanischen Republik, wo ich kurzfristig stationiert war, nach Kigali, der Hauptstadt von Ruanda, verlegt worden. Unsere Befehle lauteten, unverzüglich die französische Botschaft, der Hauptanlaufpunkt der bedrohten, zu evakuierenden Bürger, die französische Schule und den Flughafen von Kigali zu sichern. Um Punkt Mitternacht begann unser neuer Auftrag. Es war eine schnell ausgeübte Aktion, die ohne große Zwischenfälle verlief. Wir brachten uns in Verteidigungsstellung, sicherten die Zufahrtsstraßen, richteten weitläufige Schutzzonen ein und empfingen die Zivilisten, die in Ruanda ihres Lebens nicht mehr sicher waren. Bei der Ausführung unseres Auftrags wurden wir wiederholt von Rebellen beschossen, die sich bewaffnet unter die Menschenmenge vor den Toren der jeweiligen Einrichtungen geschlichen hatten. Ich hasste diese feige, hinterhältige Art der Insurgenten, unter dem Schutz der Zivilbevölkerung auf uns zu schießen. Wir konnten uns schwer wehren und einfach in die Menge zurückfeuern ging schon mal gar nicht. Gute Scharfschützen, die wir in höheren Positionen platziert hatten, sorgten für einigermaßen Sicherheit für uns Legionäre. Es war kein fairer Kampf, aber was war schon fair in einem Krieg, der von beiden Seiten so unerbittlich geführt wurde. Ich hatte mir mehrfach Gedanken über unsere ständigen Einsätze in Schwarzafrika gemacht. Es erschien mir auf eine tragische Weise sinnlos, uns in diese endlosen Konflikte zu schicken, um mal einen kurzen Brand zu löschen. Die Länder in Afrika glichen seit Jahren Pulverfässern mit ewig glühenden Zündschnüren, in denen immer wieder ohne lange Pause eins der Fässer zum Explodieren kam. Ein Menschenleben bedeutete nichts auf diesem Kontinent. Macht war alles, worauf es ankam und genau um diese Machtposition wurde mit allen Mitteln erbarmungslos gekämpft. Es war keine Sorge um das Wohlsein der Bevölkerung, nein, es ging um die riesigen Rohstoffvorkommen, Diamanten und Gold. Sie bedeuteten in den ehemaligen europäischen Kolonien viel Geld in den Taschen der um Einfluss ringenden Parteien. Die politisch ideologischen gesteuerten Interessen wie die Weltvorherrschaft zwischen kommunistischen Idealen und westlichen kapitalistischen Zielen waren dabei bloß ein Nebenprodukt. Natürlich war es wichtig, die Leben der Zivilbevölkerung zu beschützen, aber es waren immer nur die Weißen, die evakuiert wurden. Meine Ansichten behielt ich aber lieber für mich. Ein Soldat, der den Sinn von Einsätzen hinterfragt, ist in keiner Armee gerne gesehen und schon gar nicht in der Legion.

Die nächsten zwei Tage verliefen ohne größere Zwischenfälle, es blieb einigermaßen ruhig in Kigali und die Evakuierung nahm ihren Lauf. Doch aus dem Norden hörten wir weit weniger gute Nachrichten. Die Stadt Ruhengeri war von Regierungstruppen und Rebellen schwer umkämpft, es gab viele Tote.

Am darauffolgenden Tag, dem 7. Oktober, bekamen meine Kameraden und ich den Auftrag, hundertsiebzig Zivilisten aus dem umkämpften Ort nach Kigali zu bringen. Es wurde ein Zug aus sechzig Legionären und ein Fahrzeugkonvoi zusammengestellt. Schwer bewaffnet und mit zwei requirierten Bussen sowie mehreren militärischen Begleitfahrzeugen wurden wir losgeschickt.

Die schlechten Straßenverhältnisse und die unbequemen Sitze auf der Ladepritsche des Lkw gingen mir auf die Nerven. Ich schaute mir auf einer Karte unsere Route an und was ich sah, verbesserte meine Laune keinen Deut. Die Distanz zwischen Kigali und Ruhengeri betrug ungefähr fünfundneunzig Kilometer und die einzige Straße, die RN4, führte den gesamten Weg durch hügeliges bis bergiges Gelände. Meistens konnten wir nicht schneller als fünfzig Stundenkilometer fahren, oftmals weniger. Das bedeutete, wir bräuchten mindestens drei Stunden bis zu unserem Ziel. Ich schaute dabei auf meine Uhr und kalkulierte von der Abfahrtzeit in Kigali, dass wir erst ungefähr drei Viertel der Strecke hinter uns hatten.

Ich saß mit den Norwegern Lars und Ole, Jean Pierre und zwei anderen Legionären auf einem dem Konvoi zugehörigen Lastwagen. Wir unterhielten uns über den bevorstehenden Einsatz und über die hinterhältigen Rebellen, die uns in den letzten Tagen nicht im offenen Kampf entgegengetreten waren. Lars spuckte verächtlich auf die Ladepritsche und sagte, es seien keine »Einherjer« wie wir, sondern nur ehrlose Mörder. Auf meine Frage, was ein »Einherjer« sei, erklärte er mir die nordische Mythologie und dass er an Odin und Walhalla glaubte. Sie seien noch echte Wikinger, stimmte Ole ihm zu. Wenn sie im Kampf fielen, würden die Walküren, weibliche Schlacht- oder Schildjungfern sie auswählen, um sie nach Walhalla zu führen, wo Odin sie im Kriegerparadies sorgenfrei leben ließe, erzählte Lars aus tiefster Überzeugung weiter. Tagsüber kämpften sie dann gegeneinander bis zum Tod. Abends würden sie mit einem Kuss der Walküren wiedererweckt und verzehrten in fröhlicher Runde mit allen anderen großen Helden Met,

Wildschweinfleisch und lauschten Bragis, Odins Sohn, Liedern. Dafür müsse man aber einen ehrenvollen Tod im Kampf und mit seiner Waffe in der Hand sterben, fügte Ole ernstvoll hinzu. Sonst bliebe einem nur das armselige Helheim, das Totenreich der Nichtkrieger.

Nach weiteren zwanzig Minuten näherten wir uns dem Ziel, an dem wir die Europäer aufnehmen sollten. Es waren nur noch wenige Kilometer bis zur Sammelstelle, als wir plötzlich ohne Warnung unter Beschuss gerieten. In geübter Manier sprangen wir von den Lastern und erwiderten das Feuer. Lars summte gerade noch theatralisch die Melodie von Wagners Ritt der Walküren, als ihn ein Schuss traf und er plötzlich vornüber in den Straßengraben fiel. Ich sah aus den Augenwinkeln, wie er am Boden liegend krampfhaft seine Waffe umklammert hielt. Von einem Hügel über der Straße schlug uns massive Feuerkraft entgegen und wir konnten nichts anderes machen, als in Deckung zu bleiben. Unser Zugführer reagierte sofort und wir Legionäre antworteten mit Mörser- und schwerem MG-Feuer auf den Hinterhalt. Eine Gruppe Kameraden umlief die Rebellen, die aus den Büschen am Hügel auf uns schossen, und griff ihre Flanke an. Das Feuergefecht dauerte nur wenige Minuten und acht der Angreifer hatten es mit ihrem Leben bezahlt. Der Rest verzog sich eiligst tiefer in die hintere Hügelwelt, sie hatten genug. Nachdem wir sicher waren, sie würden nicht mehr zurückkehren, konnten wir uns um unsere Verletzten kümmern. Es gab drei tote Legionäre und sechs Verwundete zu beklagen. Lars war einer der drei Toten, er hatte seine schwere Verwundung nicht überlebt, die Kugel hatte sein Herz getroffen. Ich fragte nach Ole, aber Jean Pierre schüttelte nur mit dem Kopf und zeigte auf eine leblose Gestalt hinter einem der Lkws. Auch unseren zweiten Wikinger hatte es erwischt, ein direkter Kopfschuss hatte ihn getroffen. Welch Ironie des Schicksals, noch vor wenigen Minuten unterhielten wir uns über Walhalla, ihren Wunsch, eines Tages als stolze Krieger dort hinzugelangen. Jetzt waren sie ebendortselbst eingezogen, oder zumindest wünschte ich es ihnen.

Es gab keine weiteren Zwischenfälle mehr mit den Rebellen, die Evakuierung verlief reibungslos. Noch am gleichen Tag fuhren wir mit den europäischen Männern und Frauen zurück nach Kigali. Die Stimmung der Europäer war gut, sie waren froh, der Hölle der Kämpfe um Ruhengeri entkommen zu sein. Sie ahnten nichts von unseren drei toten Kameraden, die auf einer der Pritschen auf einem Lkw lagen und ihr Leben für ihre Freiheit gegeben hatten. Unsere Stimmung war dadurch eher bedrückt, uns plagte der Verlust unserer Gefährten.

Am 20. Oktober war mein Einsatz in Ruanda vorerst beendet. Es war insgesamt meine zwölfte Mission in Afrika gewesen und ich verspürte kein Verlangen danach, einen weiteren Auftrag ausüben zu müssen. Doch ich war Soldat und folgte Befehlen, auch wenn sie mich in Gegenden brachten, die ich nicht gerade in mein Herz geschlossen hatte. Ich verließ den ungeliebten Kontinent, flog mit der Einheit zurück nach Calvi, unserem Hauptquartier auf Korsika.

Kapitel 30

Greetsiel, 2019, 11. September

Ich fühlte mich wie die jungen Männer in dem Hollywoodfilm »Hangover«. Auf meiner Brust lag das geöffnete Fotoalbum mit dem Bild von Lars und Ole. Möge Odin ihnen in Walhalla alle Freuden erfüllen und der Met ewig fließen, war mein Wunsch für sie. Langsam stand ich auf und blickte auf die leere Whiskyflasche auf dem Tisch und das Glas am Boden vor meinem Sofa. Ich sollte lieber aufräumen und duschen, bevor Samira aufkreuzte und mich in diesem Zustand sah, dachte ich mir. Es kam zwar sehr selten vor, dass ich mich betrank, aber manchmal gelangt der Mensch an gewisse Grenzen und tut Dinge wider besseres Wissen. Der Morgen brachte nicht nur Sonnenschein, der durch das Fenster mein Gesicht wärmte, sondern auch einen üblen Kopfschmerz. Der Schmerz hinter meiner Stirn pulsierte im Gleichklang mit meinem Herzschlag, attackierte hämmernd mein Gehirn.

Heinrich, der wie immer früh auf den Beinen war, klopfte im gleichen Moment an meine Terrassentür. Er schob die unverschlossene Tür auf und erkannte sofort, in welcher miserablen Verfassung ich mich befand.

»Moin, Sven, wie ich sehe, hast du eine harte Nacht gehabt«, sprach er mitfühlend mit einem ahnenden Blick auf die ausgetrunkene Whiskyflasche.

»Dämonen der Vergangenheit verscheucht«, antwortete ich kurz angebunden und ging mit der leeren Flasche und dem Glas in die Küche.

»Möchtest du einen Kaffee?«, fragte ich ihn.

Heinrich schüttelte nur leicht den Kopf und antwortete: »Nein danke, ich habe schon ausgiebig gefrühstückt. Lass gut sein, Sven, ich geh voraus zum Boot und mach mich an die Arbeit. Lass dir ruhig Zeit, dusch und erhol dich ein wenig. Samira ist schon auf dem

Weg. Ich habe sie beim Bäcker getroffen. Sie wird dir sicherlich ein kräftiges Frühstück machen und dann fühlst du dich wieder wie ein neuer Mensch.«

Bei meiner Morgentoilette überlegte ich mir, wie ich es den beiden erklären sollte, dass ich ein weiteres Mal für einige Tage, eventuell sogar Wochen verreisen musste. Ich wollte sie nicht gerne anlügen, aber ich konnte ihnen ja schlecht erzählen, dass ich einen Verbrecher seiner gerechten Strafe zuführen oder, knapp gesagt, töten wollte. Dass er mir keine andere Wahl ließ, nachdem er mir ein Killerkommando die vorherige Nacht ins Haus geschickt hatte. Oh ja, und noch was, Heinrich, ich habe gestern dein Boot benutzt, um zwei Leichen im Meer zu versenken. Ich hoffe, es macht dir nichts aus. Nein, das alles brauchten sie nicht zu wissen, ich entschied mich zu schweigen. Ich würde den nächsten Tag abwarten, das Haus im Morgengrauen verlassen und ihnen eine Nachricht hinterlassen, dass ich zu einem Freund gefahren bin, der dringend meine Hilfe benötigte. Genau so würde ich es machen, dachte ich mir und nahm ein paar Kopfschmerztabletten, um die bösen Nachwirkungen des Whiskys loszuwerden.

Das würde mir auch genügend Zeit geben, mir einen Plan auszuarbeiten, wie ich überhaupt vorgehen sollte. Ich musste schließlich erst herausbekommen, wo Gratov sich versteckt hielt. Das würde nicht so einfach werden, da nicht einmal die Polizei ihn bisher gefunden hatte. Wo war der Mann abgeblieben, in welchem dunklen Loch hatte er sich verkrochen? Ich musste nachdenken und dafür brauchte ich zuallererst ein gutes Frühstück.

Ich rasierte mich gründlich und zog mir neue Wäsche an und nahm mir vor, die alte bei Gelegenheit zu verbrennen. Obwohl ich wenig von DNA-Spuren zu befürchten hatte, da es keinen Hinweis auf irgendein Verbrechen gab, wollte ich trotzdem auf Nummer sicher gehen.

Aus der Küche schlug mir der Duft frischgebrühten Kaffees entgegen. In der Pfanne brutzelten einige Eier und auf der Anrichte lagen in einem Korb knackige Brötchen. Der Tisch war liebevoll gedeckt, eine neue Tischdecke gab es und sogar eine Vase mit Blumen stand darauf.

»Guten Morgen, Samira«, strahlte ich mit einem Gefühl der inneren Zufriedenheit und wachsendem Heißhunger in der Magengegend.

»Guten Morgen, Sven«, antwortete Samira und lächelte zurück. »Heinrich ist schon am Boot. Möchtest du ihn fragen, ob er auch frühstücken möchte?«

»Er hat mir vorhin erzählt, er hat schon gefrühstückt und wollte mit den Arbeiten am Boot weitermachen. Lass ihn mal, ich nehme ihm später ein belegtes Brötchen und eine Tasse Kaffee mit nach draußen.«

Ich trank meinen eigenen Kaffee und verschlang, ohne groß zu kauen, mein erstes Brötchen. Die gebratenen Eier mit Speck rochen vorzüglich und in null Komma nichts waren auch sie in meinem Magen verschwunden.

Beim zweiten Brötchen und einer weiteren Tasse Kaffee fragte ich Samira: »Wie geht es Asha? Hat sie noch Albträume und wacht nachts auf oder schläft die Kleine wieder durch?«

»Alles gut, danke, dass du fragst, Sven. Asha geht wieder normal zur Schule und es sieht so aus, als ob sie die schrecklichen Erlebnisse ohne großen seelischen Schaden verarbeitet. Das liegt wohl auch etwas daran, dass sie in Syrien schon viel Schlimmeres durchgemacht hat, wie du weißt.«

»Ja, sie ist ein tapferes Mädchen, die Kleine, aber dennoch wird sie nicht ganz ohne Trauma sein. Es wäre gut, wenn sie bald mal einen Kinderpsychologen sieht, glaubst du nicht auch?«

Samira schaute nachdenklich, traurig aus dem Fenster und ein paar Tränen liefen ihr plötzlich die Wange hinunter. »Du hast damit wohl recht, Sven. Dennoch möchte ich ihr erst eine kleine Pause gönnen, um mit den Ereignissen selbst zurechtzukommen. Falls sie Schwierigkeiten hat, werde ich die Option natürlich nutzen.«

»Das ist gut so, mach dir nur keine zu großen Sorgen, Samira. Ich bin immer für euch da und helfe, wo ich kann. Das weißt du«, versuchte ich Samira mit meinen Worten aufzubauen.

»Hey, Sven«, rief Heinrich aus dem Garten. »Wie lange willst du dich noch vor der Arbeit drücken? Ich könnte hier am Boot etwas Hilfe gebrauchen.«

»Ich komme gleich, gib mir nur noch eine Minute«, rief ich zurück und trennte mich unwillig von meinem Frühstückstisch.

Die gesunde Nordseeluft verflüchtigte auch den letzten Kopfschmerz und die Arbeit am Boot half mir auf andere Gedanken zu kommen. Heinrich und ich schafften eine Menge der Tätigkeiten im Maschinenraum und der Umbau nahm mehr und mehr Formen an. Bei diesem rasanten Fortschritt konnten wir im Frühjahr Stapellauf halten und die erste Probefahrt unternehmen. Doch bis dahin war es noch ein weiter Weg.

Am Abend nach getaner Arbeit verabschiedete sich Heinrich. Samira war schon lange vorher gegen Mittag gegangen. Ich war endlich wieder allein in meinem Haus und konnte meinen Plan, die Welt von Gratov zu befreien, ausarbeiten.

Auf meinem Computer sah ich mir noch einmal den Film an, den ich an dem Abend in der Villa gemacht hatte. Jedes Mal, wenn ich einem der Anwesenden die Maske heruntergerissen und ein klares Bild von dem Gesicht des Individuums hatte, drückte ich auf die Printtaste. Danach druckte ich mir dessen Konterfei aus. Sechs Personen konnte ich in diesem Fall klar erfassen, einige von ihnen waren bekannte Männer aus der Wirtschaft. Der ehemalige Regierungsdirektor Lüders war eindeutig zu erkennen, niemand konnte so blind sein, es nicht zu tun. Ich fluchte frustriert lauthals vor mich hin. Wenn ich in der Lage war, die Leute zu identifizieren, dann sollte die Polizei allemal dazu in der Position sein. Warum gab es denn kaum Berichte über eine nennenswerte Verhaftung dieser Männer und warum wurden die Medien nicht offen informiert? Sei es, wie es sei, das spielte in diesem Moment keine wesentliche Rolle für mich. Die Behörden konnten versuchen, die Wahrheit zu verschweigen, aber ich würde sie ans Licht bringen, versprach ich mir.

Wichtiger war im Augenblick für mich der Umstand, dass ich einen von ihnen schnellstens in die Hände bekam. Ich entschied mich für Lüders und suchte im Internet nach allen verfügbaren Informationen über das Schwein. Zu meinem Glück barg das Netzwerk eine unendliche Quelle an Auskünften. Schon bald wurde ich fündig und las alles, was mir über den Mann in die Finger kam. Auch seine Privatadresse ausfindig zu machen, stellte dank der modernen, leicht zugänglichen Informationstechnik kein Problem dar. Lüders wohnte in einem ruhigen Randbezirk außerhalb Hannovers. Es gab gleich auf mehreren Webseiten einige Fotos von seinem Haus. Eine Fülle von Angaben über sein Privatleben durchzog die Medien. Ich las, dass seine Frau vor einigen Jahren gestorben war und das Paar keine Kinder hatte. Lüders lebte allein und zurückgezogen in seinem Landhaus. Das Haus lag abseits an einem Bach und in der Nähe eines öffentlichen Parks. In seinem privaten Umfeld gab es nur eine ältere Haushälterin, die seinen Haushalt bereitete. Sie putzte, machte die Einkäufe und versorgte ihren Brötchengeber mit den notwendigen Dingen des täglichen Lebens. Abends verließ sie das Haus, um erst am nächsten Morgen zurückzukehren. Es waren ideale Voraussetzungen und Lüders würde mein Joker sein, um an die Information über Gratovs Verbleib zu gelangen.

Ich konnte keinen Hinweis darauf finden, ob der Mann, nachdem er das Amt als Regierungsdirektor niedergelegt hatte, noch unter Personenschutz stand. Eine Ahnung sagte mir, er würde nicht allein sein.

Ich füllte das Magazin meiner Beretta. Ich hatte das untrügliche Gefühl, ich würde auch auf diesem Trip meine Waffe benötigen. Dennoch nahm ich mir vor, nicht unnötig tödliche Gewalt einzusetzen. Falls ich es vermeiden konnte, würde ich außer Gratovs keine weiteren Leben auslöschen.

Bevor ich mich schlafen legte, schrieb ich noch eine Nachricht für Heinrich und Samira.

Kapitel 31

Hannover, 2019, 12. September

Der plötzlich aufgetretene Regenguss schlug so hart gegen die Windschutzscheibe meines Wagens, dass die Scheibenwischer kaum noch nachkamen. Es war ein regnerischer Frühherbsttag, die Autobahn war mäßig voll, aber ich kam trotz des Regens gut voran. Ich hatte mein Haus früh am Morgen verlassen und war in Richtung Hannover gefahren. Nachdem ich unterwegs auf einer Autobahnraststätte kurz getankt und etwas gegessen hatte, erreichte ich Lüders' Wohngegend um die Mittagszeit.

Aus meinem geparkten Wagen beobachtete ich das Haus und die Umgebung. Asha war wieder in Sicherheit bei ihrer Mutter in Greetsiel und es gab keinen Druck mehr für mich, überhastet zu agieren. Es wäre eine große Dummheit gewesen, ein weiteres Mal unvorbereitet wie in der Gratov-Villa in Bad Zwischenahn in eine Falle zu stolpern. Ich hatte meine Lehre daraus gezogen und ein Unterschied zum damaligen Zeitpunkt war mit ausschlaggebend, ich hatte diesmal Zeit, viel Zeit. Ich entschloss mich aber, nicht untätig im Wagen herumzusitzen, sondern die nähere Umgebung zum Haus zu inspizieren. Meinen Land Rover stellte ich auf einen nicht allzu weit entfernten Parkplatz einer bekannten Supermarktkette ab. Dort stand er unauffällig zwischen anderen Autos von Einkäufern und würde keine Aufmerksamkeit erregen. In der Zwischenzeit hatte der Dauerregen aufgehört und nur noch ein leichter Nieselregen fiel vom Himmel. Ich schlüpfte in meine leichte Regenjacke, zog mir die Kapuze über den Kopf und machte mich zu Fuß auf den Weg in Richtung Lüders' Haus. Zweimal lief ich, streng darauf achtend, ob irgendwelche verdächtigen Autos vor seinem Gebäude oder in der Anwohnerschaft geparkt standen, seine Wohnstraße entlang. Auf der Straße konnte ich aber nichts Auffälliges entdecken. Die Villa selbst war mit einer mannshohen Mauer von der Bewohnerschaft abgegrenzt und hatte an der Einfahrt ein videoüberwachtes Tor. Am Giebel des Hauses machte ich auf die Front gerichtete, bewegungsgesteuerte Kameras aus. Um nicht aufzufallen, wollte ich auch nicht allzu lange in der Straße herumlungern. Ich entschloss mich, die Villa von der Seite des Bachlaufes in Augenschein zu nehmen. Dazu musste ich aber erst einen größeren Umweg durch einen angrenzenden Park laufen. Es war, wie sich anschließend herausstellte, die Mühe wert gewesen. Auf einer Parkbank abseits vom Bach sitzend hatte ich eine passable Sicht auf den Garten des Hauses. Auch hier war eine schützende Mauer, aber dennoch, durch eine erhöhte Hanglage des Parks erlaubte sie mir einen guten Blick auf die hintere Terrasse. Von meinem exponierten Beobachtungsposten konnte ich feststellen, dass es sogar an der Hinterseite eine Vielzahl sichtbar angebrachter Bewegungsmelder und Kameras gab. Eine Reihe großer alter Bäume im Garten der Villa schränkte das Sichtfeld aufs Haus ein wenig ein. Trotzdem war sie ausreichend, um mit meinem kleinen monokularen Fernglas die hintere Fensterfront einzusehen. Ich konnte von meinem entfernten Beobachtungsstandort insgesamt drei Menschen im Haus ausmachen. Zweifellos handelte es sich bei der einen Person um Lüders, bei der anderen um eine ältere Frau, die Haushälterin, und bei der dritten um einen weiteren Mann. Vielleicht war er nur ein Besucher des Regierungsdirektors a.D., dachte ich mir. Doch als ich die Observation gerade abbrechen und zu meinem Wagen zurückkehren wollte, sah ich, wie der Mann die Terrassentür öffnete. Er trat hinaus, zündete sich eine Zigarette an und ließ seinen Blick durch den Garten schweifen. Er trug deutlich sichtbar ein Schulterhalfter, in dem eine großkalibrige Pistole steckte, über seinem Hemd. Sofort ließ ich mein Monokular in meiner Jacke verschwinden und entfernte mich auf einem tiefer in den Park führenden Weg wie ein normaler Spaziergänger. Ich musste vermeiden, dass der Mann mich auf der Parkbank sitzen sah und eventuell misstrauisch wurde. Damit war meine anfängliche Ahnung bestätigt, dass Lüders nicht allein mit seiner Haushälterin war, sondern privat einen bewaffneten Beschützer im Haus hatte. Ich hatte gut daran getan, abzuwarten und eine gründliche Observation des Gebäudes durchzuführen. Lüders war mit Sicherheit gewarnt worden und vorsichtig. Der Anblick des Bewachers ermahnte mich, auf der Hut zu sein. Ich hatte auch kein Bedürfnis, in eine Falle zu geraten. Bei dem Gedanken daran spürte ich immer noch Viktors Hammerschläge auf meinen Zehen. Lüders in meine Gewalt zu bekommen, würde durch die Anwesenheit eines Personenschützers nicht einfach werden.

Zurück in meinem Wagen machte ich mir eine Skizze des Grundstücks und wog meine Möglichkeiten ab. Wie konnte ich ungesehen ins Haus eindringen, ohne einen Alarm auszulösen, fragte ich mich. Solch eine Aktion, ohne viel Aufsehen zu erregen und dazu noch am Tage durchzuführen, war so gut wie unmöglich. Ich musste also die Nacht und die Dunkelheit abwarten. Doch auch dann waren meine Chancen gering, um ungesehen in das Haus vorzudringen. Einen Auftritt durch die Vordertür konnte ich von vornherein ausschließen. Der Garten würde von den Straßenlaternen zu sehr erhellt sein und es war dadurch viel zu gefährlich. Somit blieb mir nur der Weg durch den Park an der hinteren Seite der Villa. Ich musste mich auf mein hoffentlich anhaltendes Glück und meine Entschlossenheit verlassen sowie meinen Optimismus, auf einen unerfahrenen Personenschützer zu treffen, bewahren. Den Eindruck, dass der Bodyguard nicht sehr kompetent war, hatte ich gewonnen, als er sich auf der Terrasse zeigte. Niemals würde ein qualifizierter Profi sich nur auf Hemd mit sichtbarer Waffe sehen lassen. Zudem hatte die Pistole einen viel zu langen Lauf, großkalibrig, und war dementsprechend umständlich aus dem Halfter zu ziehen. Die Waffe diente meiner bescheidenen Meinung nach mehr als Show und Protz. Der Mann konnte einen kenntnislosen Politiker wie Lüders damit blenden, aber nicht mich. Die Unerfahrenheit sollte mir nur recht sein, es erhöhte meine Chancen, ihn problemlos auszuschalten.

Mit meinem Land Rover fuhr ich auf die andere Seite von Lüders' Wohnbezirk, dort, wo der Park gelegen war. Nach ein paar Kilometern fand ich schnell einen für mein Vorhaben geeigneten Parkplatz, auf dem ich meinen Wagen für die Nacht abstellen konnte. Doch bevor ich meinen Rover dort parkte, suchte ich erst einmal in meinem Navi nach einem Restaurant. Nach kurzem Suchen zeigte es mir an, dass es in einigen Kilometern Entfernung eine Waldschänke gab, die heimische Küche anbot. Die Sonne neigte sich langsam dem Abend zu, als ich die Gastwirtschaft erreichte. Der Regen hatte jetzt vollends aufgehört und wie es in dieser feuchten Jahreszeit gang und gäbe war, setzte eine leicht neblige Dämmerung ein. Auf meinem Weg vom Parkplatz zur Gaststätte nahm ich den intensiven Geruch frisch geschlagenen Holzes aus dem nahen Wald wahr. Nasse Haufen von herabgefallenen Blättern der Bäume, Anzeichen des nicht mehr fernen Herbstes lagen vermehrt auf der Parkfläche vor der Wirtschaft. Die Temperatur war schon merklich gesunken, es würde eine kühle Nacht werden, ging es mir durch meine Gedanken. Meine Entscheidung, die Waldschänke angefahren zu haben, bereute ich anschließend nicht. Die heimische Küche war exzellent und die Bedienung äußerst freundlich. Zwei Stunden später, gestärkt nach einer ausgezeichneten Mahlzeit, verließ ich die Wirtschaft.

Ich machte mich auf den Rückweg zum Park. Als ich meinen Wagen dort abstellte, war die Dunkelheit mittlerweile komplett. Ich schaute auf meine Armbanduhr und stellte mit Zufriedenheit fest, dass es fast neun Uhr abends geworden war. Aus dem Inneren meines Wagens beobachtete ich, wie die letzten Spaziergänger und Jogger nach und nach den Park verließen. Es dauerte danach nicht lange, da war mein Fahrzeug das einzige noch übrig gebliebene auf dem Rastplatz. Mit Befriedigung stellte ich fest, dass heute eine sternenlose, dafür wolkenverhangene Nacht war. Dieser Umstand würde mein Vorhaben begünstigen und mir zusätzlichen Schutz vor frühzeitiger Entdeckung geben. Beim Blick auf die Uhr sah ich, es war fast zehn Uhr. Zeit, mich fertigzumachen. Ich zog meine schwarze Kampfkleidung an und setzte die Balaklava in Form einer Mütze auf den Kopf. Dann nahm ich meine Beretta aus dem Handschuhfach und lief durch den Park zum angrenzenden Bach der Lüders-Villa. Ich bewegte mich schnell und lautlos wie ein Schatten durch die Nacht. Immer wieder hielt ich kurz inne, um zu horchen, ob nicht doch ein letzter Nachzügler von Jogger meinen Weg kreuzen würde. Das Glück blieb auf meiner Seite, der Park schien menschenleer zu sein. Ungesehen erreichte ich nach wenigen Minuten das kleine Rinnsal. Mit einem beherzten Sprung überquerte ich den Wasserlauf und verweilte einen Augenblick im Schatten der Mauer zu Lüders' Grundstück. Ich zog mir die Balaklava über mein Gesicht, bevor ich achtsam darauf bedacht, kein Geräusch zu machen, das Mauerwerk erkletterte. Auf der anderen Seite ließ ich mich behutsam ins feuchte Gras fallen. Aus den hinteren Fenstern des Hauses schien ein schwacher Lichtschein, der mir die Gewissheit gab, dass meine Zielperson noch nicht zu Bett gegangen war.

Die erste Hürde lag hinter mir, ich hatte es unbemerkt bis in den Garten geschafft. Nun musste ich es bis zum Haus bewerkstelligen, ohne die Bewegungsmelder auszulösen und den Personenschützer zu alarmieren. Das würde sich als schwieriger erweisen, denn ich wusste nicht, mit welchem Streuwinkel sie genau installiert waren. Hinzu kam Lüders' Bodyguard, den ich nicht ganz unterschätzen durfte. Er war zwar meiner Meinung nach nur ein Showman, aber er hatte immerhin eine großkalibrige Waffe. Ich zog meine Beretta und robbte behutsam auf allen vieren über den Rasen, dabei immer die Terrassentür im Auge behaltend. Auf halbem Wege sah ich, wie diese sich öffnete und der Mann, den ich schon am Nachmittag erblickt hatte, auf die Terrasse trat. Ein Feuerzeug leuchtete kurz in der Dunkelheit und dann erkannte ich das Glühen einer Zigarette in der Finsternis. Ich richtete mich hinter einem der Bäume auf und beobachtete, wie der Bodyguard gierig an seinem Glimmstängel sog. Plötzlich vernahm ich das leise Knacken eines kleinen Zweiges unter meinem Fuß. Ich fluchte innerlich über meine erneute Unachtsamkeit und wusste im gleichen Augenblick, dass ich die Aufmerksamkeit des Personenbeschützers erregt hatte. Der Mann schaute suchend in den Garten und ging langsam auf die Baumreihe zu, hinter der ich mich versteckt hielt. Er hatte seine Waffe aus dem Halfter gezogen und kam meinem Versteck immer näher. Vorsichtig nahm ich einen kleinen Stein und warf ihn seitlich in die Büsche. Das plötzliche Geräusch lenkte ihn für einen Bruchteil einer Sekunde ab, die mir genügte, um ihm den Knauf meiner Beretta auf den Hinterkopf zu schlagen. Ich wollte den Mann nicht töten, denn ich wusste nicht, ob er nur als Personenschützer fungierte oder in den Kinderhandel involviert war. Im Zweifel für den Angeklagten hieß es doch so schön. Auch wollte ich nicht noch mehr zusätzliche Leichen auf meinem Weg hinterlassen, bevor ich Gratov persönlich in meine Finger bekam. Die Polizei oder besser gesagt Hauptkommissar Schüler schien nicht an mir interessiert und mit einem Mord an einem unschuldigen Bodyguard wollte ich nicht riskieren, dass sich das änderte.

Rasch fixierte ich den am Boden liegenden bewusstlosen Mann. Ich hatte extra für den Fall Plastikfesseln, wie sie die Polizei benutzte, mitgebracht. Der Mann würde keine weitere Gefahr mehr darstellen. Jetzt musste alles sehr schnell gehen. Mit einem Sprint überquerte ich die verbliebenen Meter bis zum Haus und schlüpfte durch die halb geöffnete Tür in den Raum. Die Bewegungsmelder waren entweder defekt oder vom Bodyguard vor seiner Zigarettenpause ausgeschaltet worden. Egal, ich war im Haus und nur das zählte in dem Augenblick für mich. Wo war meine Zielperson? Ich fragte mich, war der Hausherr Lüders schon zu Bett gegangen oder befand er sich noch in einem der anderen Räume. Durch ruhiges Atmen versuchte ich meinen erhöhten Adrenalinspiegel zu senken. Meine Sinne waren bis aufs Äußerste angespannt. Lüders durfte auf keinen Fall die Gelegenheit bekommen, die Polizei zu alarmieren. Auf leisen Sohlen schlich ich durch den Korridor und lauschte. Es würde alles vorbei sein, wenn er etwas von dem

Vorfall draußen mitbekommen hatte. Im Haus blieb aber alles ruhig. Argwöhnisch durchsuchte ich leise die unteren Räume. Nachdem ich Lüders dort nicht gefunden hatte, ging ich vorsichtig die Treppe zu den oberen Schlafräumen hoch. Ich horchte an den einzelnen Türen und plötzlich hörte ich aus einem der hinteren Räume die leisen, unterdrückten Schreie eines Mädchens. Zuerst glaubte ich meinen Ohren nicht zu trauen, das Schwein vergewaltigt wieder ein Kind, war mein erster Gedanke. Mit raschen Schritten erreichte ich die Tür und riss sie mit Schwung auf. Doch anstatt einer Vergewaltigung ein Ende zu setzen, blickte ich in einen leeren Raum. Die Schreie des Mädchens verstummten deshalb aber noch lange nicht. Aus den Lautsprechern eines Fernsehers, der gegenüber von einem großen Bett an der Wand hing, ertönten die unerträglichen Jammerlaute immer weiter. Auf dem Bildschirm flimmerte eine abscheuliche Szene von einem nackten alten Mann, der ein kleines Mädchen auf brutalste Weise vergewaltigte. Mir wurde speiübel bei dem Anblick und ich musste mich zusammenreißen, um mich nicht auf der Stelle zu übergeben. Es war kein anderer als Lüders selbst, der in dem Vergewaltigungsvideo zu sehen war. Doch wo war das Schwein, fragte ich mich. Als die Frage sich mir stellte, hörte ich im selben Moment das Geräusch einer Toilettenspülung aus dem angrenzenden Badezimmer. Einen Augenblick später trat Lüders, mit einem seidenen Morgenmantel bekleidet, ins Schlafzimmer. Er starrte mich ungläubig an und wollte etwas sagen, aber ich schlug ihm den Lauf meine Beretta mit dem aufgeschraubten Schalldämpfer durch sein Gesicht. Der Schlag war nicht so extrem, dass er zusammenbrach, aber hart genug, um eine Platzwunde an der Augenbraue zu verursachen. Mit meiner freien Hand zog ich ihn am Kragen seines Morgenmantels, sodass er in einem hohen Bogen über das Bett flog, wo er benommen liegen blieb. Unsicher rappelte er sich auf und sah mit entsetzten Augen auf den bedrohlichen schwarzen Lauf der Waffe, die ich jetzt unmissverständlich auf ihn gerichtet hielt.

»Wer sind Sie und was wollen Sie von mir?«, stieß er, nachdem er sich etwas gefasst hatte, mit gewohnt befehlsartigem Ton hervor. Nur ein angestrengtes Zittern in der Stimme verriet mir seine Unsicherheit. Leichte kleine Schweißperlen bildeten sich sichtlich auf Lüders' Stirn und Oberlippe.

Mit einem Ruck riss ich den USB-Stick aus dem Fernseher. Die grausamen Schreie des Mädchens verstummten und die Bilder auf dem Bildschirm endeten abrupt. Ich nahm den Datenspeicher an mich und hielt ihn hoch.

»Ich sollte dich eigentlich hier jetzt gleich erschießen, du verdammtes, abscheuliches Schwein«, stieß ich hervor und spielte einen kurzen Moment mit dem Gedanken, es wirklich zu tun.

Lüders sah das Funkeln in meinen Augen und Angstschweiß schlug jetzt aus allen seinen Poren. Er hob abwehrend seine Hände, als ob er damit eine Kugel hätte aufhalten können. Ich musste ein-, zweimal tief durchatmen, um mich zu beruhigen und mich auf den wahren Grund meines Besuches zu konzentrieren, weswegen ich wirklich hier war, Gratov.

»Gibt es noch mehr davon, du perverser Sack?«, fragte ich kurz und knapp. Um meine Frage zu untermauern, drückte ich meine Waffe drohend gegen seine Stirn.

»Ja, unten im Arbeitszimmer in meinem Safe«, krächzte Lüders furchtsam zurück.

»Na, dann los, ab ins Arbeitszimmer, aber langsam und lass die Hände da, wo ich sie sehen kann«, antwortete ich und zeigte mit der Mündung auf die Schlafzimmertür.

Lüders strich sich seinen Morgenmantel zurecht, ging auf wackligen Beinen voran, den Korridor entlang, die Treppe zu seinem Arbeitszimmer hinunter. Das Büro war protzig eingerichtet. Wuchtige Schreibtischmöbel, eine lederne Sitzgarnitur und vollgepackte Bücherregale dominierten die Ausstattung. Sie und ein Hausbarwagen, auf dem zahlreiche kristallene Karaffen, gefüllt mit Spirituosen aus aller Herren Länder, standen, nahmen den Großteil des Zimmers ein. An den Wänden hingen unzählige Fotos, die Lüders mit Prominenten aus Politik und Wirtschaft zeigten. Ich betrachtete die verlogene Scheinwelt und verstand jetzt, wie diese pädophile Kreatur den Ermittlungen der Polizei entkommen konnte. Macht und Einfluss haben einen langen Atem, war meine Antwort darauf.

Mit dem Lauf meiner Beretta zeigte ich unmissverständlich auf einen wuchtigen Stuhl vor seinem Schreibtisch. Nachdem Lüders Platz genommen hatte, fesselte ich mit Kabelbinder seine Hände und Füße. Er leistete keine Gegenwehr, doch ich konnte seinem herumirrenden Blick entnehmen, dass er verzweifelt nach einem Ausweg suchte.

»Wissen Sie überhaupt, wer ich bin? Damit kommen Sie nicht durch. Das wird Sie teuer zu stehen kommen«, versuchte er mit zurückgewonnener Selbstsicherheit hartnäckig mich einzuschüchtern.

Ich ignorierte ihn, zog mein Handy hervor und drückte die Playtaste. Hielt ihm das Video, das auf dem Telefon abspielte, unter die Nase und er erbleichte, als er sah, was der kurze Film zeigte.

»Ich weiß genau, wer du bist, Herr Regierungsdirektor a.D. Lüders. Ich weiß auch, was für ein abscheuliches Schwein du bist und was du in der Villa von Gratov gemacht hast«, schmiss ich ihm schonungslos an den Kopf.

»Lassen Sie mich erklären«, versuchte er verzweifelt und in panischer Angst, sich rauszureden. »Ich war nur rein zufällig dort, ich habe nichts mit den Machenschaften von Gratov zu tun. Sie müssen mir das glauben.«

»Lassen wir die Spielchen. Ich war auch dort und nicht nur rein zufällig. Ich war es, der dir die goldene Maske runtergerissen hat«, antwortete ich scharf und presste ihm die Mündung meiner Pistole an die Stirn.

»Ich will Informationen und wenn ich die bekomme, werde ich dich vielleicht nicht erschießen, obwohl du es tausendmal verdient hast. Also überlege dir genau, was du antwortest, denn dein Leben hängt davon ab.«

Lüders wusste, dass er geschlagen war, dass der Mann mit der Balaklava vor ihm keine leeren Drohungen ausstieß. Er hatte in Bad Zwischenahn mit eigenen Augen gesehen, wie ich Gratovs Schergen auf der Bühne erschossen hatte. Der Umstand, dass Hans, sein neuer Leibwächter, nicht auftauchte und ihn vor diesem Eindringling rettete, sprach zusätzlich Bände. Eine tiefe panische Gewissheit kroch in ihm hoch, er wollte noch nicht sterben.

»Okay, ich sage Ihnen alles, was ich weiß. Nur bitte töten Sie mich nicht«, flehte er jetzt fast weinerlich.

Ich wusste, sein Widerstand war endgültig gebrochen. Am Ende war er nur ein perverses Schwein, das sich an kleinen Kinder verging. Bei dem Gedanken kroch Wut in mir hoch und ein unbändiges Verlangen, eine Kugel in seinen fetten Wanst zu jagen. Ich musste mich erneut schwer zusammennehmen, um meinen Drang zu unterdrücken. Informationen waren das, was ich wollte, hämmerte ich mir ein, nicht eine jämmerliche Kreatur wie diese pädophile Missgeburt erschießen.

»Gut, dann wollen wir mal anfangen. Ich will alles über eure Organisation wissen, die Namen von Mitgliedern, wer die Drahtzieher sind, wer die Befehle gibt. Wie konnte es sein, dass die Polizei dich nicht gleich nach dem Vorfall in Gratovs Villa verhaftet hat? Wer hat die Sache mit dem Video unter den Tisch gekehrt? Wer hat mir die Killer auf den Hals geschickt? Doch am allermeisten möchte ich von dir wissen, wo steckt Dr. Gratov?«

Lüders schluckte ein paarmal hart und dann begann er auszupacken. Er erzählte, dass die Gruppe aus einem elitären Zirkel ausgesuchter Persönlichkeiten bestand. Politiker, Wirtschaftsbosse, Manager, Anwälte, Richter, sogar einen hochrangigen Beamten des Landeskriminalamtes konnte er namentlich nennen. Lüders selbst, Gratov, ein ehemaliger Richter, ein Albert Wiland aus Hamburg sowie ein gewisser Joachim Kneist, ein Rechtsanwalt mit eigener Kanzlei in Hannover, gehörten zum inneren Führungskreis und organisierten alles. Sie hatten Politiker in der Hand, die wegen Steuerhinterziehung und Korruption belangt werden könnten. Er beschrieb in allen Details, wie ihr abscheuliches System der Besorgung von Kindern funktionierte. Dass ein bulgarischer Verbrecherclan skrupellose Leute anheuerte, sie mit Wohnmobilen ausstattete, um dann kleine Jungen und Mädchen damit zu entführen. Die Opfer wurden anschließend zu ihm unbekannten Sammelstellen gebracht. Der Kopf der Kindesentführerbande war ein Bulgare mit dem Namen Ivan Petrov Nikolova, der in Bremen eine legale Im- und Exportfirma betrieb. In unregelmäßigen Abständen wurden die Kinder auf Bestellung von Gratovs engsten Vertrauensleuten abgeholt. Auf Auktionen wie bei der in der Gratov-Villa konnten die Mitglieder ihres Zirkels dann die Kinder ersteigern. Was mit den ersteigerten Mädchen und Jungen anschließend passierte, überließ die Bruderschaft jedem selbst. Manchmal wurden die Kinder innerhalb der Gruppe weitergereicht oder sie verschwanden später spurlos, das wurde dann wieder von den Bulgaren arrangiert.

Ich nahm alles, was er sagte, mit meinem Handy auf. Mein tiefes Bedürfnis, Lüders einfach zu erschießen, wuchs mit jedem seiner Worte. Meine Hände verkrampften sich, ich musste den Finger vom Abzug nehmen. Am Ende riss ich mich zusammen, wenn es mir auch schwerfiel. Ein toter Lüders nutzte mir nicht. Die entscheidende Frage, wo Gratov sich aufhielt, konnte oder wollte er mir nicht beantworten. Er sagte, er wüsste nur, dass dieser sich nach dem Vorfall in Bad Zwischenahn ins Ausland abgesetzt hatte. Er bestritt auch von dem Anschlag auf mich jegliche Kenntnis zu haben. Für den Moment glaubte ich ihm und ließ es dabei. Um mich abzulenken, fragte ich ihn nach der Kombination seines Tresors. Neben zahlreichen Papieren, ein paar Bündel Bargeld und einer Schmuckkassette, fand ich in dem Safe eine Box mit mit Mädchennamen beschrifteten USB-Sticks. Ich entnahm sie dem Stahlfach und überlegte, wie ich weiter vorgehen sollte. Sollte ich sie an mich nehmen oder dort lassen? In Anbetracht der Möglichkeit, dass wieder alles unter den Tisch gekehrt wurde, überspielte ich Lüders' Aussage auf seinem Computer und nannte den Ordner Hauptkommissar Schüler, LKA. Dann tippte ich noch eine Message dazu, dass ich mich diesmal direkt an die Presse wenden würde, wenn die Polizei einen weiteren Versuch der politischen Vertuschung unternimmt.

Plötzlich fiel mein Blick auf eins der gerahmten Fotos an der Wand. Auf der Aufnahme waren Lüders neben Gratov und zwei weitere Personen auf einer weißen Jacht zu sehen. Was mir aber besonders ins Auge stach, war der Schriftzug der Motorjacht, der in großen Buchstaben am Bug zu lesen war. Das Schiff trug den Namen Aphrodite, genauso wie Gratovs Schönheitsklinik in Bad Zwischenahn.

»Wessen Jacht ist das und wo ist diese Aufnahme entstanden?«, fragte ich und hielt Lüders dabei das Foto vor die Augen.

»Das ist Gratovs Boot. Wir haben die Aufnahme vor vier Jahren bei einem Treffen im Hafen von Saint-Jean-Cap-Ferrat in Frankreich gemacht«, antwortete er, ohne zu zögern.

»Besitzt er dort ein Haus, liegt da seine Jacht vor Anker?«, schoss ich ungeduldig in der Hoffnung, eine Spur gefunden zu haben, hinterher.

»Das kann ich nicht beantworten, ich weiß es nicht. Ich war nur ein einziges Mal auf der Jacht. Wir haben damit eine Fahrt nach Monte Carlo zum Formel-1-Rennen gemacht. Nach der Anreise waren wir vier Tage an Bord und haben das Boot nur zu Restaurantbesuchen verlassen. Von Monte Carlo bin ich direkt nach Deutschland zurückgeflogen.«

Ich kaufte ihm seine Story ab, denn warum sollte mir Lüders Lügen auftischen, er hatte keinen Grund mehr dafür. Er wollte schließlich am Leben bleiben und mich anzulügen würde diese Option für ihn ruinieren.

Saint-Jean-Cap-Ferrat in Frankreich, ein mondäner Ort der Reichen und des Jetsets an der Mittelmeerküste. Es gab dort viele Tausende Villen und Apartments, deren Bewohner die Anonymität schätzten. Es würde nicht leicht werden, Gratov ausfindig zu machen. Erst recht nicht, wenn er dort unter einer falschen Identität lebte. Ich musste herausfinden, ob seine Jacht in dem Hafen registriert war. Mein Instinkt sagte mir, wenn die Aphrodite dort ihren Heimathafen hatte, war ihr Besitzer nicht weit.

Es war ein Ansatzpunkt, mit meiner Suche nach Gratov fortzufahren, und ein sehr vielversprechender dazu. Es hatte sich ausgezahlt, nach Hannover zu fahren und Lüders in die Mangel zu nehmen. Ich hatte, was ich wollte, bekommen und mehr war aus dem Mann auch nicht herauszuquetschen. Sollte sich die Justiz mit dem Schwein weiter auseinandersetzen, ich hatte genug von ihm. Ich nahm den Telefonhörer von Lüders' Landleitung und wählte die Nummer von Hauptkommissar Schüler aus meinem Gedächtnis. Zu meiner Überraschung beantwortete er diesmal persönlich meinen Anruf.

»Schüler«, hörte ich am anderen Ende der Leitung eine müde klingende Männerstimme.

»Hallo, Herr Hauptkommissar, habe ich Sie geweckt?«, antwortete ich. Dabei hielt ich ein Taschentuch über das Mikrofon und verstellte zusätzlich meine eigene Stimme.

»Wer sind Sie und was wollen Sie?«, fragte er, plötzlich lebhafter geworden.

»Nicht doch so unfreundlich, Herr Hauptkommissar. Nachdem ich die ganze Zeit all Ihre Arbeit mache, können Sie ruhig etwas netter zu mir sein. Ich habe wieder eine kleine Überraschung für Sie. Diesmal im Haus des ehemaligen Regierungsdirektors Lüders. Beeilen Sie sich, er erwartet Sie ungeduldig.«

Mit diesen Worten legte ich auf und sah auf meine Uhr. Schüler, da war ich mir sicher, würde sofort die Behörden informieren und es blieben mir nur noch wenige Minuten, bevor die ersten Polizisten eintreffen würden. Ich nahm einen der USB-Sticks an mich, den Rest legte ich auf den Schreibtisch neben den Computer. Ich warf einen letzten Blick auf das gefesselte Häufchen Elend von Lüders. Dann verließ ich, ohne ein weiteres Wort zu verlieren, auf dem gleichen Weg, auf dem ich gekommen war, das Haus. Wenige Minuten später saß ich in meinem Wagen und fuhr zum Flughafen in Hannover.

Kapitel 32

Frankreich, Marseille, 2019, 13. September

Der letzte Aufruf für den Abflug der Lufthansa-Maschine nach Marseille schallte über die Lautsprecher durch den Flughafen Hannover. Es wurde Zeit, mich zu meinem Abflugschalter zu begeben und meinen Flug anzutreten. Durch das europäische Schengener Abkommen gab es keine Passkontrolle und mein Personalausweis mit der Bordkarte reichte als Legitimation aus. Die Flugreisenden bildeten eine Schlange vor dem Schalter und wurden einer nach dem anderen nach einer kurzen Kontrolle durchgewunken. Endlich saß ich auf meinem Sitz im Flugzeug. Stetig füllte sich der gefräßige Bauch der metallenen Röhre, um dann gesättigt, wie von Geisterhand gesteuert, mit dem Aufheulen ihrer Turbinen sich in die Lüfte zu erheben. Doch davon bekam ich schon nichts mehr mit. Ein leichter Schlaf hatte mich übermannt, die letzten Stunden vor meiner Abreise ließ ich Revue passieren.

In der Nacht nach meiner Aktion beim Regierungsdirektor a.D. Lüders war ich mit meinem Land Rover direkt zum Flughafen Hannover gefahren. Ich hatte den Airport in den frühen Morgenstunden erreicht. Im Parkhaus des Flughafens zog ich mich um. Meine Beretta und meine getragene Kleidung packte ich in eine Sporttasche, die ich in einem Schließfach am Airport deponierte. Ich wollte die Sachen ungern im Parkhaus im Wagen zurücklassen. Es war vielleicht eine übertriebene Paranoia, aber es hat schon zu viele blöde Zufälle gegeben, wo Autos an Flughäfen aufgebrochen wurden. Die Beretta war bislang meine einzige direkte Verbindung zu den Toten, die ich zurückgelassen hatte. Ich hätte die Waffe ganz entsorgen sollen, aber noch hatte ich meinen Auftrag in eigener Sache nicht beendet. Zumindest war es der Grund, mit dem ich mein Handeln rechtfertigte. Vielleicht war es auch eine Art von Sentimentalität, was soll ich sagen, irgendwie hing ich an der Waffe. Vom Flughafen rief ich noch in der Nacht Jean Pierre Lesac, meinen alten Freund aus den Zeiten in der Legion, an. Mit Jean Pierre hatte ich viele Einsätze bestritten. Er lebte heute in Marseille und betrieb am Hafen eine kleine Pension mit Restaurant. Trotz der frühen Morgenstunde meines Anrufs freute er sich von mir zu hören. Nachdem ich ihm erzählt hatte, dass ich nach Marseille kommen würde, weil ich etwas Dringendes zu erledigen hatte, zögerte er keinen Moment. Er stellte keine Fragen und bot mir sofort seine Hilfe an. Er bestand außerdem darauf, mich vom Flughafen abzuholen.

Am Schalter kaufte ich mir dann ein Ticket für den nächsten Flug nach Marseille und textete Jean Pierre die Flugnummer. Es war ein komisches Gefühl, nach Frankreich zu fliegen, ein Land, für das ich fünfzehn Jahre lang gekämpft und Blut vergossen hatte. Auf der einen Seite freute ich mich darauf, meinen Kameraden wiederzusehen, auf der anderen hinterließ der wahre Grund meiner Reise einen leicht bitteren Beigeschmack in meinem Mund.

Die Stunden bis zum Abflug hatte ich in einem Wartesaal der Abflughalle verbracht und über die vergangenen Tage nachgedacht. An Schlaf war nicht so richtig zu denken gewesen, dafür war ich von den Ereignissen noch zu aufgewühlt. Ich grübelte über die Geschehnisse, die mich nach Marseille führten und mir war bewusst geworden, dass mein Weg bis hier und heute zum Flughafen Hannover mit Leichen gepflastert war. Es tat mir nicht leid um die Leute, die ich getötet hatte, sie hatten es nicht anders verdient. Sie waren miese Verbrecher gewesen, ein Abschaum der Gesellschaft. Was mich aufwühlte, war die unbeschreibliche Skrupellosigkeit und die Gewissenlosigkeit der Männer, die immer noch auf freiem Fuß waren. Wehrlose Kinder für die eigenen abartigen sexuellen Bedürfnisse zu missbrauchen, daran zu profitieren, war für mich die niedrigste Form des Verbrechens. Hinzu kam, sich vorstellen zu müssen, dass es in unserer Gesellschaft Tausende ihresgleichen gab, die unter dem Deckmantel des biederen Bürgers ihr Unwesen trieben. Der Gedanke daran war fast unerträglich für mich. Die Gratovs, die Lüders und alle diese anderen perversen Pädophilen, die ihre teuflischen Machenschaften im Geheimen ausübten, mussten gestoppt werden. Ich konnte sie nicht alle allein aufhalten, aber ich schwor mir, Gratov zu finden und zumindest ihn seiner gerechten Strafe zuzuführen. Lüders war hoffentlich endgültig fertig, dafür sollte ich gesorgt haben. Er würde, wenn Hauptkommissar Schüler seine Arbeit richtig machte, für viele Jahre hinter Gittern verschwinden. Seine Komplizen, die er namentlich preisgegeben hatte, würden, so hoffte ich, sein Schicksal teilen. Beim Bulgaren Ivan Petrov Nikolova und seiner Bande konnte es auch nur eine Frage der Zeit sein, bis die Polizei sie verhaftete. Ich durfte und wollte nicht glauben, dass dieser Vorfall ein zweites Mal unter den Teppich gekehrt wurde. Für den Fall, dass sich meine Befürchtung bestätigen sollte, die Verbrecher durch weitere politische Intrigen und Machenschaften davonkommen würden, hatte ich immer noch die Videos und Lüders' Aussage auf Band. Mit Freuden würde ich sie in dem Fall anonym einem Reporter zuspielen. Das würde einen solchen Skandal auslösen, den die Bürger der Bundesrepublik Deutschland so noch nicht erlebt hatten.

Die wenigen Flugstunden halfen mir einigen verlorenen Schlaf nachzuholen. Eine Stewardess tippte mir auf die Schulter und bat mich, für die anstehende Landung meinen Sitz aufzurichten. Aus dem Fenster konnte ich die Großmetropole Marseille erkennen. Wir würden auf dem Flughafen Marseille-Provence landen, der sich circa zwanzig Kilometer nordwestlich vom Stadtkern befand. Marseille ist nach Paris die zweitgrößte Stadt Frankreichs. Die Metropolregion zählt rund drei Millionen Einwohner und umfasst ein zweihundertvierzig Quadratkilometer großes Stadtgebiet. Die Stadt liegt am Meer und ist von Gebirgszügen im Norden, Südosten und Süden umgeben. Marseille ist, als Frankreichs Tor zum Mittelmeer, wie kaum eine andere Großstadt neben Paris durch Einwanderung geprägt. Fast neunzig Prozent der Bevölkerung haben Vorfahren, die nicht aus Frankreich stammen und der Ausländeranteil liegt heute bei mehr als zehn Prozent. Hauptsächlich die Migranten aus Nordafrika tragen zu einer wachsenden Kriminalität bei, die die Stadt als eine der gefährlichsten Großstädte Europas ausweist. In den Vorstädten herrscht der Drogenkrieg, Mord steht auf der Tagesordnung.

Ich kannte Marseille und die Probleme der Stadt gut, denn ich war während meiner Dienstzeit in der Legion oft genug, manchmal für mehrere Wochen im Hauptquartier der Fremdenlegion in Aubagne östlich der Metropole stationiert gewesen. Ich hatte mich an den Wochenenden ausgiebig im Hafen von Marseille rumgetrieben und die unzähligen Bars unsicher gemacht.

Jean Pierre wartete auf mich, wie versprochen, am Ausgang der Flughafenhalle. Die Begrüßung nach all den Jahren durch meinen alten Freund war ehrlich und herzlich. Ich freute mich auch, ihn gesund und munter wiederzusehen. Nachdem wir uns lange in den Armen gehalten hatten, stiegen wir in seinen alten Peugeot und fuhren runter zum Hafen. Das Wetter in Marseille war wie fast immer warm und sonnig. Der strahlend blaue Himmel über der Stadt, das bunte Gemisch an Nationalitäten, dazu die Wärme des Südens, der salzige Geruch des nahen Mittelmeeres vermischt mit dem bittersüßen Duft von Orangen, den die »Navettes Marseillaises« verströmten, die es überall in den Bäckereien zu kaufen gab, ließen mich gleich heimisch fühlen. Jean Pierres Pension lag in einer ruhigen Seitengasse im alten Hafen Vieux Port, der mit seinen umliegenden Vierteln noch immer die Kernzelle, das Zentrum der Hafenstadt, bildete.

Mein alter Freund hatte mir eins seiner schönsten Zimmer hergerichtet. Es hatte einen wunderbaren Blick über die emsige Hafenpromenade. Von hier konnte ich sehen, wie Segeljachten auf dem Wasser schaukelten, Fischerboote zum Kai tuckerten und die kleinen Ausflugsfähren zum Chateau d'If sich langsam zwischen den beiden mächtigen Zitadellen, die die Einfahrt des alten Hafens seit mehr als dreihundert Jahre bewachten, hindurchschoben.

Nachdem ich mich frisch gemacht hatte, saß ich mit Jean Pierre

in seinem Restaurant und wir aßen seine nach einem unverän-
derten Rezept seiner Großmutter selbst zubereitete Bouillabaisse.
Die Bouillabaisse ist die klassische Marseiller Fischsuppe, die aus
verschiedenen Fischsorten wie Knurrhahn, Aal, Petermännchen mit
Gemüse, Gewürzen und einem ordentlichen Schuss Pastis gekocht
wird. Es liegt in der Natur der Franzosen, dass natürlich jeder Koch
behauptet, seine eigene Bouillabaisse ist die beste. Deshalb hielt ich
mit meinem Lob für meinen Freund entsprechend nicht zurück und
Jean Pierre klopfte mir hocherfreut über meine Komplimente auf
die Schulter.

Mit am Tisch saßen Jean Pierres Frau, seine drei Kinder, seine
Mutter sowie der steinalte Großvater. Es war eine lustige Runde und
alle nahmen mich auf, als ob ich schon seit Jahren zur Familie gehörte.
Nach seiner Dienstzeit in der Legion war mein Freund zurück nach
Marseille gegangen und hatte die Pension von seinem Vater übernom-
men. Er hatte geheiratet und eine Familie gegründet. Er war stolz
auf seine drei Söhne, die ihm wie aus dem Gesicht geschnitten waren. Seine Frau Luise, eine beleibte Französin aus der Bretagne, hatte
es in ihren Jugendjahren nach Marseille verschlagen. Sie liebte ihren
Jean Pierre über alles und die beiden flirteten während des gesamten
Mittagsessens wie zwei frisch verliebte Turteltauben. Seine Mutter
war fürsorglich, wie es Mütter nun einmal sind und nachdem sie mir
dreimal nachgelegt hatte, musste Jean Pierre sie stoppen. Der Großvater lachte unermüdlich, auch wenn er manchmal nicht mehr so recht
verstand, worum es beim Gespräch eigentlich ging. Mit seinen fast
hundert Jahren auf dem Buckel durfte er das, er gehörte dazu und war
nicht in ein Altersheim abgeschoben worden. Es war schön, mich in
einer solch herzlichen Familienatmosphäre, die ich nie richtig gekannt
hatte, wiederzufinden.

Dann bei einem anschließenden Kaffee auf der Terrasse, als wir
allein waren, wurde Jean Pierre ernst. Er schaute mich an und fragte:
»Also, Sven, so schön, wie es ist, dich wiederzusehen, aber was bringt

dich wirklich zu mir nach Marseille? Steckst du in irgendwelchen Schwierigkeiten?«

Ich hatte schon den ganzen Morgen darüber nachgedacht, was ich Jean Pierre über mein Vorhaben sagen würde, ob ich ihn in die Sache mit hineinziehen sollte. Ich hatte mich dazu entschlossen, ihm die ganze Wahrheit von Anfang an zu erzählen und ihn dann selbst entscheiden zu lassen. Als ich die Erzählung meiner Erlebnisse der letzten Wochen beendet hatte, stand Jean Pierre auf, fluchte laut vor sich hin. Ernstvoll blickend nahm er aus dem Regal hinter der Bar eine Flasche Calvados. Er schenkte uns beiden ein Glas ein, trank seins in einem Zug aus. Danach setzte er sich aber erst, nachdem er unsere Gläser ein zweites Mal gefüllt hatte.

»Merde, merde«, fluchte er auf Französisch, bevor er mich in einem eiskalten Ton fragte: »Wann fangen wir an das Schwein zu suchen?«

»Morgen früh, nach einem guten französischen Frühstück«, antwortete ich mit einem grinsenden Gesicht, erfreut ihn an Bord zu haben. »Zuerst aber benötigen wir Waffen und ein paar andere Dinge. Dann brauchen wir Informationen über Gratovs Jacht. Ich muss wissen, wo sie im Moment liegt. Hast du irgendwelche Kontakte in Saint-Jean-Cap-Ferrat?«

»Ha, lass das mal meine Sorge sein. Ich habe alles, was wir brauchen, in meinem Keller, damit kannst du die ganze Riviera in Schutt und Asche legen. Und Informationen sind ein Kinderspiel, mein Cousin Louis arbeitet in einem der Restaurants von Saint-Jean-Cap-Ferrat. Ich rufe ihn gleich nachher an und sage ihm, er soll sich einmal unauffällig umhören. Wenn die Jacht immer noch im Hafen liegt, wird er es uns in ein paar Stunden sagen können. Wenn sie in einem der anderen Häfen an der Küste ist, finden wir es auch schnell heraus. Dies ist mein Land, niemand kann sich lange vor Jean Pierre Lesac versteckt halten«, prahlte er mit einem vollen Lachen.

Doch ich wusste, es war keine banale Prahlerei. Mein Kamerad war kein Mann, der leere Versprechungen machte und den man unterschätzen durfte. Ich wusste aus unserer gemeinsamen Vergangenheit nur zu gut, dass Jean Pierre Kinder über alles liebte und Kinderschänder abgrundtief hasste.

Kapitel 33

Zaire, 1991, 15. September, Operation Baumier

Als 1990 die ausländische Militärhilfe in Zaire, ehemals Demokratische Republik Kongo, ausblieb, erlaubte Präsident Mobutu sich, vorsätzlich den militärischen Zustand der Armee zu verschlechtern. Er tat es einzig und allein, um seine Machtansprüche nicht gefährdet zu sehen. Der miserable Zustand und die verkommene Moral der kongolesischen Streitkräfte wurden zusätzlich angeschürt durch schlechten oder gar keinen Sold. Eine Rebellion der unterbezahlten einheimischen Soldaten brach aus. Die Militärs begannen Kinshasa zu plündern und wie so oft die Zivilbevölkerung zu terrorisieren. Frankreich billigte von September bis November den Einsatz von vierhundertfünfzig französischen Legionären, um den Unruhen ein Ende zu bereiten.

Wieder einmal befand ich mich im Kongo oder jetzt Zaire genannt, um die westliche Zivilbevölkerung zu beschützen. Zaire war der dritte Name, den die ehemalige Kolonie Belgisch-Kongo seit der Unabhängigkeit von Belgien 1960 erhielt. Unter der Bezeichnung Republik Kongo wurde das afrikanische Land unabhängig. Wegen der Namensähnlichkeit mit dem Nachbarstaat Kongolesische Republik wurde es 1964 in Demokratische Republik Kongo umbenannt. Egal welchen Namen der Staat trägt, dieses Land kommt niemals zur Ruhe, dachte ich, es ändern sich jeweils nur die Bezeichnungen und die Korruptionsansprüche der politischen Machthaber. Die militärischen Konflikte und das nie endende Elend der einheimischen Bevölkerung blieben. Meine mit der Zeit immer kritischer werdenden politischen Ansichten zählten aber nicht als Soldat. Es war nicht meine Aufgabe, die Weltpolitik infrage zu stellen, es war auch besser, meine Meinung für mich zu behalten. Der wachsende innere Zwiespalt machte mir mein Dasein als Legionär dadurch nicht leichter. Es wurde für mich immer schwerer, die in meinen Augen politischen Fehlentscheidungen mit dem Einsatz meines Lebens zu verteidigen. Doch noch war ich Legionär der härtesten Einheit der Welt und gehorchte Befehlen.

So wie auch an diesem Tage, als ich von meinem Kommandanten den Auftrag als Zugführer bekommen hatte, mit einer Gruppe von zwölf Soldaten mehrere Familien aus einem Randbezirk von Kinshasa zu evakuieren. Ich sah es als sinnvoll an, Leben zu retten, auch wenn die eigentlichen Ursachen dafür nicht behoben wurden. Es war nicht die Schuld der armen Zivilisten oder ihrer Familien, dass korrupte Diktatoren Mord und Totschlag an der Bevölkerung in Kauf nahmen, um ihr Bankkonto in der Schweiz zu füllen.

Mit meinem Zug von zwölf kampferprobten Legionären fuhr ich in einem Konvoi, bestehend aus zwei Jeeps und einem Lastwagen, in den Außenbezirk, wo die wohlhabenden Europäer wohnten. Der Weg durch die Straßen Kinshasas führte durch einen gepflegten Stadtteil mit vielen kleinen Häusern, die der einheimischen Mittelschicht gehörten. Es war eine idyllische Nachbarschaft mit vielen Vorgärten, bunten Fensterläden und hölzernen Terrassen vor den Gebäuden. Doch alles wirkte wie ausgestorben, einer Geisterstadt ähnelnd. Es gab keine spielenden Kinder in den Straßen, keine Großmütter auf Schaukelstühlen, die die Holzterrassen bevölkerten und mit ihrem Nachbarn tratschten, nicht einmal die sonst nahezu immer gegenwärtigen Wäsche waschenden Hausfrauen waren zu sehen. Der unweigerliche Eindruck entstand, als seien alle wie vom Erdboden verschluckt worden. Eine bedrückende Stille lastete über dem gesamten Viertel und nur vereinzelt hörten wir Schüsse aus der einige Kilometer entfernt liegenden Metropole. Ich hielt meine Männer an, wachsam und jederzeit bereit für ein Feuergefecht zu sein. Langsam näherten wir uns den Straßenzügen mit den Villen, in denen die Europäer lebten. Der Auftrag war, vier zurückgebliebene Familien mit insgesamt dreiundzwanzig Mitgliedern abzuholen. Auf den ersten Blick sah alles recht friedlich und verlassen aus, doch dann entdeckten wir in nicht allzu weiter Entfernung einige Militärfahrzeuge. Sie standen in der Auffahrt einer der Villen, die uns als eins der Evakuierungsorte angegeben war. Mein erster Gedanke sagte mir sofort, dass es das Ende eines einfachen und vor allem friedlichen Evakuierungsauftrags war. Eilends gab ich Befehl zum Halt des Konvois und ließ die Männer absitzen. Ich zögerte nicht lange und schickte zwei Späher vor, um die genaue Lage auszukundschaften. Nach wenigen Minuten kamen die beiden außer Atem zurück und berichteten von zwei uniformierten Rebellen, die bei den Fahrzeugen vor dem Haus Wache standen. Sie konnten noch weitere Soldaten in der Villa ausmachen und schätzten die genaue Anzahl auf acht bis zehn Aufrührer. Das Beunruhigende an ihrem Bericht war, sie hatten Schüsse und die lauten Schreie einer Frau aus dem Haus vernommen.

Damit waren die Karten ausgeteilt, das tödliche Spiel begann. Wir mussten uns auf eine todbringende Feindberührung einstellen. Jean Pierre, mein Kamerad aus zahlreichen anderen Einsätzen, spuckte verächtlich auf die Straße und signalisierte mit dem Durchladen seiner Waffe, dass er den gleichen Gedanken hegte. Jetzt hieß es für uns, schnell und kompromisslos zu handeln. Ein Blick in die fest entschlossenen Gesichter meiner Männer zeigte mir, dass sie zu allem bereit waren. Nach einer kurzen Besprechung gab ich den Befehl zum Angriff. Wir näherten uns zielstrebig, und ohne Geräusche zu verursachen, dem Haus. Nachdem wie besprochen die einzelnen Gruppen in Stellung waren, ging alles schlagartig tausendfach geübt. Die Wachen an den Fahrzeugen wurden lautlos mit Pfeilen aus Barnett-Armbrüsten ausgeschaltet. Drei Legionäre sicherten den hinteren Bereich der Villa und drei weitere den vorderen. Wir anderen sechs Männer stürmten gleichzeitig mit unseren Waffen im Anschlag den Eingang des Hauses.

Überall waren Blut und Tod zu sehen. In der Eingangshalle lagen die Leichen von vier Bediensteten und die des Hausherrn, nahm ich an. Der Anblick, der sich uns bot, glich einem blutigen Gemetzel. Der Überfall auf die Bewohner musste erst vor sehr kurzer Zeit stattgefunden haben. Durch die offene Tür zur Küche konnten wir drei weitere Leichen ausmachen, die von zwei kleinen Jungen und den einer älteren Frau, womöglich die Mutter. Drei schwer bewaffnete Soldaten saßen seelenruhig auf Küchenstühlen, rauchten Zigarren, tranken Cognac aus Flaschen und lachten. Bevor sie reagieren konnten, erledigten wir die Mörder ohne Gnade mit gezielten Schüssen aus unseren schallgedämpften Heckler-und-Koch-Sturmgewehren. Sie starben schnell und lautlos, ohne uns kommen gesehen zu haben. Aus dem anliegenden Wohnzimmer dröhnte laute Musik. Wir öffneten die Tür zum Wohnraum und killten dort vier weitere Rebellen, die es sich mit Whiskyflaschen auf den Sofas gemütlich gemacht hatten. Die anderen Räume im Untergeschoss waren leer. Dann hörten wir plötzlich markerschütternde Schreie aus dem Obergeschoss des Hauses und bevor ich irgendein Zeichen geben konnte, rannte Jean Pierre die Treppe hinauf in das Zimmer, aus dem die Hilferufe kamen. Als wir anderen uns Sekunden später der Zimmertür näherten, war der Spuk drinnen schon vorbei. Auf dem Boden in dem Zimmer lagen, durch Kopfschüsse getötet, zwei nackte Rebellen. Jean Pierre war im Begriff, behutsam eine Decke über ein auf dem Bett liegendes unbekleidetes junges Mädchen zu legen. Sie war nicht viel älter als elf oder zwölf Jahre. Er schnitt vorsichtig mit seinem Messer ihre Fesseln durch und sprach unentwegt unter Tränen, die ihm die Wangen herunterliefen, beruhigende Worte auf sie ein.

Plötzlich signalisierte einer meiner Männer und zeigte auf eine weitere Tür im Gang, die sich langsam öffnete. Ein fetter, schwitzender Schwarzer mit halb hochgezogener Hose trat heraus. Eine offene, hastig übergeworfene Jacke über seinem dicken, vom Schweiß glänzenden Wanst identifizierte ihn als einen Offizier. Ungläubig und durch unser unerwartetes Auftauchen erschrocken starrte er uns an. Als er unsere Schnellfeuerwaffen auf sich gerichtet sah, ließ er sofort eine großkalibrige Pistole, die er in der Hand hielt, fallen und hob beide Hände.

»Nicht schießen, ich ergebe mich«, rief er auf Französisch.

Mit einem animalischen Schrei, sein Messer in der Hand, stürmte Jean Pierre an uns vorbei und rammte es in die Brust des Mannes. Er stach immer wieder und wieder wie von Sinnen auf den Kerl ein. Wir mussten ihn von dem Toten losreißen und zu dritt festhalten. Ich schlug ihm mit meiner flachen Hand ins Gesicht und erst da kam er wieder zur Besinnung.

Er schaute mit kalten, mitleidlosen Augen auf den Toten und krächzte in einem irren Ton: »Kinderschänder verdienen es nicht zu leben.«

Wir öffneten die Zimmertür, aus dem der Offizier gekommen war und sahen in der Ecke neben einem Bett ein weiteres nacktes Mädchen kauern. Sie konnte nicht älter als neun Jahre sein und hielt sich verstört die Hände vors Gesicht. Sofort nahm ich eine weitere Decke aus einem Schrank und hüllte das Mädchen darin ein, bevor ich es in meinen Armen aus dem Haus trug. Jean Pierre lief neben mir und hielt das andere Mädchen. Anna und Marlene waren die einzig Überlebenden ihrer Sippe.

Die anderen Familien hatten mehr Glück gehabt. Sie waren von den Übergriffen noch verschont geblieben und wir konnten sie unbeschadet auflesen und evakuieren.

In meinem späteren schriftlichen Bericht erwähnte ich mit keinem Wort den Vorfall, dass Jean Pierre einen sich ergebenden Offizier getötet hatte. Er wäre dafür mit Sicherheit vor ein Kriegsgericht gekommen. Meine Kameraden und ich hatten noch in der Villa einen Eid geschworen, für immer darüber zu schweigen.

Wir waren uns alle einig, Jean Pierre hatte richtig gehandelt.

Es war nie passiert.

Kapitel 34

Frankreich, Marseille, 2019, 14. September

Früh am Morgen blickte ich aus meinem Fenster von Jean Pierres kleiner Pension auf die Promenade des Hafens. Der war schon lange erwacht, noch bevor sich die Sonne auf dem Weg an ihrem Platz am Himmel befand und den Port Vieux in ein sanftes, wärmendes Morgenlicht tauchte. Die vielen Boote im Hafen schaukelten im leichten Wellengang der See und die ersten Fischer waren bereits zurück von ihren nächtlichen Ausfahrten und boten ihren Fang auf dem Fischmarkt am Qui des Belges zum Kauf an. Die riesigen weißen Kreuzfahrtschiffe sowie die Fähren nach Korsika und Nordafrika, die weiter nordwestlich ablegten, störten die idyllische Szenerie, die sich vor mir entfaltete, wenig.

Noch vor dem Frühstück schlenderte ich, um etwas frische Luft zu schnappen, durch die schmalen Gassen der Altstadt von Marseille. In den engen, mit Kopfsteinen gepflasterten Durchgängen und den schattigen Plätzen des Altstadtviertels jenseits des Großstadtverkehrs gab es unendlich viel zu sehen. Ein Laden reihte sich neben den anderen. Es gab hier die besten Hausmacherläden der Stadt, die Olivenöl, Würste, Schinken, Wein oder Käse anboten. Vielerorts blätterte Farbe von den Wänden und von den Fensterläden, aber das störte niemanden. Es gehörte zum Flair der Gassen, die, zugestellt mit Ramsch und Antiquitäten, ihre Kunden in das Labyrinth ihres Freiluftkaufhauses lockten. Es war eine geschäftige, chaotische Atmosphäre. Überall sah man, wie Besitzer kleiner Restaurants die Vorplätze vor ihren Lokalen kehrten und ihre Tische und Stühle rausstellten sowie zeitungslesende Kunden ihren ersten Kaffee tranken. Es war schön zu beobachten, wie sich die Einheimischen herzlich begrüßten, vorbeilaufenden Freunden zuwinkten und das Leben in der Altstadt sich täglich in einem immer wiederkehrenden Ablauf neu formierte.

Das mediterrane Flair hatte mich in seinen Bann gezogen. Immer weiter schlenderte ich durch die Altstadt, ließ mich treiben in Belsunce, Marseilles buntestem Viertel. Ich bahnte meinen Weg durch das dichte Gedränge der Männer in ihren Djellabas, den typisch arabischen Gewändern, und der dunkelhäutigen Frauen mit den ausladenden Kopftuchkreationen, die überall die steigenden Preise diskutierten. Schlachter, deren Fleisch halal war, wie orientalische Konditoreien ihre süße Baklava anpriesen. Alle boten hier für die einheimischen Muslime ihre Waren an. Dazwischen mischten sich in dem farbenfrohen Reigen die Billigklamottenläden genauso wie unzählige Gemüsehändler.

Vorbei an türkischen und libanesischen Lebensmittelhändlern kam ich dann zum Stadtteil Cours Julien, das ein paar Straßen hügelan lag. Die Luft war hier oben ein wenig frischer und es hatten sich viele Designer, Restaurants und Bars angesiedelt. Viele Häuser waren auf dem Hügel so kunterbunt wie das Treiben in den unteren Straßen. Die Besitzer hatten sie in vielen Farben wie Blau, Grün, Orange oder manche sogar Rosa gestrichen.

Hier kaufte ich an einem Zeitungsstand alle erhältlichen deutschen Tageszeitungen, setzte mich in ein Straßencafé und durchkämmte sie nach Meldungen über meine letzte Aktion in Hannover. Ich brauchte nicht lange zu suchen, in vielen Schlagzeilen konnte ich alles über den Vorfall im Haus des ehemaligen Regierungsdirektors Lüders lesen. Die Presse schrieb die wildesten Spekulationen über seine Verwicklungen in einem Kinderpornoring. Es war die Rede von Morden und pädophilen Machenschaften in Regierungskreisen. Lüders und einige andere befanden sich in Untersuchungshaft. Das war zumindest ein Anfang, dachte ich mir, als ich einen Artikel las, der annähernd an der Wahrheit schrammte. Konkrete Beweise wurden den Medien von den Behörden aber nicht vorgelegt. Die Presse sprach immer wieder nur von Insiderinformationen. Die Behörden hielten sich mit den Standardfloskeln bedeckt und verwiesen auf die Gefahr, die laufenden Ermittlungen nicht gefährden zu wollen. Ich konnte nachvollziehen, dass Hauptkommissar Schüler und sein Team die ganze Bande aus-heben wollten und daher noch keine detaillierten Informationen raus-ließen. Lüders sowie drei andere Kinderschänder waren vorerst aus dem Verkehr gezogen, dennoch würde ich die Sache auch weiterhin beobachten. Ich schwor aufs Neue, wenn ich das Gefühl bekäme, dass politische Interessen die volle Wahrheit ein weiteres Mal unterdrücken wollten, würde ich meine eigenen Beweismittel der Presse zuspielen.

Nach zwei Stunden Altstadtbummel ging ich zurück zu Jean Pierres Pension. Mein Freund wartete schon mit einem riesigen Frühstück auf mich. Er sah noch vom Vorabend etwas mitgenommen aus. Wir hat-ten einige gute Flaschen Rotwein zu einem fantastischen Abendessen getrunken und dann bis spät in die Nacht über alte Kameraden und unsere gemeinsamen Einsätze geredet.

»Ich hoffe, es geht dir besser als mir«, grinste Jean Pierre verkatert, als er mich durch die Tür kommen sah.

»So, wie du aussiehst, glaube ich schon, mon ami«, antwortete ich verschmitzt und langte kräftig bei den Leckereien, die er auf den Tisch gestellt hatte, zu.

»Ich habe Nachricht von meinem Cousin Louis aus Saint-Jean-Cap-Ferrat. Er hat die Jacht Aphrodite im Hafen ausgemacht. Sie liegt aber drei Meilen vor der Küste, sagt er und es befinden sich nach der Aussage seines Kontaktmannes noch zwei weitere Männer an Bord.«

»Exzellent, gute Arbeit, Jean Pierre. Du kannst gar nicht glauben, wie glücklich mich die Nachricht macht. Jetzt benötigen wir nur noch Ausrüstung und Waffen, dann kann die Sache losgehen«, strahlte ich in der Gewissheit, Gratov gefunden zu haben.

»Nicht so schnell, immer langsam, mein Freund. Eile ist niemals gut und bringt oft den Tod. Erst essen wir und dann zeige ich dir meinen Keller. Dort findest du alles, was du für dein Vorhaben benötigst und mehr.«

In Frankreich hatte alles seine Zeit und jetzt war der Zeitpunkt, in Ruhe zu essen. Danach würde man sich den ernsteren Dingen des

Lebens widmen, aber niemals davor. Meine Ungeduld war schon zu allen Zeiten meine größte Schwäche gewesen. Ich wollte immer mit dem Kopf sofort durch die Wand, aber mein Kamerad hatte recht, ich sollte nichts überstürzen. Gratov war mit Sicherheit an Bord seines Schiffes und er würde mir nicht weglaufen. Er wusste auch nicht, dass ich ihm so dicht auf die Fersen gekommen war, sein plötzliches, frühzeitiges Ableben schon plante.

Jean Pierre hatte nicht zu viel versprochen. In seinem Keller hinter einer falschen Wand befand sich ein richtiges Waffenlager. Es gab alles, was einem alten Soldaten vertraut war und sein Herz höherschlagen ließ. Jean Pierre hatte etliche nagelneue, automatische Schnellfeuergewehre, Scharfschützengewehre, Pumpguns und Handfeuerwaffen jeglichen Kalibers. In verschiedenen Regalen stapelten sich Minen, Sprengstoff sowie Munition ohne Ende. Hinzu kamen Hieb- und Stichwaffen, Nachtsichtgeräte, schusssichere Westen, sogar einige Panzerfäuste lagerten etwas abseits in einer Kiste.

»Wow«, pfiff ich anerkennend durch meine Zähne. »Bist du unter die Waffenhändler gegangen oder planst du einen Staatsstreich in Frankreich?«, fügte ich ironisch hinzu.

»Ach, das ist doch gar nichts. Ich brauche einfach das Gefühl, mich verteidigen zu können. Speziell hier in Marseille ist es wichtig, gut ausgerüstet zu sein«, lachte er abwinkend.

Ich musste über seine Worte nachdenken und kam zum Entschluss, er meinte es wirklich ernst. Ich hatte in einer der französischen Tageszeitungen gelesen, dass nach einer nur kurzen trügerischen Ruhe in der Hafenmetropole gerade wieder der Großstadtkrieg eskalierte. Mindestens neunzehn Menschen waren in den letzten acht Monaten ermordet worden. Die Polizei schien einen aussichtslosen Kampf gegen Drogen- und Waffenhandel zu führen. So chancenlos, dass zuletzt sogar der Ruf nach dem Einsatz der Armee laut wurde. Der Drogenkrieg wurde äußerst brutal mit Kalaschnikow-Sturmgewehren ausgetragen und die Polizei würde dabei nur ein bisschen stören, hieß es in der

Presse. Da war ich schon froh, im bescheidenen, friedlichen Ostfriesland zu leben, wo allein die Jäger in der Jagdsaison Schüsse abgaben, aber ansonsten kaum jemals Schusswaffengebrauch stattfand.

Es brauchte nicht viel Zeit, um eine komplette Ausrüstung zusammenzustellen. Wir verluden die Sachen in einen großen SUV, den Jean Pierre kurzfristig besorgt hatte, und fuhren nach Saint-Jean-Cap-Ferrat.

Nach etwas mehr als drei Stunden Fahrt erreichten wir unser Ziel. Saint-Jean-Cap-Ferrat gehört zu den beliebtesten und zugleich teuersten Wohngegenden an der Côte d'Azur und in Frankreich überhaupt. Auf der Landzunge zwischen Nizza und Monaco residieren wohlhabende Persönlichkeiten aus der ganzen Welt und scheinbar auch Kinderschänder, ging es mir durch den Kopf. Wir steuerten den kleinen charmanten Ort Saint-Jean mit seinem zugehörigen Jachthafen an. Entlang des Jachthafens reihte sich ein Restaurant an Kaffeehaus und Gourmettempel. Das berühmteste ist das Café Civette direkt an der Hauptgabelung im Ort. Wir parkten den Wagen am Hafen und liefen zum Restaurant, in dem Louis, Jean Pierres Cousin, arbeitete.

Louis mit seiner Baskenmütze auf dem Kopf, einem quer gestreiften schwarz-weißen T-Shirt, mit rotem Halstuch und seinem dichten Schnauzbart entsprach jeglichen Vorstellungsklischees eines Franzosen. Er hatte uns schon freudig erwartet und empfing uns herzlich mit den üblichen Umarmungen und Küsschen links und rechts. Er war ein großer hagerer Mann Mitte vierzig und bevor wir auch nur ein Wort über den Grund unseres Besuches verloren, saßen wir vor einem fantastischen Mittagessen, zusammengestellt aus verschiedenen fangfrischen Meeresfrüchten.

Nach dem Essen brachte Louis uns dann zum Leuchtturm am Cap Ferrat. Der alte weiße Turm steht an der Südspitze, am Pointe Malalongue. Von hier hatte man einen herrlichen Blick übers Mittelmeer und die Buchten der Côte d'Azur. Unterhalb des Leuchtturms war der Meerzugang steinig und mit einem breiten Kliff umgeben. Es gab einige flache Badestellen, aber man musste, um ein Bad im Mittelmeer zu genießen, dafür die Felsen hinunter zum Wasser klettern. Doch dafür waren wir nicht hierher zum Cap gekommen. Ich erfreute mich trotzdem an der Sonne und an der fantastischen Szenerie der französischen Riviera. Louis holte währenddessen seinen Fernstecher aus dem Wagen und suchte das nahe Küstengewässer ab.

»Dort, circa ein bis zwei Kilometer westlich, liegt die Jacht, die ihr sucht«, sagte er, bevor er mir den Feldstecher reichte und mit dem Finger auf eine weiße Jacht, die in einiger Entfernung vor der Küste vor Anker lag, zeigte.

Es dauerte ein paar Sekunden, bevor ich das Fernglas so weit fokussiert und das große Boot deutlich im Blick hatte. Leise pfiff ich durch die Zähne. Was ich durch die Optik sah, war eine »Sanlorenzo 104 SL«, eine Luxusjacht mit stolzen zweiunddreißig Metern Länge. Kein billiges Vergnügen, wenn man mit circa einer Million Euro pro laufendem Meter bei Jachten in dieser Größe rechnet. Gratovs Schönheitsklinik musste eine ganz schöne Menge Geld abgeworfen haben, um sich so ein Boot leisten zu können. Mit Sicherheit hatten aber auch die schmutzigen, illegalen Geschäfte aus dem Kinderhandel dazu beigetragen, drängte es sich in meine Gedanken.

Durch das Fernglas konnte ich in aller Schärfe zwei Personen auf dem Achterdeck ausmachen. Einen der beiden Männer erkannte ich sofort, es war unverkennbar der flüchtige Dr. Gratov. Bei dem anderen war ich mir zuerst nicht sicher, doch dann wusste ich, wo ich ihn schon einmal gesehen hatte. Er war einer der von mir demaskierten Maskenträger auf der Auktion in Bad Zwischenahn. Wenig später erschien ein dritter, mir gänzlich unbekannter Mann aus der hinteren Kabine und setzte sich zu den beiden in die Lounge auf das Achterdeck. Sie tranken Wein und rauchten teure Zigarren, schienen guter Laune zu sein.

Ich reichte Jean Pierre das Fernglas und erklärte ihm, wer von den dreien Gratov war. Er blickte grimmig durchs Glas in die angegebene Richtung. Nach einer Weile hatte ich genug von dem Spektakel und drängte auf die Rückfahrt. Ich musste mir einen Plan überlegen.

Kapitel 35

Frankreich, Saint-Jean-Cap-Ferrat, 2019, 15. September

Das überwältigende Gefühl, Gratov endlich gefunden zu haben und seinem verbrecherischen Treiben bald ein Ende zu bereiten, warf gleichzeitig die bisher unausgesprochene Frage, wie ich es bewerkstelligen sollte, auf. Am Abend zuvor hatten wir zu dritt lange darüber nachgedacht. Jean Pierre hatte seinen Cousin in unser Vorhaben eingeweiht und Louis war einverstanden mit unserer Absicht, die Welt von diesem Abschaum zu befreien. Er war selbst ein liebevoller Familienvater mit zwei kleinen Töchtern und nichts war ihm heiliger als seine zwei Blagen und seine geliebte Frau Clodette. Auf Geheiß von Jean Pierre hatte Louis seine Familie am Vortag zu den Großeltern nach Nizza geschickt. Somit konnten wir seine Wohnung kurzfristig als unser Basislager benutzen. Er hatte sich Tränen aus dem Gesicht gewischt, als Jean Pierre ihm von den Entführungen, Auktionen und vom Missbrauch der Kinder erzählte. Danach wollte er sofort zur Jacht hinausschwimmen und höchstpersönlich diese Monster den Fischen zum Fraß vorwerfen. Wir konnten ihn nur mit Mühe von seinem törichten Vorhaben abhalten. Ich hatte lange überlegt, ob eine direkte Konfrontation mit den Verbrechern die richtige Entscheidung war, und mich letztendlich dagegen entschieden. Es konnte zu viel schiefgehen, denn wir wussten nicht, ob sie bewaffnet waren. Ein offener Kampf barg enorme Risiken, es musste ein anderer Weg gefunden werden, sie für immer unschädlich zu machen. Gratov war durch unser Telefonat gewarnt, er würde auf der Hut sein und Maßnahmen ergriffen haben, sein schändliches Dasein zu schützen. Außerdem wollte ich nicht, dass Louis und Jean Pierre ihre Existenzen aufs Spiel setzten. Sie hatten beide Familien, führten ein geruhsames Leben. Auch wenn wir die Welt von grausamen Ungeheuern befreiten, die

Polizei würde es trotzdem als Mord einstufen. Es musste als ein Unglück getarnt werden, ein Unfall, der erst später sich als ein gezielter Anschlag herausstellen würde. Zu dem Zeitpunkt würden wir aber schon über alle Berge sein und niemand konnte uns dann damit in einen Zusammenhang bringen.

Die Nachmittagssonne stand immer noch hoch über dem Hafen von Saint-Jean-Cap-Ferrat. Es war ein warmer Tag und es waren ideale Bedingungen für das, was wir vorhatten. Niemand wusste von unserem mörderischen Plot oder hatte auch nur annähernd eine Ahnung davon. Während einer fast schlaflosen Nacht hatte ich einen Plan zurechtgeschmiedet, der für viel Aufregung sorgen würde. Beim Frühstück weihte ich Jean Pierre und Louis ein. Ich erklärte ihnen, dass es bei der Aktion enorm wichtig war, dass wir keine Spuren zurücklassen durften, die in irgendeiner Weise auf uns zurückzuführen wären. Alles musste reibungslos und exakt koordiniert verlaufen. Ich wies sie an, keine Kreditkarten zu benutzen, sondern alles nur in cash abzuwickeln. Nachdem meine beiden Freunde dem Plan zugestimmt hatten, hatte Louis den Rest des Nachmittags genutzt, um ein geeignetes Boot zu mieten, und Jean Pierre war losgegangen, um eine komplette Tauchausrüstung und ein paar Angeln zu besorgen. Wir verstanden alle, welche Konsequenzen unser Handeln haben würde und dass die französische Polizei alles daran setzen würde, die Schuldigen zu kriegen. Wenn wir uns aber an die Vorgaben hielten und alles unauffällig ablief, bräuchten wir uns keine Sorgen machen. Niemand würde jemals den aufsehenerregenden Anschlag mit einem von uns in Verbindung bringen.

Im Hafen luden wir wie ganz normale Ausflugstouristen unsere Angelausrüstung ins kleine Kajütboot und fuhren hinaus auf See. Die benötigte Tauchausrüstung hatten wir in einer Angelkiste getarnt an Bord gebracht. Wir hatten entschieden, dass Louis besser als Beobachter und zu seiner eigenen Sicherheit zurück an Land bleibt. Er war über die Entscheidung nicht glücklich, aber sah am Ende ein, dass es problemloser für ihn war. Man kannte ihn in Cap Ferrat und es würde unnötige Fragen aufwerfen, warum er ein paar Anglertouristen aufs Meer begleitet hatte. Jean Pierre steuerte das Motorboot über das ruhige Mittelmeer in Richtung Gratovs Motorjacht. In einigen Hundert Meter Entfernung gingen wir in einer Bucht vor Anker und legten die Angeln aus. Das Wasser war in seiner türkisgrünen Farbe und Klarheit einzigartig und lud zum Schwimmen ein. Aber dafür waren wir nicht hier, so gerne, wie ich auch in die kühlen Fluten eingetaucht wäre. Es erinnerte mich an unsere unzähligen Badeausflüge auf Korsika während der Zeit in der Legion. Die Sonne brannte mörderisch auf uns herab und wir gönnten uns ein kaltes Bier. Wir mussten bis zum Sonnenuntergang warten und vertrieben uns die Zeit damit, ein paar Fische zu fangen. Schließlich war unsere Tarnung ein Angelausflug. Unter einem weit ausladenden Sonnenschirm beobachteten wir nebenbei aber das Geschehen an Bord und sahen, wie die Männer auf der Aphrodite nichts ahnend sich auf dem Achterdeck sonnten. Bei einsetzender Dämmerung zog ich mir den Taucheranzug an. Mein letzter Tauchgang war zwar ein paar Jahre her, aber alles kam sofort wieder. Überprüfung der Tauchweste, Luftflaschen, Ventile, Kompass, Flossen, Tauchbrille, Lampe und Tauchermesser. Alles war in Ordnung und Jean Pierre überprüfte zur Sicherheit alles ein zweites Mal. Als er sein Okay gab, entnahm ich einer mitgebrachten Tasche einige Pakete Plastiksprengstoff sowie wasserdichte elektrische Zünder und packte sie in ein mitgebrachtes Tauchnetz.

Gratovs Jacht lag jetzt hell erleuchtet in der Abendsonne vor der Bucht und ich nahm ein paar Richtungsmessungen mit meinem Kompass, bevor ich mich über die abgewandte Bordwand leise ins Wasser gleiten ließ. Jean Pierre reichte mir das Netz mit dem Sprengstoff und riet mir ein letztes Mal zur Vorsicht. Ich rückte mir die Taucherbrille zurecht und glitt langsam unter die Wasseroberfläche. In einer Tiefe von zehn Metern tauchte ich in Richtung der Jacht. Nach wenigen Minuten meines Tauchgangs unter Wasser konnte ich den Rumpf des großen Bootes ausmachen. Ich musste vorsichtig sein und hoffte, die Bande war zu sehr mit sich selbst beschäftigt, als die abgelassenen Luftblasen meines Tauchgerätes zu bemerken. Langsam tauchte ich auf und begann, meine tödliche Lieferung unter der Wasserlinie am Rumpf des Schiffes in Position zu bringen. Der helle Lichtschein der Abendsonne, der sich über die Umrisse der Jacht ausbreitete, machte es mir leicht, die Sprengstoffladungen am Bootskörper zu befestigen. Nach kurzer Zeit hatte ich vier Haftladungen angebracht und das C4 mit elektrischen Zündern versehen. Am Bug, bei der Ankerkette knapp über der Wasserlinie, brachte ich einen elektronischen Funkempfänger an. Ich wollte gerade die Drähte der Zünder mit dem Empfänger verbinden, als von oben ein Schatten auf die Wasseroberfläche fiel. Um nicht gesehen zu werden, presste ich meinen Kopf gegen die Bordwand in der Hoffnung, der Mann würde weitergehen. Auf einmal hörte ich einen Urinstrahls unweit neben mir ins Wasser plätschern und das zufriedene Grunzen eines Mannes, der sich erleichterte. Dann verschwand der Schattenriss so plötzlich, wie er gekommen war, und ich konnte aufatmen. Sorgfältig beendete ich die Arbeit an meiner tödlichen Hinterlassenschaft, bevor ich mich in die Tiefe gleiten ließ.

Nach etwas mehr als einer Dreiviertelstunde im Wasser kletterte ich zurück an Bord unseres kleinen Leihbootes und Jean Pierre atmete erleichtert auf.

»Ich freue mich dich gesund wiederzusehen, mein Freund. Ich nehme an, es ist alles glattgelaufen, aber jetzt lass uns trotzdem schnell von hier verschwinden«, flüsterte er konspirativ, als ob wir von irgendjemand belauscht werden würden.

»Alles klar, hätte nicht besser laufen können. Die Eier sind im Nest«, grinste ich ihn an und legte mich erschöpft aufs Deck. Ich hatte ganz vergessen, wie anstrengend ein Tauchgang sein konnte. Jean Pierre holte unsere Angeln ein und verstaute alles an Bord. Mit einer verächtlichen Geste zur Gratov-Jacht schmiss er den Motor an und fuhr langsam zurück zum Hafen von Saint-Jean-Cap-Ferrat. Auf halbem Weg ließen wir unterwegs die Tauchausrüstung über Bord gehen.

Im Hafen wartete Louis ungeduldig auf uns. Nachdem wir das Boot von sämtlichen Spuren gereinigt hatten und unsere Sachen im Wagen verstaut hatten, fuhren wir zu einem Aussichtslokal an der Küste. Louis hatte über einen befreundeten Kellner einen Tisch für uns bestellt. Wir setzten uns an unseren reservierten Platz auf die Außenterrasse mit guter Sicht auf die in der Dunkelheit erleuchtete Küste. Nachdem Louis seinen Freund begrüßt und uns vorgestellt hatte, bestellten wir eine vom Kellner empfohlene Flasche Weißwein und frische Austern.

Ich nahm das Handy, das ich dem toten Killer aus Greetsiel abgenommen hatte, und steckte die vorsichtshalber herausgenommene SIM-Karte wieder hinein. Dann drückte ich auf die Rückruftaste und hoffte, Gratov würde antworten. Das Telefon zeigte keine Nummer, aber ein Rufzeichen an und plötzlich hörte ich eine Stimme, Gratovs Stimme.

»Hallo«, erklang es aus dem Telefon.

»Guten Abend, Herr Gratov, wie lebt es sich denn so auf einer Jacht im Mittelmeer?«, sprach ich mit ruhiger Stimme.

»Guten Abend, Herr Aarhus«, antwortete Gratov mit einem leicht irritierten Ton der Überraschung. »Ich muss Ihnen meine Anerkennung aussprechen. Wie haben Sie mich gefunden und was kann ich zu so später Stunde für Sie tun?«

»Sterben«, sagte ich kalt und drückte auf den roten Knopf des Senders in meiner anderen Hand.

Ein riesiger Feuerball war plötzlich über dem Meer zu sehen und das heranrollende Geräusch einer Explosion signalisierte den Erfolg der Mission. Gratov gab es nicht mehr und er würde nie wieder kleine Kinder entführen lassen.

Jean Pierre und Louis hoben ihre Gläser und prosteten mir zu.

Kapitel 36

Greetsiel, 2020, 15. Juni

Der Stapellauf meines Bootes fand am 15. Juni 2020 bei herrlichem Sonnenschein statt. Mit an Bord bei der ersten Ausfahrt waren die kleine Asha, Samira, ihre Mutter, und mein treuer Mitstreiter Heinrich. Wir hatten alle gute Laune und verlebten einen schönen Tag auf See.

Doch unsere gute Stimmung war auch ein wenig getrübt durch eine Pandemie, die sich über alle Kontinente ausgebreitet hatte. Die ganze Welt war in Unordnung geraten, als eine Pandemie unbekannten Ausmaßes die Menschheit in ihren Atem hielt. In Ostfriesland verspürten wir aber noch relativ wenig davon und hofften, das Virus würde unsere Region verschonen.

In den vergangenen Monaten hatte die Polizei große Erfolge in der Bekämpfung von Kinderhandel und Kinderpornografie vermeldet. Eine international agierende bulgarische Bande von Kindesentführern war samt ihren verantwortlichen Köpfen in Deutschland und Bulgarien ausgehoben worden. Tausende von Daten auf sichergestellten Computern des europaweit operierenden Pädophilenrings konnten vom LKA, BKA und von Interpol beschlagnahmt werden. Dutzende hochrangige Personen aus Wirtschaft und Politik wurden im Rahmen der folgenden Ermittlungen von der Polizei über die Grenzen Deutschlands hinaus verhaftet.

Regierungsdirektor a.D. Lüders hatte sich in der U-Haft das Leben genommen.

Eine Randnotiz in den Medien war ein Bericht über eine ungeklärte Explosion einer Jacht vor der französischen Mittelmeerküste in unmittelbarer Nähe von Saint-Jean-Cap-Ferrat. Die lokalen Behörden gaben keine Details heraus, wie es zu dem Unglück gekommen war oder wer dafür verantwortlich war. Sie gingen aber von einem gezielten Anschlag aus, ließen sie verlauten. Aus dem Meer wurden die Leichen von drei Männern geborgen. Da die Toten fast bis zur Unkenntlichkeit verbrannt waren, dauerte es etliche Tage bis zu ihrer Identifizierung. Die Abgleichung der DNA-Analyse brachte zum Vorschein, dass es sich bei den drei ums Leben Gekommenen ausnahmslos um deutsche Staatsbürger handelte. Der eine Tote war der im Zusammenhang mit Kinderhandel gesuchte Schönheitschirurg Dr. Oswald Gratov aus Bad Zwischenahn. Der zweite Leichnam wurde als der von Albert Wiland, einem ehemaligen Richter aus Hamburg, identifiziert. Bei der dritten Leiche handelte es sich um einen Rechtsanwalt namens Joachim Kneist aus Hannover.

Hauptkommissar Schüler vom LKA wurde befördert und dann in den Ruhestand versetzt. Man spekulierte, dass seine direkte Vorgehensweise, die skandalösen, für einige Politiker unbequemen Beweise an die Öffentlichkeit zu tragen, ihm von seinen Vorgesetzten wohl übel genommen wurde.

Hauptkommissar Reuter übernahm als leitender Beamter die Soko Stylian. Bei seiner Antrittsrede vor seinen Kollegen, Vorgesetzten und der versammelten Presse sprach er von einem gnadenlosen Kampf gegen die Verbrechen an Kindern, den er als Nachfolger im Sinne seines von ihm sehr geschätzten Vorgängers und Freundes, des Ersten Hauptkommissars Schüler, fortführen würde. Er wies in seiner Rede darauf hin, dass etwa vierzig Kinder täglich in Deutschland missbraucht würden und pro Schulklasse ein bis zwei Kinder regelmäßig sexualisierte Übergriffe erlebten. Er führte weiter aus, dass im Jahr 2019 die polizeiliche Kriminalstatistik 14.606 Fälle verzeichnete. Die meisten Verbrechen jedoch im Dunkeln blieben und nur ein geringer Teil angezeigt wurde. Er beanstandete, dass in den Medien lediglich über die besonders spektakulären Fälle berichtet würde, aber der Missbrauch viel alltäglicher sei, als viele von uns wahrhaben wollten. In seinen Schlussworten an die Anwesenden sagte er, es könne sehr erschreckend und schmerzhaft sein, nicht über die unleugbare Tatsache hinwegzusehen, dass wahrscheinlich in jeder unserer Nachbarschaften Täter und Täterinnen lebten.

ENDE

Weitere Bücher des Autors

MordFriesland

Eine neue Kriminalromanserie, die in der Heimat des Autors, Emden, Ostfriesland, ihren Handlungsrahmen hat. Neben spannenden Mordfällen schreibt er in seinen Büchern immer wieder Wissenswertes über die Geschichte und Kultur Ostfrieslands. Aktuelle Themen der Stadt, kritisch recherchiert, dienen als Grundlage für seine Mordgeschichten.

Mord Hieve

Der erste Kriminalroman der neuen Serie MordFriesland. Der Plan einer neuen Feriensiedlung am Kleinen Meer sowie unterschiedliche Lager von Befürwortern und Gegnern des Projekts führen zu einer Reihe rätselhafter Morde in der sonst so ruhigen Stadt Emden an der Ems. Kommissar Peter Streib und sein Team haben alle Hände voll zu tun, den Mörder zu fassen. Ein digitaler Luxus und eine fehlerhafte Mechanik verhelfen den Kriminalisten am Ende doch noch zur Überführung des Täters.
https://www.amazon.de/Mord-Hieve-German-Rolf-Zeiler/dp/3741258873
https://www.bod.de/buchshop/mord-hieve-rolf-zeiler-9783741258879

Mord Gülle

Der zweite Roman aus der Serie MordFriesland. Das Team um Kommissar Streib muss diesmal die skurrilen Morde an ostfriesischen Bauern aufklären. Die zum Himmel stinkende Spur führt sie in die Abgründe des Missbrauchs illegaler Gülle aus Holland. Die zunehmende Umweltbelastung unserer Gewässer durch Übergüllung der Felder ist ein aktuelles, brisantes Thema in Deutschland, das der Autor für seinen neusten Krimi als Anlass genommen hat.

https://www.amazon.de/Mord-Gülle-Rolf-Zeiler/dp/3744843505
https://www.bod.de/buchshop/mord-guelle-rolf-zei-ler-9783744826976

Mord Asyl

Der dritte Krimi aus der Serie MordFriesland. Diesmal müssen Kommissar Streib und Team die Morde an zwei jungen Asylanten aufklären. Bei seinen Ermittlungen in der rechtsextremen Szene Deutschlands stößt er auf die Spur eines islamistischen Terroristen, der einen Anschlag auf das Emder Matjesfest plant.

https://www.amazon.de/Mord-Asyl-Kriminalroman-MordFriesland-Reihe/dp/3752871458
https://www.bod.de/buchshop/mord-asyl-rolf-zeiler-9783752871456

Der alte Chinese und das Mädchen

Der vierte Kriminalroman aus der Serie MordFriesland hat seinen Handlungsrahmen auf der schönen Nordseeinsel Borkum. Diesmal erzählt der Autor eine spannende Doppelgeschichte. Sie entführt den begeisterten Leser in eine Kriminalstory, die sich unaufhaltsam in der Gegenwart in Ostfriesland entwickelt und mit einer dramatischen Vergangenheitsgeschichte, der Hauptfigur während der Kulturrevolution in China, verschmilzt.
Ein alter Chinese, der auf der ostfriesischen Insel Borkum eine Gärtnerei betreibt, findet nach einem heftigen Sturm über der Nordsee ein

halb totes Mädchen am Strand. Er pflegt sie gesund und muss sich dabei den plagenden Dämonen aus seiner Vergangenheit während der chinesischen Kulturevolution stellen. Das Mädchen birgt ein zusätzliches, dunkles Geheimnis, das zu einer tödlichen Konfrontation mit einer gefährlichen Verbrecherbande führt.

https://www.bod.de/buchshop/der-alte-chinese-und-das-maedchen-rolf-zeiler-9783749472802

https://www.amazon.de/alte-Chinese-das-M%C3%A4dchen/dp/3749472807/ref=tmm_pap_swatch_0?_encoding=UTF8&qid=&sr=

Asien mit Anzug und Krawatte

Was man während einer Geschäftsreise in Asien beachten sollte und was trotzdem noch so alles passieren kann …

Auch Geschäftsreisen sind Reisen in fremde Länder. Und wer glaubt, man könne hier weltweit ähnliche Abläufe erwarten, wird schnell eines Besseren belehrt. Zudem weiß man, dass Verhandlungen oft genug scheitern wegen angeblich »weicher« Faktoren wie Unkenntnis des Verhaltens und des kulturellen Hintergrundes, was schon bei der Begrüßung beginnt.

Rolf Zeiler reiste 25 Jahre lang geschäftlich durch Asien. Durch seinen Reiseführer werden Geschäftsreisende fokussiert über alles für sie Wichtige in 24 asiatischen Ländern unterrichtet: von der Ankunft am Flughafen (Shuttle, U-Bahn oder Taxi) über die Mobilität im Landesinneren bis hin zu günstiger Kommunikation (Handy, Internet) und Geldverkehr (Bankautomaten, Kreditkarten).

Unsichtbare Faktoren, die ein Meeting in Asien bestimmen, wie gesellschaftlich erlernte Hierarchie, Gestik, Blickkontakt und Smalltalk, kommen hier ebenso zur Sprache wie die Wichtigkeit des Schweigens bei Verhandlungen und der richtige Umgang damit. Und besonders zur Sprache kommen die kleinen, oftmals entscheidenden Unterschiede bei den gegenseitigen Erwartungen, den Verhandlungen und – nicht zuletzt – der informellen Zeit danach, in der durchaus Fallstricke lauern können. Dazu wird über die jeweiligen Visabestimmungen und Gesundheitssysteme informiert und jedes Land wird prägnant mit seinen wirtschaftlichen Rahmendaten und Erfolgsaussichten vorgestellt. Ein kenntnisreicher und leidenschaftlicher Exkurs über die kulinarischen Erlebnisse, die den Reisenden erwarten, rundet den Ratgeber ab.

Genau zugeschnitten auf das, was der Geschäftsreisende wissen muss, wird durch dieses Buch erlernbar, wie man sich in der asiatischen Geschäftswelt bewegen muss. Damit liegt ein kompakter Leitfaden vor, der einem sicher den Weg weist durch einen immer noch fremden Kontinent.

https://www.bod.de/buch/-/asia-with-suit.../9783732274178.html
https://www.amazon.de/Asien-mit-Anzug-Krawatte.../3848247623

Asia With Suit And Tie

What you should be aware of a business trip in Asia because anything can happen. An essential guide for the serious business traveller who wants to do serious business in Asia. From avoiding cultural faux pas to the fastest way from the airport to your hotel; from recognising the intrinsic negotiation style of a country's businessman to handling their objections and closing deals. These great tips will ensure your success in Asia.

24 countries are individually covered in this extensive guide so you can apply them to the country you are visiting. Unspoken body language, social hierarchy and religious expectations rule Asia's meetings and negotiations. Expect pitfalls when you think there are none. Expect agreements to be non-agreement in 24 hours. The guide prepares you

for such surprises and shows you how to move and fit seamlessly into the Asia business world. Asia is about loose legalities and law. Learn to tread them safely. Asia is also about exotic and strange cuisines, learn what they are, and most importantly, learn not to get sick. Have Visa will take you to some countries, know which are the ones where cash is king. Compact, succinct with several amusing anecdotes, this compact guide will help you safely journey through the business minefields of Asia. About the author: Rolf Zeiler lived, worked and travelled in the Asia Pacific region for 25 years, based in Singapore. During this period, he had set up several companies in Asia for German firms. Before retiring in 2011, he was Vice-Chairman, Asia Pacific for technotrans AG. During his business stints in Asia, he often wished he had help from a useful business travel and negotiation guidebook that could have shortened the learning pains for any Asia business traveller. This book is a realisation of that wish and a wish to help others.
https://www.bod.de/.../-/asia-with-suit-and-tie/9783732274178.html
https://www.amazon.com/Asia-suit-tie-Rolf-Zeiler/dp/3732274179

Kopf hoch, Herbert, wenn der Hals auch dreckig ist!

Stationen eines ungewöhnlichen deutschen Lebens!
Der Lebensweg eines Mannes, der seine Kindheit in der Weimarer Republik in deutschen Waisenheimen erlebte, seine Jugend bei Bauern in Knechtschaft verbrachte und als junger Soldat an den Fronten in Russland und Afrika kämpfte.
Eine Odyssee durch die Gefangenenlager in Nordafrika, Amerika und Frankreich, die das Schicksal und alltägliche Leben der POWs in den Camps beschreibt.
Die Geschichte eines deutschen Kriegsgefangenen, der mit anderen Kameraden in Gefangenschaft eine Theater- und Künstlergruppe gründete.

Der als Kunstmaler, Musiker und Komödiant nie seinen Humor verlor und sein Glück am Ende in Ostfriesland fand.

Einzigartige unveröffentlichte Originaldokumente einer Kunst- und Theaterkultur deutscher Soldaten in alliierter Kriegsgefangenschaft, die heute teilweise im Deutschen Historischen Museum in Berlin eine neue Bleibe gefunden haben.

Der Autor, Rolf Zeiler, hat aus den Erzählungen und Aufzeichnungen seines Vaters dieses Buch geschrieben, um seiner zu gedenken.

http://www.bod.de/buch/rolf-zeiler/kopf-hoch--herbert--wenn-der-hals-auch-dreckig-ist/9783735783905.html

https://www.amazon.com/Kopf-hoch-Herbert-wenn.../B00JZR8V2

Golf With The Devil

Golf with the Devil is a book targeted at the 60 million golf enthusiasts worldwide. It is a suitable gift purchase for all people wanting to buy a golf humour book for their golf-addicted friends. This is a compilation of ten short stories evolving round a golfing mad Devil. Getting souls to Hell is an easy task for the Devil these days. And like the human working population, he suffers from monotony. So, the Devil in these tales uses golf, his hobby, to win a soul because it presents a more exciting challenge. But it's not that easy, as readers would discover, some golfers are smart enough to outwit the Devil while others fell prey.

http://www.bod.de/buch/rolf-zeiler/golf-with-the-devil/978374477701.html

https://www.amazon.com/Golf-With-The-Devil/978374477701